碲钉国

［俄罗斯］弗拉基米尔·索罗金 著
王宗琥 译

北京出版集团公司
北京十月文艺出版社

总　序

俄国是一个文学的国度，更是一个长篇小说的国度，从普希金的《大尉的女儿》、莱蒙托夫的《当代英雄》和果戈理的《死魂灵》起，到屠格涅夫的《贵族之家》和《父与子》、陀思妥耶夫斯基的《罪与罚》和《卡拉马佐夫兄弟》、托尔斯泰的《战争与和平》《安娜·卡列尼娜》和《复活》，长篇小说始终是十九世纪俄国现实主义文学的主要构成和最高成就；在二十世纪，肖洛霍夫的《静静的顿河》、帕斯捷尔纳克的《日瓦戈医生》、布尔加科夫的《大师与玛格丽特》、格罗斯曼的《生活与命运》和索尔仁尼琴的《红轮》等长篇小说名作又相继面世，延续着俄国史诗性文学叙事的辉煌传统。进入二十一世纪以来，俄语作家在长篇小说领域的笔耕又有哪些新的收获呢？这套“俄罗斯当代长篇小说丛书”或许能让汉语读者对俄国长篇小说近十几年的发展现状有一个窥斑见豹的了解。

本套丛书共收入五部长篇，即佩列文的《“百事”一代》（Generation “П”，1999）、乌利茨卡娅的《库科茨基医生的病案》（Казус Кукоцкого，2001）、维克多·叶罗菲耶夫的《我的父亲》（2004）、索罗金的《碲钉国》（Теллурия，2013）和瓦尔拉莫夫的《臆想之狼》（Мысленный волк，2014）。从五部作品的发表年代看，最早的《“百事”一代》面世于一九九九年，而最后一部小说《臆想之狼》为二〇一四年的新作，时间跨度为十六年，将这五部小说串联起来读，能在一定程度上揣摩出当代俄国长篇小说的发展轨迹和创作现状。

这五部长篇的作者都是俄国当今文坛最有影响的作家。从五位作者的出生年代看，最年长的乌利茨卡娅生于一九四三年，最年轻的瓦尔拉莫夫生于一九六三年，五位作家虽分别为四〇后、五〇后、六〇后，但相距不超过二十岁，是广义上的同一代作家，他们的一个共同之处，即均在苏联解体前后登上文坛并在近二十年间最终确立了“健在的经典作家”之身份。

柳德米拉·乌利茨卡娅（Людмила Улицкая，1943 年生）毕业于莫斯科大学生物系，曾在苏联科学院遗传学研究所工作，后去剧院做编剧，一九九二年以中篇小说《索涅奇卡》成名。《库科茨基医生的病案》被视为乌利茨卡娅最成功的长篇之一，小说以一位医生的家庭生活来折射二十世纪上半期的苏联社会，作者让时代的变迁和家庭的变故相互交织，把女性的叙事角度和细腻的心理描写融为一体，从而给出一份苏联时期知识分子家庭生活的文学记事。乌利茨卡娅因为这部小说获二〇〇一年“俄语布克奖”，是该奖创建十年后的首位女性获奖者。二〇〇五年，根据这部小说改编的电视连续剧受到广泛欢迎。据统计，这部小说已被译成近三十种外语。

维克多·叶罗菲耶夫（Виктор Ерофеев，1947年生）的父亲当过苏联驻法国的外交官，作家少时生活在巴黎，后在莫斯科大学语文系和苏联科学院世界文学研究所学习，一九七九年因参与编辑地下文学辑刊《大都会》被苏联作协开除。苏联解体前后，他的文章《追悼苏联文学》引起激烈争论，他的长篇《俄罗斯美女》（1990）也曾蜚声文坛。《我的父亲》以斯大林身边一位高官与斯大林的关系和他对斯大林的看法为主线，以独特的角度和方式揭示了以作者为代表的一代人的心灵历史。小说中的“高官”就是作者的父亲，但这又是一部地道的虚构小说，作者说其中只有“心理的真实”。

弗拉基米尔·索罗金（Владимир Сорокин，1955年生）早年毕业于莫斯科石油天然气学院，成为化学工程师，但后在《接班人》杂志社工作，凭爱好成为画家，为出版社做过图书装帧，二十世纪七十年代开始写诗，八十年代加入地下文学运动，一九八五年在法国句法出版社出版第一部长篇《队列》，在苏联解体后的一九九二年，《队列》在俄国境内的《电影艺术》杂志发表，引起广泛关注，作家从此被视为俄国后现代文学的主要代表之一。他后来陆续推出的重要作品还有《玛丽娜的第十三次爱情》(1995)、《蓝色油脂》(1999)、《冰三部曲》(2009)、《暴风雪》(2010) 等。二〇一三年面世的《碲钉国》是一部具有后现代色彩的反乌托邦小说或曰新乌托邦小说，小说以二十一世纪中期的欧洲为描写对象，描写人们为获得用特殊金属碲制成的钉子而展开的激烈争夺。在欧洲“新的中世纪”，在阿尔泰山区形成的新的“碲钉共和国”，人人趋之若鹜的“碲钉”成为一个核心意象，它既象征着人类文明的结晶，人们幸福和智慧的源泉，同时也指称黄金和财富，是人们内心深处的崇拜和欲望的客体，它有可能还暗指专制的权力、强加的异质文化和入侵的他人思想。正是这一形象的多重内涵和不确定所指，赋予了这部小说以广阔的阐释空间。二〇一四年，这部小说获得俄国当下最重要的图书奖“大书奖”。

维克多·佩列文（Виктор Пелевин，1962 年生）与索罗金一同被视为俄国当代后现代文学最重要的两位代表作家，他及其作品自二十世纪九十年代起备受追捧，据说连平常只读电话簿的人也纷纷捧读他的小说。他一九八五年毕业于莫斯科动力学院，一九八九年进入高尔基文学院，后在《科学与宗教》杂志社工作，在该杂志发表第一个短篇，一九九一年出版第一个短篇集《蓝灯》，此后的长篇《奥蒙·拉》（1992）、《昆虫生活》（1993）、《恰巴耶夫与虚空》（1996）等均引起广泛反响，一九九九年出版的长篇《“百事”一代》更是一时洛阳纸贵，据统计至今已在全球累计售出三百五十万册。二〇一一年，这部小说被改编成同名电影。这部小说以准作家塔塔尔斯基在苏联解体前后的生活经历为线索，再现了二十世纪七十年代喝着百事可乐长大的一代苏联人在社会剧烈转型时期的心路历程。在这部小说后佩列文“封笔”数年，后又发表《转折时期的辩证法》（2003）、《V帝国》（2006）、《t》（2009）、《蝙蝠侠阿波罗》（2013）和《玛士撒拉之灯》（2016）等长篇。佩列文的创作被称为“佩列文现象”，自二十世纪九十年代以来的写作者乃至阅读者甚至被称为“佩列文一代”，但佩列文为人低调，从不抛头露面，以至于有俄国读者怀疑是否真的存在这位作家，他们猜测这可能是某个热衷电脑创作实验的写作班子所采用的笔名。

阿列克谢·瓦尔拉莫夫（Алексей Варламов，1963年生）一九八五年毕业于莫斯科大学，在以普里什文的创作为题完成博士论文后不久，他成为莫斯科大学语文系教授，讲授二十世纪初的俄国文学。他一九八七年起开始发表文学作品，一九九五年以中篇《生》成名，近些年来，他勤奋写作，一口气为青年近卫军出版社著名的“杰出人物传记丛书”写作了七部传记，即《普里什文传》《格林传》《阿·托尔斯泰传》《格里高利·拉斯普京传》《布尔加科夫传》《普拉东诺夫传》和《舒克申传》。瓦尔拉莫夫自称，他的近作《臆想之狼》是他关于一九一四至一九一八年间俄国文化生活的文学想象，是“讲述白银时代的个人尝试”。在作家看来，关于第一次世界大战和十月革命，人们从社会历史、政治军事等方面的思考已经太多，却很少有人从思想文化、个人心理等方面进行描述。斯拉夫人有这样一句古老的祷告词：“愿我躲开臆想之狼。”作家用“臆想之狼”这一意象来概括当时俄国人的精神状态和集体无意识，即一种强烈的焦虑、莫名的冲动和破坏的激情，但在作家笔下，被这一情绪所浸润、所笼罩的那个时代，却又是一个“混乱的时期，丰富的时期，饱满的时期，饶有兴味的时期”。

将这五部长篇作为一个整体来阅读，我们大致能够归纳出新世纪俄国长篇小说体现出的几个新特征：

首先，从创作方法的角度看，当代俄国长篇小说似乎出现了现实主义传统与后现代主义时尚相互交织的局面。在上述五位作家中，维克多·叶罗菲耶夫、索罗金和佩列文均被视为俄国后现代主义文学运动的标志性人物，而乌利茨卡娅、瓦尔拉莫夫的创作却被认为是相对“传统”的。俄国后现代文学发端于二十世纪五六十年代，在苏联解体前后达到其鼎盛期，但近些年来，它作为一个整体的影响似在逐渐缩小；与之形成对照的便是，俄国现实主义的文学传统却似在强势回归。这两种文学倾向和潮流相向而行，其结果便是二者的相互渗透，具体而言，后现代作家似乎越来越注重情节叙事，最典型的例子就是索罗金的创作，《碲钉国》虽然并不好读，但与他之前的小说相比已然十分“传统”了；而在乌利茨卡娅和瓦尔拉莫夫的小说中，我们也不难发现一些现代派文学、后现代文学影响的痕迹。于是，在当代俄国的长篇小说创作领域，一方面是后现代主义文学在巨浪拍岸后留下的余波，即它对传统长篇小说叙事模式的冲击和解构，另一方面则是现实主义文学传统在泰然自若的同时对包括后现代文学在内的新潮文学因素的积极吸收和借鉴。

其次，从体裁属性的角度看，当代俄国长篇小说似乎呈现出了某种交叉性和合成性。在这五部长篇中，《我的父亲》和《臆想之狼》似乎都在有意模糊虚构和非虚构两种文体之间的界限，《碲钉国》把乌托邦小说、社会讽刺小说、科学幻想小说的特征融为一体，《“百事”一代》的体裁属性更为模糊，其研究者给它戴上了众多帽子，如“广告话语小说”“宗教神话小说”“商场暗战小说”“社会寓言小说”等，这些定义是小说题材意义上的，也是体裁意义上的。与长篇小说自身的体裁属性的多元化形成有趣呼应的是，这几位作家的社会角色也是多重的，除佩列文外的四位作家都是当下俄国十分活跃的文化活动家：身为高尔基文学院院长的瓦尔拉莫夫主办文学杂志，经常举办国际性的文学论坛；

乌利茨卡娅创办基金会，积极介入俄国的政治生活；维克多·叶罗菲耶夫是著名的电视节目主持人；索罗金不时在国内外举办个人画展。而编写影视和话剧剧本，撰写评论和杂文，接受媒体的采访，在国内外高校讲课等，都是他们热衷并擅长的活动。这些长篇小说作者似乎也和他们的作品一样，在尝试最大限度地拓展其存在的空间和影响的范围。

最后，从作品内容的角度看，当代俄国长篇小说似乎表现出了某种非情节化、非英雄化的趋向。这五部长篇，无论是地道的后现代小说还是相对传统的小说，都不再具有饶有兴味、贯穿始终的清晰线索，情节也并非始终围绕主人公展开，即便有主人公，他们也与俄国传统长篇中的主角不同，似乎不再是作者倾注情感着力塑造的对象，而遭遇到某种扁平化处理。长篇小说主人公的"非英雄化"，既是现代派文学和后现代文学潮流对于传统长篇小说创作范式的冲击和解构之结果，但在一定程度上恐怕也是生活自身的多元化、碎片化和非逻辑化等现实现象在文学中的显现和反映。但悖论的是，即便在这些情节淡化、人物扁平化的当代俄国长篇小说中，我们仍能感觉到俄国文学的某些传统特质之渗透，比如对民族历史充满反思的追溯，对社会现实不无悲悯的关注，对人及其生活既温情又超然的观照，对文学及其力量既坚定又疑虑的信仰。

值得一提的是，这五部小说的作者均与中国有着各种各样的关联。除这五部长篇外，他们还有其他作品被译成汉语，如佩列文的《恰巴耶夫与虚空》和《黄色箭头》、维克多·叶罗菲耶夫的《俄罗斯美女》、乌利茨卡娅的《索涅奇卡》《美狄亚和她的孩子们》和《你忠实的舒里克》、瓦尔拉莫夫的《生》、索罗金的《暴风雪》等；乌利茨卡娅、瓦尔拉莫夫多次访华，佩列文据说也曾悄悄旅行西藏等地。更为重要的是，在佩列文和索罗金这两位最重要的后现代作家的小说中，所谓"中国题材"均占有一定分量，索罗金在《暴风雪》中写到作为"向导"的"中国医生"，在《碲钉国》中也写到"莫斯科的中国人"，而对东方宗教极感兴趣的佩列文，其长篇《恰巴耶夫和虚空》更被称为俄国文学中的第一部"禅宗佛教小说"。

在一片"作者已死""小说已死"的哀叹声中，当代俄国的长篇小说作家们仍在积极写作，当代俄国的长篇小说仍在不断面世并产生影响；二十一世纪俄国长篇小说的样式和风格与普希金和托尔斯泰相比已显出越来越大的差异，但它们无疑仍是十九世纪中后期形成的俄国长篇小说创作传统的延续和发展。

刘文飞

二〇一七年七月六日

于京西近山居

译序

弗拉基尔米·索罗金是当代俄罗斯作家中最具争议的一位，几乎他的每一部作品都会引起巨大的社会反响。喜欢他的人把他的创作捧上天，认为他是真正的语言大师，是最后一位伟大的俄罗斯作家。不喜欢他的人则把他骂得一文不值，说他是俄罗斯文学的恶性肿瘤，是摧毁俄罗斯文化的卑鄙恶魔。究其原委，可以归结为索罗金创作的非传统性。他的作品内容荒诞怪异，形式新颖奇崛，语言风格杂糅，各种标新立异，各种离经叛道，不断挑战读者的阅读趣味和承受极限。这样一种非传统创作以习惯了传统文学的读者来看，自然是“满纸荒唐言”，难解其中味。但是从文学发展的视角来看，可能预示着新的文学样式和审美风格的诞生。尽管目前还很难说，索罗金的先锋艺术实验能否创造出俄罗斯文学的新经典，但是从文学求新求异的本质而言，索罗金做了非常成功的尝试。

摆在读者面前的这本《碲钉国》，正是这样一部挑战传统阅读极限的作品。该书二〇一三年十月出版之后，便获得了评论界的好评，相继斩获俄罗斯两个权威文学奖项，被评论家誉为索罗金的“绝对巅峰之作”。小说继承了索罗金创作的一贯风格，里面不乏读者熟悉的东西，但是我们认为，这部作品集索罗金创作内容与风格之大成，创造了两个乌托邦：一个是艺术形式的乌托邦，另一个是思想内容的乌托邦。

从艺术形式来说，这不是一部传统意义的小说。传统的小说是由丝丝入扣的情节和精巧编排的结构组成的浑然一体的作品，我们读完至少可以讲出一个完整的故事梗概，好的读者还可以看出作者的叙事结构和技巧。但是看完《碲钉国》，我们无法告诉别人小说讲了一个什么故事。因为小说根本就不是在讲一个故事，而是在讲一堆毫不相干的故事。全书五十章，每一章都是一个独立的故事，章与章之间基本没有关联，唯一的纽带就是每章都会提到的碲钉。

除了碲钉外，全书另一个统一的要素就是时间。尽管作者没有明确指出具体的年份，我们大概可以推测出是在不远的将来，二十一世纪中叶。所以，《碲钉国》被俄罗斯评论界称作又一部索罗金式的人类预言。在这个未来的新世界里，俄罗斯分裂成10个不同体制的国家，其中有公社王国制的莫斯科国、开明君主制的梁赞国、白海共和国和远东共和国，还有巴什基尔共和国、鞑靼共和国、巴拉宾共和国，甚至斯大林苏维埃社会主义共和国。从巴拉宾共和国分离出去的阿尔泰碲钉共和国，其政权被法国冒险主义分子让·弗朗索瓦·特罗卡尔攫取，他在那里大肆生产最新式毒品——碲钉，然后将其输送到世界各地。而作为世界文明中心的欧洲，正在遭受伊斯兰极端主义教派萨拉菲圣战组织的围攻。巴黎和慕尼黑发生了瓦哈比（伊斯兰复古主义教派）革命，瑞典被塔利班轰炸，斯德哥尔摩成为穆斯林的天下，德国又一次分崩离析。圣殿骑士团在法国的废墟上建立起一个新的国家——朗格多克共和国，希望维护岌岌可危的基督教文明。

在这个宏大的未来背景下上演着五花八门的故事：东正教共产党员们意图推翻暴政的秘密集会；小姑娘瓦利卡独自找回“小精灵”的历险；老男人恋少年、中年男人恋少女的不伦之爱；拥有高级智能的机器人围抢运粮火车；碲钉国总统的一天；俄罗斯三个救世主的故事；一个爱隔墙偷听别人做爱的酒店女服务员的口述；一个未成年少年四处求钉碲钉的遭遇；两个村子赛舞的趣事；两个朋友因为政见不合的争执；毒品贩子内部火拼的惊险场景；几个钉碲钉的木匠职业生涯中的各种奇遇；两个狗头人身的行路者夜宿白桦林时的哲学思辨；一个半马人爱上姑娘“魔吻”的故事……所有这些没有共同的主题的故事本身就表明索罗金不是要创立一部只有一个中心思想的小说。他所描绘的未来不是传统意义上所有人共同幸福的乌托邦，而是各美其美的多样乌托邦。这不是一个理想的社会，因为这是一个人的社会；这不是一个最好的社会，但是一个允许各美其美的社会。在《碲钉国》里每个人都能找到自己的位置：不管是公爵还是仆人，革命者还是斯大林主义者，小矮人还是巨人，半马人还是半狗人，圣殿骑士还是瓦哈比分子，先锋派画家还是粮贩子，儿童还是猎妖者，同性恋者还是变态狂……这里面没有道德警察，党派政治，没有帝国野心，书刊检查，也没有国家和教会的恐怖。每一个人都有权利选择自己想要的生活，至于是否要实现它，取决于个人的情况，关键是这样的可能性永远存在。

二十世纪之前的乌托邦总是要塑造一个共同幸福的社会，因为一元论的时代不可能产生多元的理想。二十一世纪的乌托邦否定了思想和理想的独裁性，五十个故事，上百个主人公，每个人都在追求自己的乌托邦，自己的世界，自己的幸福。索罗金似乎找到了乌托邦的真谛，那就是理想国必须是复数的。单数的乌托邦无异于反乌托邦，世界处于同一尺度之下，个体成为思想、大众或别人的牺牲品。而好的乌托邦绝对不是单数的，不是什么共同的幸福，它应该是由众多独特的乌托邦、个体的梦想和非常个性化的幸福观构成的。这是一个由每个人的想象编织起来的复数的世界。没文化的半人马在一个女人的诱惑下感受到了莫大的幸福，它偷跑去圣彼得堡找寻自己的乌托邦；驴头人身的女饲养员酷爱挤牛奶，一路不畏艰险寻找自己的牧场乌托邦；外号叫“斑鸠”的巨人的梦想是能够喝一整桶自酿酒，为此和大索洛乌赫村的人达成了交易；这些下里巴人的梦想和为了伟大理想而投身革命的铁木尔同志的梦想，以及成为耶稣门徒的卢科姆斯基的梦想是被作者等量齐观的，因为每一种梦想都是其主人自由选择的道路，不管它崎岖还是顺畅，它始终是个性化的道路，是人类命运的多样化发展轨迹，不是一条道路替代另一条道路，不是所谓的人间正道抹杀其他的“歪门邪道”。这种思想让《碲钉国》的乌托邦成为真正富有生命力的理想之境，正如尼采所说，是通往幸福的漫长阶梯：从最高级的神性形式到最低级的世俗快乐。这是一个崇尚多样化幸福的乌托邦，只有这样的幸福才能够被称为是真正的幸福。

在这样一种思想的狂欢下，小说的艺术风格也是狂欢式的。索罗金为每一个故事赋予了个性化的语言：有的模仿俄罗斯民间故事的语言风格，有的则运用了当代知识分子、官员的语言，有的章节是抒情诗歌的语言，有的章节则完全是乡村野夫的语言，有的章节创造一些具有喜剧效果的变异语言，有的章节完全是发明的新语言，比如讲驴头人身的动物饲养员的那一章。

与多样化语言一致的是多样的人物和多变的叙事风格。每一章的主人公都不相同，几乎每一章的情节都可以扩展为一部长篇，但每当读者兴味盎然地期待情节的发展的时候，作者却无情地中断了叙事，开启新的一章。这种手法显然违背了所有的文学范式：行动、情节、戏剧性全部缺失。可是作者却神奇地运用想象、人物走马灯式的变换、叙事体裁和风格的更替让阅读充满张力。

在这个意义上，索罗金成功地建立了一个乌托邦，那就是他创作了一部按照文学创作规则不可能的小说。从体裁的角度来说，索罗金的小说像半人马或半人狗一样是创意工程的一个杂交产品。替代传统小说情节的是碲钉，替代行动的是穿越之旅，小说人物和章节的数量超出了合理的范围，根本没有主人公。它不是乌托邦小说，因为有着太多的讽刺，也不是反乌托邦小说，因为可怕的场景太少，更不是讽刺小说，因为充斥着太多的同情。从文学创作原则的角度来看，这样一部臆想出来的“产品”根本不应该存在。

自然有人会说，索罗金的长篇小说一无是处，俄罗斯评论家罗曼·阿尔比特曼称这部小说为“用政治学家的预测、发黄的报刊社论、后现代的文字游戏和黄色笑话等碎布拼接的被子”。

实际上，每一部文艺作品都是这样的碎布拼接的被子，只不过有的拼接粗糙，缺乏品味，有的精工细作，卓然不群。只有真正的大师才敢于抛开所有的规则，用想象、直觉和品味来“胡拼乱凑”，不按照任何规则缝制。这是在人们对中规中矩缝制出来的被子产生审美疲劳后的创新之作，它超越了技艺的范畴而升格为艺术。如果将索罗金的小说比作碎布拼接的被子的话，那么这就是一件胡拼乱凑的被子。但这件被子是大师之作，它的制作工艺无人知晓，并且不可能被复制。

关于作品的溢美之词，我能说的就这么多了。作为译者，我还想吐槽一下苦难的翻译历程。我承认自己接手这部作品的翻译有些冒失，在不了解索罗金以及没看过作品的情况下就签下了翻译合同，结果成就了我翻译史上耗时最长、累死脑细胞最多的宝贵经历。且不说各个章节在语言风格上差异巨大，恕我不能做到自由转换，有的章节里混杂着汉语、德语、法语，甚至还有变异的语言形式，有的章节引用帕斯捷尔纳克、叶赛宁、茨维塔耶娃等诗人的诗句并进行改编（第三十七章），有的章节甚至在讲什么至今都没完全弄清楚（比如第十八章）。最让人头疼的有三章，其中一章是用一句话写成的，在俄语中就是从句套从句，整整三页纸一逗到底（第三章）；另外两章（第二十九、三十五章）没有一个标点符号，其中一章还用了各种变异的语言。幸亏我在网上找到了这本书的语音电子书，通过朗读者的断句搞定了翻译。如今通读一遍译文，竟然也有一丝小小的成就感。在此要感谢刘文飞老师的信任并提供这一难得的翻译机会，感谢张晓强先生对本书的审校，感谢本书责编王霆女士为本书出版付出的辛勤努力，感谢北京十月文艺出版社让这部作品在中国面世，感谢读者能选择这么一部非传统的小说来刷新自己的阅读经验。

王宗琥

一

“是时候去推克里姆林宫的围墙了!”佐兰一边用小拳头拍打着掌心，一边若有所思地在桌子下踱着方步，“是时候了！是时候了!”

戈兰一跃爬上长凳，坐稳后便开始习惯性地晃动两只穿着破靴子的小脚。他鼓鼻梁，低额头，长满络腮胡的脸上透着平静的自信。

“不是推，是砸烂,”他说道，“也不是围墙，而是腐烂的脑袋。”

“像腐烂的南瓜，像腐烂的南瓜!”佐兰一拳砸在桌腿上。

“砸烂它们。”

戈兰仿佛为了证明自己的话，伸手指向乌烟瘴气的货仓。所指之处看得见两个巨人，他们仿佛真的是按照这根小指头的命令，哼哧哼哧地从通红的炉子上抬下一口装满铅水的巨型熔锅，走向砂箱。他们光着大脚，每走一步整个货仓都在颤动。桌子上一个一人多高的空杯子在杯架上被震得叮当作响。

佐兰开始费力地往长凳上爬。戈兰继续晃着小腿儿，伸手拉了他一把。佐兰从凳子上又爬到了桌子上，站起身走到桌边停住，两只小手抓着短大衣的翻领，两只小眼睛紧盯着熔锅，浅褐色的头发随着炉中冒出的热气而拂动。

巨人们把熔锅抬到砂箱前，将铅水倒入箱中。铅水带着嗞嗞声涌向宽阔的流槽，扬起一股股青烟，从流槽出来后迅即四散为几十条白色的细流，汩汩地流向砂箱并滴落其间。巨人们穿着帆布围裙，大汗淋漓地倾倒着熔锅。

铅水向四处流淌着，渐渐消失在砂箱的土黄色中，不停地流淌，不停地四散开去。佐兰和戈兰在一边看着：一个紧张地站在桌子边沿上，另一个在凳子上晃动着两条小腿儿。巨人们手臂上强健的肌肉紧绷绷地鼓着，汗滴泛着光。袅袅青烟飘向货仓顶部的开口处。“这是在干大事……”佐兰想。“大地母亲载万物……”戈兰想起这句。

熔锅一直在慢慢地倾倒着，仿佛永远也倒不尽。佐兰的小眼睛湿润了，但他并没有眨眼，也没有拭去泪水。

终于，铅水倒完了。随着砰的一声巨响，两个巨人将熔锅放到了石地板上。

佐兰用小手掌揩了揩眼睛，戈兰拿出烟斗，抽起了烟。

“好样的，同志们！”佐兰扯着嗓子大喊了一声，希望能盖过熔炉的噪声。

但是巨人们没有听见。他们晃动着庞大的身躯向角落走去，驱散了熔炉中冒出的青烟。他们端起大水桶开始牛饮，每人喝完三桶，脱下帆布围裙，穿上衣服，走到桌前。他们的身体挡住了熔炉，影子落在佐兰和戈兰的身上。

“好样的！”佐兰又说了一遍，小眼睛里透着满意。巨人们的身影竟然没能遮住他脸上的光彩。

戈兰抽着烟，爬上桌子，晃晃悠悠地走到佐兰边上。

巨人们一言不发地向两个小矮人伸出长满浅褐色老茧的大手。戈兰从上衣口袋里掏出两张一百卢布的纸币，不紧不慢地放到两个大手掌上。一个巨人立即将纸币攥在手中，然后塞到兜里。另一个则将纸币拿到近前，眯缝着本来就不大的眼睛。

“这是好东西吗？”大嘴唇说道。

“好东西。”戈兰冷笑道，露出一副烟熏牙。

“这是目前最好的东西了，巨人同志！”佐兰鼓励他，“我们代表劳动的莫斯科感谢你！”

“我们还会找你们的。”戈兰吐出一口烟，说道。

巨人哼了一声，收起一百卢布的纸币，然后又伸出手。佐兰和戈兰盯着大手发愣。两个巨人看着两个小矮人。巨人的手掌让佐兰想起不太久远的俄罗斯，那时候它的疆域从斯摩棱斯克到乌拉尔山脉。莫斯科国人[①]佐兰只是在图片上见到过这个国家。巨人似乎想激怒他。

“难道他要把俄罗斯装兜里？”佐兰脑中一闪念。“巨人们想找碴儿。”戈兰心想。

令人窒息的几秒钟。佐兰的红眉毛已经开始明显变弯，戈兰的手已经伸向口袋。此时巨人们突然顽皮地哼哼了两声，挥手互相击了一下对方的掌。

对两个小矮人来说，这声音简直振聋发聩。

小矮人们浑身一颤。

俩巨人放声大笑。笑声回荡在货仓上空。

“开玩笑的？”佐兰眉毛一扬。

“看来是的……”戈兰阴郁地点了点头。

巨人们转身走向大门。走到门前弯下腰，一前一后爬出了大门。门应声关上。

“爱开玩笑的家伙，是不？不错的小伙儿！”佐兰抓着两个衣领，兴奋地在桌子上面来回走动。

---

① 根据维基百科的解释，莫斯科国和莫斯科国人这个词来自拉丁语，最初被欧洲人用来指俄罗斯和俄罗斯人，后经波兰学者阐释后带有讽刺意味。——译注

“不错的……”戈兰漫不经心地挤出半句，从上衣兜里掏出了一个贵重的放电器，“我都打算好给他们充充电了……”

他啐了口痰，大笑着，左右摇摆地走着，仿佛准备跳一段古老的舞蹈。突然飞起一脚踢向孤零零立在那儿的一人高杯子。杯子从桌上飞落，脱离了杯架，撞到凳子上，碎成几片。

“咱们去看看货！”佐兰忙活起来，钻到桌下。

“还烫着呢，让它们再冷却一会儿。”

“趁没来人，还是去看看吧！”

他们跳到地上，走近砂箱。它们总共有 20 个。看着它们，戈兰想起了一部关于外星怪物的资本主义老片，外星怪物下了这样一些土色的卵，然后孵出了一群非常恶心的东西。

佐兰跑向工具箱，想拿一把大铁锤，但根本无法拖动。于是换把榔头，像举旗子一样举在头上，跑回砂箱。

“开！”他跑着砸向砂箱。

飞出几片碎屑。

“一！二！三！”佐兰用尽全力狠狠地连续砸击着砂箱。

“他就这么表演上了……”戈兰阴郁地想着，把烟斗往砂箱上敲了敲，用一根中空的碲钉清理着烟斗。

佐兰很快就没劲了，把榔头递给了他。戈兰收起烟管，开始击打砂箱——稳中带狠。

从第六下开始砂箱开裂散架。里面隐约看见一些铸件。两个小矮人用脚踹开了砂箱。崭新的、冒着热气的铸件哗啦一声滚到地上：40 个铁拳套。戈兰从工具箱里拿出一个铁条，钩住发烫冒烟的铁拳套，拎了起来。

“棒极了！”佐兰眯缝着眼赞道，“民间兵器！完美！”

他伸出自己的小手，张开五指比量着。铁拳套是为中产者设计的，也就是普通人。对巨人铸造者来说，铁拳套刚刚能套进他们的小指，而对于订购者小矮人们来说，铁拳套戴到他们腿上还嫌大。

“800 个。”佐兰提醒道。

“这可是 800 个毁灭性武器！这就是力量！”

“800 个英雄。”戈兰严肃地点点头。

“800 个夺命吸血鬼！”佐兰晃动着双拳说道。

戈兰的口袋里发出了“小精灵”① 的呼叫声。他扔下钩着铁拳套的铁条，拿出“小精灵”，像拉开一把手风琴一样迅速展开智能机器人。在半透明的“小精灵”身上现出一只中世纪骑士的头像。

“巨人已走，没有条子。”骑士报告道。

“人呢？”戈兰问。

“在附近。”

---

① 一种便携智能机器人，可实时播放传送全息影像。——译注

"五个人。"

"明白。"

戈兰把"小精灵"收了起来。佐兰拽着自己的大衣领子，焦急地围着空熔锅转。戈兰掏出烟斗，越身坐上砂箱。

"让它暖暖屁股……"他心里这么想着，一边往烟斗里填烟丝，一边问：

"第二批铸件……什么时候弄?"

"动手前再弄!"佐兰用小手掌拍了一下熔锅，说道，"动手前弄!"

"领导高见。"戈兰点头道。

23 分钟之后，五个无产阶级模样的人带着手提袋和背包悄无声息地进入货仓。

二

我的小甜心，我最爱的宝贝：

我现在已经在莫斯科国了。一切都比平时来得简单快捷。不过据说，这个国家进来容易出去难。这也是这个地方的玄妙所在。但不管那么多了！我厌倦了充斥着流言和猜忌的生活。我们这些激进的欧洲人，对异域抱有成见和谨慎的态度仅限于踏上这片土地之前，简单来说，是在发生亲密关系之前。这种亲密关系我已经经历过了。请祝贺我这个老貘吧！没错。一个16岁的莫斯科国漂亮小伙儿昨夜成了我进入当地玄妙之境的最窄门户。经过这一夜，我了解了很多关于莫斯科国伦理和美学方面的东西。总体比较文明，尽管也带点野蛮：比如说，这个小伙儿在和我亲近之前，把我房间的两面镜子都用毛巾遮住，关了灯并点上他带来的蜡烛。而我则用碲钉（别生气啊）补充了体力。早上的时候，听到（也看到）这个可爱的小伙儿在浴室里不停地祷告，他跪在一个折叠式的小圣像前，圣像固定在浴室一角放洗浴用品的小架子上。这个场面太感人了，以至于我看着这个只穿了一条格子裤衩的、跪着的美少年的菊花，突然淫性大发。你知道，我很少会在早上这样。我不等他做完祷告便冲进浴室，扒掉小情人的内裤，用我挑逗的舌头伸进他的深处，引起一声尖叫。接下来你可以想象……给你说真心话，我的朋友，从祷告开始的一天真是棒极了。这样的日子几乎总是顺风顺水而且令人难忘。我在莫斯科国的第一天就是这样度过的。给这个深棕色眼睛小伙儿付完钱（晚上三卢布＋早上一卢布＝42镑）之后，我在入住的“斯拉夫女人”饭店吃了顿还算不错的早餐（茶炊茶、加酸奶油的奶酪、果子羹、小面包、蜂蜜），然后出去散步。天气很好——晴朗，空气清新。莫斯科国的首都正是清新十月，一些树上树叶开始泛黄。你知道我并不喜欢一般的名胜古迹，也从来不是旅行爱好者。我不信任大众的口味，喜欢一切用自己的舌头去品尝（别坏笑，流氓）。初次品尝后发现莫斯科并不对我的口味：这里夹杂着各种甜腻腻的、脏兮兮的，还有技术的、意识形态的（共产主义+东正教）和外省发霉的东西。城市里到处都是广告、汽车、马和乞丐。如果用烹饪的语言来说，莫斯科是一个大杂烩。特别要关注的是空气。在莫斯科开天然气和电动车的只有国家公务员和有钱人。普通百姓和公交用的都是生物燃料，主要是土豆浆。从叶卡捷琳娜二世起土豆就一直在为莫斯科国造福。事实上土豆尾气为当地的空气添加了某种齁甜的霉味儿，而且它附着到周围一切东西上。当你用舌头品尝莫斯科的主菜——克里姆林宫、大剧院、瓦西里升天大教堂、钟王——的时候，这种怪味儿就像败味的调料一样破坏了整个美景，并留下难吃的余味。但我再强调一下，这只是第一天。第二天我就适应了这种味道，就像适应了开罗、马德拉斯①、威尼斯、纽约、布加勒斯特等地的臭味。唉，根本不是味道的问题，问题在于莫斯科是一个奇葩的城市，没错，一个带有自己独特怪癖的奇葩城市。这是一个最不像首都的城市。

① 马德拉斯，现称金奈，南印度东岸的一座城市。它坐落于孟加拉湾的岸边，是泰米尔纳德邦的首府，是印度第四大都市。——译注

这点跟你说不清楚，因为你既没来过这里，也对这里的历史不感兴趣。但我还是想试着解释一下，因为接我去伏努科沃机场的土豆的士一个半小时之后才来。这样，俄罗斯帝国革命前的历史就没必要讲了，因为那时候它还是一个亚细亚—拜占庭专制国家，殖民版图辽阔无边，气候比较恶劣，居民温顺驯良，大部分人过着被奴役的生活。到二十世纪就比较有意思了，一开始就是世界大战，在战争期间俄罗斯的君主制开始动摇，之后很自然地迎来了资产阶级革命，其结果是他的轰然倒地。准确地说是她，俄罗斯是一个阴性名词。她的帝国心脏停止了跳动。如果说，这个头戴钻石、身穿雪衣的美丽而残酷的女巨人在一九一七年二月能顺利倒下，分裂成若干小国，那么一切仿佛都顺应了历史的潮流，而受沙皇政权桎梏的各族人民也将最终获得帝国解体后的民族身份，并开始自由的新生活。但是事情却朝着另一个方向发展了。布尔什维克党没让女巨人倒下，尽管这个党派人数不多，但是却极富战斗精神和社会活动能力。他们在圣彼得堡发动了午夜政变，挽狂澜于既倒，扶大厦之将倾。我觉得列宁和托洛茨基就像女人雕像的小支柱，喘着粗气支撑着美女的僵尸。尽管布尔什维克对沙皇制度恨之入骨，但他们却成了自发的新帝国主义者：在他们取得国内战争的胜利后，这个僵尸更名为苏联——一个具有中央集权制和严苛意识形态的专制国家。就像所有的帝国一样，它开始扩张，攫取新的地盘。但是真正的新帝国主义者是斯大林。他没想做支柱，而是直接要把帝国的僵尸高高举起，这一举措被称为集体化+工业化。他用十年完成了这一壮举，借用古代文明的方法举起了女巨人，只不过古时候是往雕像下面一层层叠加石头来堆高雕像，而斯大林是用苏联人民的肉身作为雕像的铺垫。其结果是帝国僵尸被直立起来。之后开始给她涂脂抹粉，冷冻起来。斯大林制度的冰箱工作状态良好。但是，大家都知道，机器设备不可能永远不坏，你想想你那辆漂亮的红色宝马就可以明白。斯大林死后僵尸就开始解冻了，人们马马虎虎修了一下冰箱，但没能坚持多久。最终我们巨人美女的尸体彻底解冻，她又开始向下倒塌。新的手臂已经伸出，后苏联时代的帝国主义者们已经准备好变身为雕像支柱。但这时候一个睿智的领导集体掌握了政权，领头的是一个乍一看其貌不扬的人。但后来证明这是一个伟大的自由主义者和伟大的心理医生。这个为解体而默默劳作的人在15年间一直在口头上说要复兴帝国，但他实际上为僵尸的平稳倾倒做好了一切准备。终于他得偿所愿。之后在解体的美女僵尸上开始了另一种生活。于是我，亲爱的托德，现在到了莫斯科——这个美女巨人从前的头颅所在。解体之后，莫斯科可谓饱经沧桑：饥饿，新君主制+血腥削藩制，阶层，宪法，莫斯科共产党，议会。

如果要给莫斯科国的现行制度下一个定义的话，我觉得应该叫开明神权共产殖民制，什么都包括进去了……我之所以说这些题外话，是想给你解释明白这个城市的怪中怪。设想一下，你被老天抛到一个巨人岛上，意外遇上坏天气，被迫在一个死去很久的巨人头颅中过夜。你浑身湿透，哆嗦着从眼眶爬了进去，在头盖骨里入睡。不难想象，你的梦里一定会充斥着不同寻常的、带有英雄（或忧郁）巨人症的梦境。其实，莫斯科就是俄罗斯人帝国的头颅，它的怪中怪存在于过去的那些被我们称为“帝国之梦”的幻象中。再加上现在他们还有土豆尾气的滋养。梦啊梦……俄罗斯在任何时代都过着睡梦般的生活，时不时地被阴谋家、暴动者或革命者随意叫醒一会儿。战争也没能长久地阻止他们入眠，女巨人在睡梦中挠一挠身体上痒痒的地方，翻个身面朝雪地，又接着睡了。她的鼾声震慑着远方省份，那里的官员们都不寒而栗，以为威严的京城巡抚即将来访。她喜欢并善于做五彩斑斓的梦，但她的现实却略显晦暗：阴郁的天空，大雪，祖国的炊烟和暴风雪混杂在一起，拉过鲟鱼或十二月党人的马车夫的歌……似乎俄罗斯醒来的时候总是心情不好，而且带着莫斯科式的偏头痛。莫斯科生病了，却需要德国的阿司匹林才能治。尽管这个城市有诸多不好，它还是有自己的美妙。这种美妙源自你突然做了一个有关曾经大国的梦。恰恰这种美妙的感觉是无法言传的，因为俄罗斯人的国家梦有着自己独特的……所以我不想继续浪费你的时间和患有痛风手指的精力。等我回去以后尽量向你讲述并展示莫斯科，如果没办法全部展示，至少要给你看炮王，在我们劳苦功高的床上。总的来说，我对此行满意。在我家祖传的地球仪上可以再插上一枚大头针了。冬天和你一起飞去看甜美的越南小娃娃。春天的时候我们去造访战后的欧洲。在接我的出租车来之前我还来得及抽一支烟卷，喝一点俄罗斯的红梅苔子酒。

让我们在亲爱的新帝国头颅中相见，那儿充斥着智力的迷障和盎格鲁-撒克逊人的清醒。

你的利奥

三

如果国家的最高管理者为了人民的福祉和所有圣贤的荣誉，仅凭上帝的意志，世界帝国主义的要求，开明撒旦教的愿望，东正教爱国主义的激情，同时拥有坚定的共识和内心的平静，按照资本主义的概念对俄罗斯国家的历史进行金融鉴定，这个国家拥有充分的高技术权利并根据房管委员会的命令以及遵照圣灵全民纳米技术的斯塔汉诺夫式的创举对全民教堂和苏联伪科学大控股公司下辖的圣地进行摧毁和重建，调动和派遣，全民集会和外观修整，并鉴于今后将在以下地方开展民主活动：隐修院和劳动集体，妓院和幼儿园，夜店和监狱，射击军镇和建筑合作社，发行量大的报纸编辑部，带有地下避难所的教堂，一对一的决斗场地，政府机关的走廊，基因孵化器，监狱的木板床，我们广袤祖国的集中营的板床和马桶等；我们广袤的祖国对一些内幕交易保持缄默，尽管知道如何进行非商业性使用和非善意收购，如何有效地通过中央委员会和全苏工会中央理事会的秘密机构将俄罗斯军队的荣耀贬损抹黑，这些秘密机构借助相关企业的共青团驱魔队并通过东正教银行的五好青年们击毙了整个进步人类的凶恶敌人和黑色乌鸦，而东正教银行在如下地方保留并加强着帝国在高科技方面的强大传统：在伟大的俄罗斯之河两岸受人民信任的特殊区域，在修士的单间居室里，在君主的社论中，在共产党员的信函中，在神学家的布告里，在与性相关的决议中，在黑色预算里，在无辜被杀的孩子身上；他们被杀的原因不一而足：因为外汇干预，因为面包和盐，因为小声说话，因为大声喊叫，因为这个那个，因为总统车队，因为动物的反苏主义，因为在我窗下的小白桦，因为无产阶级的国际主义，因为屌因为蛋，因为美元因为欧元，因为第七代智能手机，因为政权等级，因为妥善保管赃款，而这些都违背土地和自由社的宗旨，违背黑土重分社和白色兄弟会的宗旨，可这又是为了下列人员的不懈精神追求：智能机器人，退休工人，民族布尔什维克，庄稼汉，纺织工，极地勘察人员，保镖，同性恋者，政治工艺师，医生，人类遗传学家，武装分子，连环杀手，文化及服务业工作人员，御前侍臣，脱衣舞男和脱衣舞娘，大嗓门的人和聋哑人，外面耕地的人和家中看院子的人，老人和年轻人，所有诚实的人，他们的名字是：瓦西里·布斯拉耶夫、谢尔基·拉多涅日斯基和尤里·加加林，他们都痛恨伪造俄罗斯历史的人，始终不渝地反对共产主义、东正教原教旨主义、法西斯主义、无神论、全球化、不可知论、新殖民主义、魔鬼诱惑、虚拟巫术、口头恐怖主义、电脑上瘾、自由主义的无原则性、矫揉造作的民族爱国主义、地缘政治、摩尼教、基督一性论①、基督一志论②、优生学、植物学、应用数学、大数定律和小数定律，反对的目的是为了全世界的和平繁荣，为了天国在我们心中，为了那个小伙儿，为了耶稣基督，为了新婚夫妇，为了隧道尽头的光明，为了特辖军的一天，为了英雄母亲的功勋，为了在海上的人们，为了萨哈罗夫院士和李森科院士，为了生命之树，为了贝阿大铁路，为了卡马汽车制造厂和古拉格群岛，为了雷神，为了碲钉，为了祖国的炊烟，为了勇猛，为了创作，为了偶像破坏者，为了肺结核，为了俄罗斯东正教会，为了名誉，为了奶牛的

① 5世纪基督教神学基督论学说之一，反对正统的神人二性说，主张耶稣基督的人性完全融入其神性，故只有一个本性。——译注

② 7世纪基督教东派内发生的一种折中倾向的神学学说，承认基督具有神人二性，但意志为单一的。——译注

乳房，为了温暖的火炉，为了蜡油制的蜡烛，为了酒满杯，为了蓝色的雾，为了黑色的窗，为了匪首马赫诺①，奉人道主义理想之名，奉新全球化之名，奉民族主义之名，奉反美国化之名，奉教权主义和唯意志论之名永生永世。阿门。

四

六点一刻她走出自己住宅的单元门，我的心突然一紧：第一次从远处看见她，让我着实有些吃惊，我没有想到，她如此娇小瘦弱，甚至都不像中学生，简直就是个拇指姑娘，一个来自古老童话的小姑娘。这个神奇的小精灵头戴灰色小帽，身穿黑色短外套，正沿着戈罗霍夫斯基大街向我走来。

“您好！”她稚嫩的声音听起来像个顽皮的小男孩，粗糙而迷人。这个声音我不会听错，整整一周我都在和这个声音通话，这是让人难过的、如橡皮筋般撑长的一周，让我几乎发疯的一周，没和她见面的痛苦的一周。

我伸开双手迎接她，轻触，抚摸，抱起。我想证明她不是我的幻觉，不是穿着大衣的全息影像。

---

① 马赫诺（1889—1934），国内战争时期南乌克兰小资产阶级反革命团长之一，无政府主义者。——译注

“您好，”她再次向我问好，低头皱眉，一双灰绿色的漂亮眼睛看着我，“您怎么不说话？”

我还是没说话，像个傻子一样笑着。

“您等了很久吗？”我愉快地摇摇头。

“我总是搞不定古典语文这门课。”她瞥了一眼旁边垃圾满地的胡同，整了整脖子上的小围巾，“真不知道该怎么办。我们的冷血老师直到第三天才肯发参考资料，您懂吗？”

我的小可爱，除了你我什么都不想懂。

“真的等了很长时间吧？”她严肃地皱着纤细的眉。

“绝对没有。”我一字一顿地说，仿佛牙牙学语的小孩。

“走，我们去呼吸新鲜空气。”她用小手拽着我的衣袖，向前走去，“您的女秘书简直就是一白痴，我给她打电话，说得很明白：请转告他，我没法联系，我和妈妈的小精灵几天前又不好使了。很简单的一个请求，对吧？可她对我说：亲，我没人可转达。好吧，随你便，钉颗碲钉很困难吗？愚妄！坏人一个！您要惩罚她！”

“必须惩罚。”

我像一具僵尸一样被她拉着前行。

她抓着我的手，短筒靴敲击着柏油路面，踩碎了夜晚路面坑洼里刚结的冰。可惜她现在穿的不是校服，而是便服，否则会更加迷人。我第一次在学校操场上见她时她就穿着校服。一群小姑娘站在一个用粉笔画成的圈里，玩喜爱的游戏。一只红色的球飞向天空，大家叫着她的名字，她就跑去接球，但是一下没抓着，球落到地面，弹了一下，她抓住抱在胸前，校服上印着“莫斯科河东南区”的缩写字母。然后大叫一声“施坦德尔”！四散跑开的女生们都愣住了，被她的这个德语词给搞蒙了。她把球抛向一个细高挑个儿的女伴，砸中了对方的脑袋。女伴不满地哎呀了一声。她见状扑哧一笑，连忙用小手捂住嘴，半蹲在那里，扎着马尾辫的小脑袋左右摇晃，说着道歉的话，努力憋着不笑出声来……

她的嘴唇漂亮，微微上翘，上面隐约可见金色的茸毛。突然她冷不丁冒出一句惊人之语：

“大家都疯了，真的。昨天我在药师花园排队买牛肉，突然后面有人戳我脊背。一只手伸过来，上面写着：我是个哑巴，请行行好帮我买三磅牛腿骨。什么情况这是？更奇怪的是根本看不到他人在哪里，看不见脸，看不见身体，只看见一只手！人在哪里?!”

说完这句话她停了下来，跺着脚后跟。

“他可能是被你的美亮瞎了眼睛，所以才躲在其他人的身后不敢出来。”我开了一个不太高明的玩笑。

“这和美没有任何关系！这就是一个花招儿，您不明白吗?!一个小偷用偷来的小精灵做了一只手！”

“原来是这样啊……”

“正是如此！这只手大大方方地顺着队伍走，它可能是乞讨，也可能是偷窥钱包。就是这样！”

“把你的手给我。”我说着突然抓住她戴着手套的小手。

“什么意思？”她皱眉看着我。

我挽起她上衣的袖子，亲吻着她纤细的手腕，纤细的静脉和令人迷醉的温热柔软。她默默地看着，任我亲吻。

“我为你疯狂，”我对着这些静脉低声喃喃，“我为你疯狂，疯狂，疯狂……”

她童话精灵般的手腕还不及我两指粗。我像吸血鬼般狂吻不止。她的另一只小手摸上了我的脑袋。

“您的头发真是白得早了点，”她轻轻说道，“才 47 岁就几乎全白了，您打过仗吗？”

“没有，我没上过战场。”我把她抱起来，准备吻她。突然她像蜥蜴一般敏捷地挣脱了我的怀抱，沿着胡同撒丫子就跑。我赶忙追上去，她拐了个弯，我被落下了。她跑得快极了。

“您要去哪儿？”我也拐过了弯。

她黑色的上衣和灰色的小帽不停地在前面闪动着。她沿着老巴斯曼街跑向巨大的灰色环形城墙，这城墙是我所在的莫斯科和她所在的莫斯科河南岸区的分界线。她跑到城墙前，背靠着墙，张开双手。

我加快脚步奔向我机敏的小精灵。

她的身影在12米高墙的衬托下更显娇小，那墙仿佛一股冲天的灰色浊浪悬在她身后。我感到一阵恐惧：万一这钢筋水泥铸成的海啸覆盖了我的喜悦怎么办？那我岂不是永远没有机会揽她入怀了？

我心急如焚地向她跑去。

她站在那里，闭着眼睛，两只张开的手贴着墙壁。

“我喜欢站在这里，”她闭着眼睛说道，“听着墙后面莫斯科的喧嚣。”

我像抱毛绒玩具一样把她抱起，在她耳边柔声说道：

“请可怜可怜我吧，我的天使。”

“您想要什么？”她用双手环住我的脖子。

“我想让你成为我的人。”

“给你当二奶吗？”

我能感觉到她腹部因笑声带来的颤动。

“情人。”

“您想和我幽会？”

“是的。”

“开房？”

“是的。”

“多少钱？”

“十卢布。”

“好贵，”她懂事地、带着某种成人的忧郁冲着我的脸颊说道，“可以把我放下来吗？”

我放下她。她理了理自己的小帽。她的脸正好在我的心口处，那里突然发生了欲望的原子大爆炸。

“走吧？”她拉起我的手，仿佛我是她的女伴。

我们顺着墙往前走着，路上很多垃圾。她晃悠着我的手。莫斯科河南岸区依旧脏乱差。但我完全顾不上去想垃圾、莫斯科河南岸区、莫斯科、美国以及上了火星的外国人。我一心一意地欣赏着心爱姑娘的小脸蛋。她在做决定。

“听我说，”她停下来，一字一顿地说，“我答应您。”

我一把抱住她，开始亲吻她温热苍白的小脸蛋。

“等等，嗯……”她用两手推着我的前胸，“我只有到下周才可以。”

“你好残忍！”我单膝跪倒在她面前，说，“我实在等不到下一周了！求求你，明天，‘斯拉夫市场’，什么时间都行。”

“古典语文，”她叹了口气，“后天要完成并上交。否则就会死得很难看。刚过四分之一学期我就上了黑名单，必须改变这一状况。”

“我求您了，求您了！”我亲吻着她的旧手套。

“请您相信我，我其实对古典语文无所谓，但妈妈非常担心我受惩罚。她心肠太软。但我身边只有妈妈一个亲人，老爸死在战场上。哥哥也是。这个见鬼的古典语文……”

“那到底什么时候能让我一亲芳泽?”我握紧她的小手问。

她的灰绿眼睛若有所思地瞥向大墙。

“大概……周六吧!”

“周五，我的天使，就周五吧!”

“不行，周六。”她严肃地敲定了时间。

她的心理年龄要远远大过实际年龄。经历战争的孩子比较早熟。她父亲战死在彼尔姆。在这个年龄我们和她完全不一样……

“好吧，那就周六。六点可以吗?”

“嗯哼……”她顽皮地哼唧了一声表示同意。

“那儿有家非常棒的餐厅，里面有各种好吃的甜点、柠檬水、大蛋糕，以及不可思议的巧克力塔……”

“我喜欢开心果冰激凌、奶油可可和白巧克力。”她整了整我露出衣服的围巾说，“站起来吧，这里脏，你穿的可是好衣服。”

我刚要站起来，突然发现身边的垃圾堆里有一个空的、发黑的碲钉。我捡起来拿给她看:

“你们莫斯科河南岸区生活水平不低啊!”

“哇哦!”她惊叹道，从我手里抢过钉子，在眼前转动。

我抓住她的双肩。

“就是说，周六六点?”

“六点，”她重复道，目不转睛地盯着钉子，“嗯，某人运气真好。等我长大以后，一定要试试。”

“你要碲钉做什么？”

“想见到我的爸爸和哥哥。”

换个人可能会说，想邂逅完美的王子。这就是战争给孩子们带来的恶果……

旁边驶过三辆大货车，里面坐着身穿黄衣的莫斯科郊区居民。最后一辆车上人们在大声唱着歌。

她有点嫉妒地叹了口气，把钉子扔到墙上。她一边叹气，一边摸着我的扣子说：

“那我走了。”

“我送你。”

“不，不用，”她坚决地阻止了我，“我自己行。再见！”

她挥挥手，转身跑走了。我用饿狼般的眼神目送着她。我的小鹿跑远了。她双膝和短筒靴的每一次晃动，衣服的每一次摆动，灰色小帽的每一次颤动都在向令人销魂的那一刻逼近：在昏暗的宾馆房间里，我如痴如醉地舔舐着她美妙的肌肤，之后将这个莫斯科河南岸区的小精灵稳稳地放在我火热的擎天柱之上，开始在忘我柔情的声浪中轻摇慢晃，逼着这个中学生姑娘不停地重复着那个具有魔力的词：古典语文。

五

“理查德，七秒准备！”扎米拉的声音传入理查德的右耳。

他走在喧闹的狂欢节队伍中，听到右耳中传来数字的鸣响，每一个数字都在他的右眼前闪烁着红色，然后他开始了报道：

“好的，亲爱的观众们，我叫理查德·绍尔茨，是莱茵—维斯特法伦州电视台的记者，我们又来到科隆，这里正在举行人们期盼已久的科隆狂欢节。三年来大家一直在盼望这个粉色星期一，期待着走上城市街道的这一天。由于侵略者的恶意阻挠，科隆人整整三年都无法得偿心愿，因为在侵略者的眼里，我们的狂欢是‘撒旦的呼吸’。如今我们胜利了，可是我们新内阁中的某些人却患上一种可怕的病症——‘失忆症’。他们不愿意回忆过去，并劝说大家一起遗忘，说什么不要再翻旧账，要活在当下，面向未来，就像这群快乐狂欢的人们。但这是一个危险的信号，我们要不断地重复这一信号，直到部长们和议员们的‘失忆症’彻底治愈。狂欢节非常棒！但我想在这个欢庆的日子里提醒诸位，目的是让大家和后人们不要忘记，三年前19架大型运输机从布哈拉出发，在一个静谧的五月的早晨，于拂晓时分向科隆的近郊城市勒沃库森投下一个‘塔利班’空降师。从此开始了塔利班对北莱茵—维斯特法伦州三年的野蛮侵占。生活从此变样。塔利班对夺权做了精心准备，他们做了大量地下工作，利用了当地居民中具有极端倾向的伊斯兰分子，然后……”

“理查德，请简短些！”耳边传来扎米拉的提醒。

“后来发生的事情大家都记得：绞刑，刑讯，体罚，禁酒，禁电影戏剧，欺凌女性，经济萧条，气氛压抑，通货膨胀，社会崩溃，战争。让我们一起努力，不要让悲剧在我们这个年轻的国家——莱茵—维斯特法伦共和国重演，不要让瓦哈比—塔利班的大锤再度高悬在莱茵河之上，而要让我们和后人生活在自由的国度，积极面对未来，但让我们一起回忆一下诗人写下的关于战争的名言……”

他右眼前立即出现了可供选择的四段诗人名言，分别来自策兰①、布莱希特、哈亚姆②和格仁拜因③：

“‘我们啜饮黎明的黑色乳汁，不舍昼夜’。整整三年我们的人民喝着侵略的黑色乳汁，许多维斯特法伦人为自己挖好了‘天空之墓，躺在那儿不会拥挤’，让我们向这些墓地鞠躬，向奋起反抗的英雄们致敬，希望我们能够勇敢无畏地大步向前，走向更加美好的未来……”

“理查德，请注意左边的总统和总理！”扎米拉的声音在耳边

---

① 保罗·策兰（1920—1970），德国诗人。——译注

② 奥马尔·哈亚姆（约1048—1122），古代波斯诗人。——译注

③ 杜尔斯·格仁拜因（1962—），德国诗人。——译注

尖叫道。

“朋友们，我看见左前方是我们的总统卡济米尔·冯·吕佐夫和总理沙法克·巴什丘尔克。我在前面的报道中已经说过，他们在阿别尔霍夫大街加入狂欢队伍，沿着布留肯什特道路走到这里，去向‘老市场’。在此之前他们和大家一起步行，想要走到他们跟前是非常困难的，甚至连我这个科隆前武术冠军都没法做到。现在他们骑上了马，坐在英姿飒爽的战马之上。总统的坐骑是一匹白马，白色的马被上绣着十字架，总理的坐骑则是一匹黑马，绿色的马被上绣着一轮半月。这是一种象征，亲爱的朋友们，这既美好又现实，因为这象征的不仅是我们国家的政治，而且是两种文化、两种文明、两种宗教天主教和伊斯兰教的统一，而这样的统一可以帮助我们的国家战胜狡诈的劲敌，在残酷的战争中立于不败之地。总统和总理神采奕奕、兴味盎然，他们用这些金色的丰裕之角向人群撒糖，他们看上去像真正的骑士，实际上他们就是骑士。我们都记得冯·吕佐夫将军从荷兰边境打到科隆的著名冬征，我们也记得战时的战况报道：奥伯豪森被解放，杜伊斯堡城的浴血之战，辉煌的杜塞尔多夫之战以及载入现代军事史的‘波鸿之锅’，这是冯·吕佐夫将军的军队为塔利班建造的一口大锅，它砸断了塔利班武装的脊梁，之后敌人便溃不成军，回天无力。当塔利班匪徒们仓皇逃往东部边境的时候，他们的精神领袖，所谓火热伊玛目，得到了自己……”

"理查德，总统已经说得差不多了，讲讲总理。"

"……应有的下场，死在被塔利班匪徒们摧毁的特罗斯伊斯多夫城的大街上。而此时我们的现任总理沙法克·巴什丘尔克正率领自己的抗击部队在科隆进行英勇而顽强的地下活动，在城市的地下铸造完败塔利班的誓约胜利之剑。这个勇敢的人，鲁尔区的爱国者，曾经的热力工程师，在被占领的年代成为了活着的传奇，地下英雄，团结了一切仇恨塔利班野蛮制度的穆斯林同人。塔利班悬赏他脑袋的价钱不是按月上涨，而是与日俱增！他的'自由之手'抗击军让侵略者们寝食难安，这支部队英勇善战，让塔利班匪徒们脚下的土地化为了焦土，而他们……"

"理查德，别再谈过去了，说现在，现在！"

"……他们的灭亡也指日可待。如今我们不仅能享受战争的胜利，而且正在享受狂欢，三年来第一次享受这个神奇的、欢乐的、美好的、喧闹的粉色星期一，大家请看，节日的人群中有多少粉色，多少小孩披戴着鲜花，小脑袋就像粉色的花蕾！他们是我们的未来，他们会成为我们年轻国家的公民并捍卫父辈们在杜伊斯堡、波鸿郊城和科隆大街上赢得的和平。祝他们永远幸福！总统和总理用金色的丰裕之角向人群撒糖，难道这不是对和平、富裕、安康的希望吗?"

"理查德，和观众互动。"

"朋友们，现在是和大家交流的环节，"他走到一对扮成中世纪小丑的夫妇面前，“你们好！请问来自哪里？”

“普尔海姆！大家好！科隆好！”

“不用问就看得出，你们今天在这里很开心！”

“当然！狂欢节又回来了！太好了！”

“狂欢节回来了！随着它的复归你们普尔海姆也回归了平静的生活。”

“是的！这是一个信号！我们胜利了！我们的儿子志愿参加了冯·吕佐夫的部队。”

“他活着吗？”

“是的，感谢上帝！可惜他正在奥斯陆出差，他非常想加入到我们的队伍中来。我们这就让他来！”夫妇俩拉开小精灵，调出了儿子的影像，“你好，马丁！”

“你们好，父母大人！我们团聚了！请接受来自奥斯陆的问候！”

“马丁，我是理查德·绍尔茨，莱茵—维斯特法伦州电视台的记者。您一定会后悔没有请假来参加狂欢并呼吸自由的空气！”

“可能会后悔。见鬼，真的是这样！已经后悔了！我是个傻瓜，毫无疑问！哇呜！我感到了自由的空气！”

“好儿子，这里简直是太棒了！那感觉就是所有的人都会永远相亲相爱！”

“棒极了！我听到了科隆的乡音，在安静的奥斯陆简直都高兴得要流泪了。”

“马丁，您父母告诉我们，您曾经在冯·吕佐夫的部队服役。您都解放过哪些城市？”

“我只来得及参加了杜伊斯堡和杜塞尔多夫的战役，在‘波鸿之锅’战役之前受了伤，于是就没能继续征战。”

“胜利日那天您在杜塞尔多夫吗？”

“那当然！简直酷毙了！冯·吕佐夫是一个伟大的人。我很高兴，我们有这样的总统！”

“他正在这里，骑着白马。”

“哇呜！真酷！唉，我真傻，没待在国内！”

“好儿子，你和我们在一起呢，你在这里！”

“妈妈，这是沙法克·巴什丘尔克！地下英雄！哦，我真想和他握一下手！哇呜！现在就去酒吧，一醉方休！”

“儿子，可别喝挪威烧酒啊！会引起抑郁的！”

“马丁，就只喝啤酒吧！”

“儿子，我们的莱斯多夫牌啤酒那里自然没有吧？”

“喝当地啤酒，当地的！”

“知道了，爸爸！”

“马丁，请问奥斯陆还是一如既往地安详宁静吗？”

“是的，挪威人比较幸运，躲开了大屠杀。战火没有烧到这里，建筑物完好无损，总共只有一两个火箭弹落到这里。不像我们那儿。哇呜，我看见了巨人和小矮人！太棒了！”

“我们现在去找巨人了！马丁，一切顺利！”

三个装扮成巨人的大个儿肩上扛着小矮人，后者在向人群撒糖。理查德向他们挤过去。

“理查德，站住！巨人那边先不着急，你后面是萨宾娜·格里奇。”耳中传来扎米拉的声音。

理查德转过身，随着人流往后走。高大威猛、肌肉强健的格里奇走在一群簇拥着她的同样是高大强健的女战友当中。她们穿着《指环王》中女精灵战士的服装。

“您好，萨宾娜！我叫理查德·绍尔茨，是莱茵—维斯特法伦州电视台的记者。我和我们的电视观众很高兴在节日的人潮中见到您，‘波鸿之锅’的英雄！”

“问候所有可敬的人。”萨宾娜高傲而又自豪地举手致意。

她的女战友们也都举起了手。

“您的新手怎么样？”

“它还不完全是我的，但已经基本听使唤了。”萨宾娜微笑道。

“亲爱的观众们，如果有人不记得萨宾娜·格里奇的故事，我相信下面几个片段他们一定不陌生，我提示一下：‘波鸿之锅’，塔利班负隅顽抗的最后据点——大学，文科楼，第三乔治团团长玛利亚·休滕娜的吉普车，塔利班匪徒们扔出的手榴弹，萨宾娜·格里奇用手抓住手榴弹，救了团长，自己因此失去一只手。在此之前的呼什塔德林格战役中，萨宾娜用她的‘黄蜂’自卫手枪击毁了一辆塔利班的装甲车。她是英雄！萨宾娜和她的女战友们来参加狂欢节，是我们大家的荣幸！你们今天高兴吗，萨宾娜？”

“我很高兴，因为恶被消灭，全能之眼的黑塔崩塌，是我们摧毁了它！”

女战友们发出战斗的呼声。

“好极了！塔利班的索伦①被推翻了，人们欢欣鼓舞！萨宾娜，您对我们今天的电视观众有什么祝愿？”

“我祝愿我们莱茵王国的所有居民能时刻享受金色的风、纯净的岸以及新的朝霞！为了新的朝霞！”

“为了新的朝霞！”女友们也高喊着。

“波鸿女侠们的精彩呐喊！我们没有忘记！萨宾娜，您已经回到家乡波鸿了吗？”

“我在阿斯帕林山上的家被半兽人摧毁，情人布鲁斯特死在半兽人的火葬场，会飞的西尔维娅归于永恒，金色头发的玛莎跑到了美国。但我拿着魔杖，我取下玉门上的白色覆盖层，我相信必

---

① 索伦（Sauron），是英国作家约翰·罗纳德·鲁埃尔·托尔金（J. R. R. Tolkien）史诗式奇幻小说《魔戒》中的人物，号称黑魔王。——译注

将战胜灰色的雾。我们将和以前一样，在纯洁的爱河中畅游。”

萨宾娜的女友们发出女侠的呐喊。

“好极了！我相信，你们纯洁的爱河今天必将全部流入莱茵河！萨宾娜，还有这些优秀的女伴们，祝你们幸福！请允许我代表所有电视观众亲吻您美妙的新手，全新的、和平生活的手！”

理查德单膝跪地，亲吻着她的手。

“理查德，看右边，右边，右边！”扎米拉的声音在耳中嗡嗡作响，“茨维坦·莫尔德科维奇！”

“朋友们，看看吧，是谁在我们身边！茨维坦·莫尔德科维奇，家喻户晓的王牌飞行员，空中骠骑兵，捍卫我们国家的领空，从空中给敌人致命打击！您好，茨维坦！”

“您好！”

“您和家人一起来的，这么大一家子人啊！”

“是的，我们今天全体出动！”

“您这位空中英雄对我们的电视观众有什么话要说？”

“我很高兴，今天能在这里，和大家一起……”

“终于着陆了，是吧？”

“是的，着陆了，和我们的亲人们，和所有我保卫过的人们在一起。”

“因为有您我们今天才能安然走在这片土地上，不必担心空袭，不用害怕爆炸声和子弹的呼啸声。在科隆上空再也不会响起防空警报的汽笛声。茨维坦，这得归功于你们的空战功勋！您亲自击落了四架塔利班的飞机，四架在我们宁静的天空狂轰滥炸的敌机。”

“对，算是小有贡献吧。主要的是，我没被打下来，咱们的天空给力。”

“今天的天空真棒，茨维坦！就像预订过一样——万里无云！”

“天真好，我们大家都很高兴……”

“乌云都散去了，是吧？”

“对，现在一切都好……”

“天空中只有阳光，对吧？没有一丝阴霾！”

“对，祥和的天空——非常好。”

“说得真好，茨维坦。您想向‘维斯特法伦雄鹰’飞行中队的战友们转达问候吗？”

“好的，小伙子们，空中骠骑兵们，我记得你们每一个人，我爱你们！我们胜利了！狂欢节万岁！”

“狂欢节万岁！谢谢，茨维坦！朋友们，现在我们去看巨人们！”

“理查德，停下，让法蒂玛接替你，你自由了。”

理查德从肩上取下智能胶块，放入口袋。艰难地挤出人群，走到费尔参格拉比恩什大道，找到自己的自行车，打开，上车，沿着河一直骑到家。进入单元，爬上三楼，用钥匙打开门，走到门厅，脱下上衣。

西利克（他妻子）的声音（经过扬声器强化的）：是你吗？

理查德（挂上衣）：是我。

西利克的声音：吃饭吗？

理查德：特想吃。

西利克的声音：那你一个人吃吧。

理查德：你已经吃过了？

西利克的声音：我还没。

理查德走进有些陈旧的小厨房，打开老式冰箱，拿出一瓶啤酒，打开，直接对嘴喝起来。他看看冰箱里面，拿出一碗不是很新鲜的鸡肉沙拉，两个小香肠。烧好茶，将香肠放进小锅，倒入开水。他站在厨房里，吃着碗里的沙拉，眼睛看着窗外。外面是一个小院子，一棵老栗树，一堆生锈的自行车和几个装得满满的垃圾桶。他吃完沙拉，从锅里拿出小香肠，就着啤酒狼吞虎咽地吃完。啤酒喝完后他把空瓶子放入一个专门的塑料箱里。然后又拿了一个苹果，边吃边出了厨房，走过狭窄的过道，进入卫生间，用牙齿咬着苹果小便。突然他呆住了，仿佛石化一般。吐出没吃完的半拉苹果，痛苦地呻吟着，急忙走出卫生间，关上门，边走边提裤子，嘴里嚷嚷着："狗屎，狗屎，臭狗屎！"一路小跑地进了唯一的居室。房间里摆放着古董家具，看得出是经常搬家，有些东西还裹着塑料包装。椭圆形的餐桌上放着一个玻璃小屋。这是西利克的家，西利克是一个娇小可爱、身量苗条的金发姑娘。她的个头还不及300毫升的啤酒瓶高。西利克在自己小屋顶层的微型滑雪训练器上来回摆动着，身上穿着运动服。可以听到小屋里音乐的律动。理查德几乎是跑到桌前，双手按着桌面，俯身到玻璃小屋前。

理查德：西利克，我需要碲钉！

西利克（继续着运动）：好消息。

理查德：我需要碲钉！

西利克：亲爱的，这很无聊。

理查德（咆哮着）：我需要碲钉！

西利克：你要把我的屋顶都震翻了。它真的会飞的。

理查德努力抑制住怒火，坐到椅子上，把紧握的双拳放到桌面。

西利克（继续运动）：你面目狰狞，我知道你累了。我看了你的报道。

理查德：请给我一颗钉子。

西利克：亲爱的，别闹。

理查德：给我钉子！

西利克：还有三分钟我就结束了。完了我找你，我们一起平复心情。

理查德（用手掌拍打着桌面）：我需要钉子！

西利克（继续运动）：理查德，你不需要钉子。

理查德：西利克，给我钉子！

西利克：理查德，你吃药了吗？

理查德：西利克，开门！

西利克：不开。

理查德（情绪失控）：我现在就让你的小屋见鬼去！！

西利克：你不敢。

理查德（歇斯底里）：开门，恶棍！！

西利克：亲爱的，吃点药吧。你早晨不是吃了吗？

理查德（抓起椅子，开始挥舞）：你可稳住了，老妖婆……

西利克（平静而安稳地运动着）：我稳着呢，很稳。

理查德大吼一声把椅子向床扔去，瘫倒在地。

西利克：你就是累了。我从来就不喜欢这样的狂欢节。它太耗精力了。

理查德（无力地垂着头）：给我钉子……

西利克：快吃药，吃完马上就会好点儿。

理查德（大喊）：关掉这倒霉的音乐！！

西利克关了音乐，从训练器上下来，把毛巾搭到脖子上。

西利克：亲爱的，我理解你说这些爱国大话时的难受心情，但你没必要把自己的怒火转嫁到我身上，我是你最亲近的人哪。

理查德没说话。

西利克：你一切都做得超级专业，我相信，他们会录用你的。

理查德（垂下头）：这个决定并不取决于报道的质量。

西利克：试用期内一切都有用。

理查德：对于我来说，一切只取决于那个傻瓜。

西利克：他们关心的只是你的身心是否健康。你的专业水平那是有目共睹。

理查德（摇摇头）：滚他们的吧……

西利克：他们滚开了，走远了。然后又会回来的。这点你要考虑到，亲爱的。

西利克下到二楼，走进透明的淋浴间，脱衣站到淋浴喷头下。

理查德：我们整整一个月都不会有钱。

西利克：这就把你吓住了？我们饿不死的。

理查德：我需要白粉。

西利克：你的醉翁之意在这里啊，那还说什么我们没有钱！

理查德：只需要一次的量，我就会恢复正常。

西利克：你会失控的。这样他们肯定不会录用你。

理查德：就一剂！一剂的量不可能让我失控！

西利克：一剂你是不够的。而五剂，正如你刚才所说，我们没那么多钱买。

理查德：如果卖掉一颗钉子，我们就有500马克。

西利克：就为了给你买一剂 20 马克的白粉？这个算术有意思，亲爱的。

理查德：我们现在两马克都没有！这种情况从来没有过！而且我还欠人钱！

西利克：亲爱的，等你被录用以后，一切都会好起来的。吃点药吧。

理查德：给我钉子。

西利克：你是知道的，这些碲钉是我们不能动用的储备。如果我给你一颗钉子，你马上就会用它去买 100 剂白粉。你曾经的痛苦就又会重演。

理查德：我就买一剂，只买一剂，我发誓！

西利克：哦，别发誓，我可爱的骑士。

理查德：我们没有钱！情况危急！连一芬尼①都没有！

西利克：现在大家都没钱。战后改革，正如总统所说，一切都在缓慢而坚定地向好的方面发展。碲钉的价格也在逐渐攀升。三天就涨了八个点。再过半个月我们碲钉的价值会翻番的。

理查德：就一颗钉子，西利克！我们有八颗呢。只要一颗！我们就会恢复正常的感觉！

西利克（走出淋浴间，用毛巾擦拭身体）：我感觉完全正常。

---

① 一马克的百分之一。——译注

别求我了。

理查德：你……就这么狠心?!

西利克：这是你自己选的。

理查德：你看得出我难受吗?

西利克：吃药。

理查德（大叫）：我宁死都不要吃这种恶心的药了!! 我难受! 真的!

西利克（穿上浴袍）：理查德，你是强者还是软蛋? 当你把我装进口袋穿越大火燃烧的波鸿的时候，我知道你是强者。包括我们在地下室的时候，你烤狗肉的时候，还有沿着那条隧道逃跑的时候，还有和三个残疾人打架的时候，你都是强者。那时我为你骄傲，无比骄傲。那时候你忘记了毒品。但战争刚一结束，你立马就变成了熊包一个。你这是怎么了?

理查德：我只需要一颗碲钉。一颗! 就可以恢复正常。

西利克（大叫）：我不会给你钉子的!

理查德沉默地坐着。西利克下到一楼，走进厨房喝水，坐在桌边，两腿搭在桌上，坐着喝水。

西利克：再过一个月他们正式录用你，给你发工资，我们就有钱了。

理查德：我……需要……

西利克：你需要一剂，好吧，我还有点私房钱。

理查德：什么私房钱？你奶奶的钻戒吗？钻石现在可没人要！

西利克：对的，没人会要。不，不是戒指。

西利克站起身，走到自己的卧室，坐到床上，弯腰从床底下拿出一个盒子，打开。盒子里放着一个按摩棒。

理查德："紫荷花牌？"

西利克："紫荷花牌。"

理查德：这个……你再不需要了吗？

西利克：我还有另外三个按摩棒。

理查德：可你说过……

西利克：这是最好用的一款？对，半年前我是说过。但一切都在变，亲爱的。时间流逝，曾经的梦想也在变。出现了新的。

理查德：你认为，它……

西利克：会很抢手。

理查德：一般来说按摩棒在战时会很抢手，而不是战后。

西利克：对成人是这样。但对未成年人来说正好相反。

理查德：暂时还想不明白……

西利克：你显然是被这个狂欢节搞累了。你自己想啊，男人们从战场上回到了自己妻子和情人身边，他们是英雄。他们有着胜利者的威猛。但是小孩们呢？他们没有上过战场，而是躲在自己的鼠洞中吓得浑身发抖。胜利的雷声震响之后，他们得以爬出洞穴，重见天日。而他们的性能力留在了这些洞穴中。这样的情人能干什么？只能是酗酒，然后向自己的女友吹嘘大人们的丰功伟绩，然后用脚掌给她做按摩。

理查德：也许……你是对的。（放心地大笑）西利克，你真聪明！

西利克：聪明的蛇蝎，对吧？

理查德：你……（叹口气）你是知道的，我除了你没有别人。

西利克：我知道。

西利克拿着装按摩棒的盒子走下楼，出了玻璃小屋，走在桌面上。

西利克（把盒子递给他）：这个在跳蚤市场上小孩们至少出价 80 马克。

理查德伸手要拿过盒子，但西利克把盒子藏在了身后。理查德愣住了。

西利克：刚才是谁叫我“恶棍”来着？

理查德：请原谅那个傻瓜。

西利克（走到桌边）：跪下！

理查德双膝跪倒。他的头正好和桌面齐平。

西利克（从浴袍里伸出膝盖）：亲！

理查德伸出嘴唇去亲膝盖。西利克把盒子给了他。

理查德（小声说）：亲爱的，想让我舔遍全身吗？

西利克：哦，不要，亲爱的。现在不是时候。晚上，晚上我们来点高难度的……（环顾四周）嘁，我们这儿又是乱成一堆，恨死你的乱拿乱放了！

理查德：我都收拾好（从床上拿过椅子，放到桌子前）。

西利克从自己的门厅里拿了一把扫帚，开始打扫桌面。理查德把装按摩棒的盒子藏进口袋。

西利克：去给自己买点吃的，顺便给我带点酸奶、纳豆①、原浆和果汁。求你别再买两份鱼雷剂②。至少今天别买。

理查德：好的，亲爱的。我只买一份。我保证（举起两个手指）！

他向走廊走去，突然停下，转身看着西利克。

西利克（在打扫桌面）：还有什么？

理查德：让我看看。

西利克：现在吗？

理查德：现在。

西利克不满地叹了口气，放下扫帚，进入玻璃小屋，爬上二楼的卧室，走近枪械柜，手掌放到锁上面，柜子自动打开。里面放的不是枪械，而是八颗碲钉。西利克从柜子中拿出一颗碲钉，

---

① 日本传统发酵食品，由黄豆制成。——译注

② 指缝入皮下用于治疗酒精中毒的药物胶囊。——译注

脱下身上的浴袍，用钉帽那头抵住自己裸露的胸部，向理查德瞄准。按尺寸比例钉子在她手中就像是一杆长枪。

西利克：叭！

理查德看着，然后转身出门。

六

以第一次乌拉尔战争英雄米古埃尔·艾利阿扎尔命名的游击队声震乌拉尔地区。这支游击队由乌拉尔州共产党地下州委于六个月前刚成立，便迅即成为抗击巴拉宾斯克白卫军侵略者的重要武装组织。游击队的骨干力量是一些真正的爱国者，职业军人，不仅经历过第二次乌拉尔战争，而且一般都参加过第一次乌拉尔战争。他们曾在被围困的下塔吉尔城中浴血奋战，在卡拉巴什城下发起进攻，经历了马格尼达戈尔斯克城下的所有壕堑战。乌拉尔地区的土地上洒满了游击队功勋战士们的鲜血，他们是费多尔·洛扎、维克多·卡茨、沃利沙·莫乌莱、加里·克维勒。游击队的队长是共产党员、勋章获得者阿利舍尔·伊桑巴耶夫大尉。在他的率领下游击队员实施了 213 次军事行动，不仅针对巴拉宾斯克的侵略者，而且针对疯狗卡罗普的制度，瓦哈比分裂主义分子，甚至是蒙古帝国主义者，他们已经把自己的血腥触角伸向了乌拉尔的土地。

我们和伊桑巴耶夫大尉坐在一间狭小的窑洞里，窑洞今天早上才挖好。现在是夜晚，游击队经过三天的行军正在休整。队长老成持重，话不多。智能灯昏暗的光照着他冷峻的脸庞，上面有几道疤痕，高颧骨，只有一只眼睛，但炯炯有神。伊桑巴耶夫大尉的脸是典型的乌拉尔人的脸，是打击侵略者的脸，是解放战争的脸，这场战争如森林大火般不仅迅速蔓延到南乌拉尔山下，而且也席卷了北乌拉尔山。队长用他那饱经风霜的行军杯时不时地呷一口钟爱的乌龙茶，平静地讲述着他们如何冒险偷袭白卫军的后方，炸毁铁路信号站和铁道，还有不久前与瓦哈比分裂主义分子的肉搏战，以及抓获的蒙古空降兵。我用传统的方式——铅笔和纸——记下了大尉简洁的回答。游击队严禁使用一切智能产品。

“战士们创造了不朽的荣誉，”大尉谈起九月份偷袭卡罗普的铁路信号站时的英勇壮举，“我们五个战士不仅干掉八个卡罗普分子，而且还抓了一个有用的俘虏。这个俘虏目前还活着，为我们提供了重要情报，按照他的指引我们连续四天从空中猛干卡罗普分子。”

队长仅有的一只眼俏皮地向我眨巴了一下。这个沉默寡言、饱受战争之苦的人历经坎坷。他的队伍在极端艰苦的作战条件下日夜奋战，为共和国的未来，为社会主义和公平公正的胜利立下了汗马功劳。

我向他询问了关于给养，与平民百姓的关系，以及地下州委的领导作用等问题。他一一详细作答，丝毫没有抱怨弹药和药品的断供，与当地富农的冲突，以及被地雷炸死的两个州委联络员。伊桑巴耶夫大尉和他的战士们对困难早有准备。

“一切都可以克服，只要有目标在。我们为乌拉尔合众国而斗争，这大伙儿都知道，”他说，“当地的贫困对我们来说是最主要的问题。农民们已经受够了巴拉宾斯克的‘经济奇迹’，亲身经历着土地改革带来的所有磨难。”

伊桑巴耶夫大尉的游击队誓死捍卫乌拉尔合众国。“乌合国”这三个字意味深长，不仅游击队战士，而且对乌拉尔农民，对矿工，对向往公平生活的乌拉尔的所有诚实劳动者来说都是如此。功勋是为他们所建，游击队的血也是为他们将来的幸福而流。“乌合国”是自由乌拉尔的未来……

我详细地询问了队长关于党的领导问题。游击队与地下州委联系稳固，坚不可摧。

“州委书记薄左飞竭尽全力帮助我们，”大尉说道，“这是一个非常聪明的人，认真、诚实、党性原则强。我和他无话不谈，任何‘井边之蛙’都别想破坏我们的关系。碲钉每次都是按时送到。所有的州委指示我这儿都有。”

队长用指头弹了弹自己的独眼。

我向队长提了一个早就准备好的“难题”：

“那古巴人你们打算怎么办？”

游击队长的脸开始变得严峻，他把脸扭向木墙方向，简陋的原木墙上闪耀着切格瓦拉和艾利阿扎尔的全息头像。

“我们的队伍愿意接收一切想为自由而战的人。”队长答道，“但拒绝第一次乌拉尔战争中的两面派分子。我和我的战士们不承认古巴人的特赦。”

“大尉同志，可是你的观点与州委七月的指示相左。”我向他指出。

“在这个问题上是有分歧，”伊桑巴耶夫严肃地坚持着自我，“我和我的战士们忠于誓言。等我们胜利后，让乌共代表大会评判吧。”

谈话结束。队长在艰苦的一天结束后需要稍微睡一会儿。而在第十九游击队基本上没有轻松的日子……

我与他告别，走出窑洞。四周是黑压压的一望无际的森林。只有松树上的哨兵们在黑暗中用鸟语对话。我凭感觉摸回自己的住处。经过紧张而又无比漫长的几个昼夜，尤其和队长午夜晤谈之后，入睡将是一件很困难的事情……

解放战争正在乌拉尔的各条战线上以艰难却必胜的步伐推进着。

劳动人民的敌人在这里日夜惶恐，到处都会遭到游击队的打击，什么也不能让巴拉宾斯克侵略分子及其卡罗普帮凶们免受正义的惩罚！

人民的怒火正在燎原。

乌拉尔的森林在怒吼。

七

“伯爵啊，您是我的老弟，沙皇俄国被英国人假德国人之手放倒，然后又被斯大林的犹太佬政委们开膛破腹。他们把下水取出来卖给资本家换取外汇，然后把掏空的身躯塞满马列主义。”

公爵最先走到被射杀的驼鹿跟前，看了一眼，然后把猎枪和弹夹交给猎人，挥一挥手套：狩猎结束。长满小胡子的漂亮号手拿起牛角放到嘴边，吹响了结束的号角。鼓舞人心的结束号声在春天的森林里回响。猎人从皮制刀鞘中抽出匕首，毫不费力地刺入驼鹿的喉咙。动物暗红的血液冒着热气汩汩地流到地面的落叶上。猎犬们已经停止狂吠，只是挤在一起呜咽着，时而哀嚎两声。三个管猎犬的人把它们领开了。

“公爵，俄罗斯是自己倒下的。”伯爵将自己的马枪递给年轻的猎手，开始掏烟盒，但是却从兜里掏出一个碲钉夹，他骂了一句，把它收了起来，摸索到烟盒，拿出来打开，点燃一支小香烟，“她的内脏在十九世纪已经烂透了，以至于根本不需要子弹，一粒德国霰弹就足以打垮这个外强中干的巨人。”

“是德国佬放倒的，还有暗地里支持的犹太佬、英国佬。”公爵没等伯爵说完，开始四处张望起来，“特里什卡！你在哪儿?”

“我在这儿，公爵大人!”满头白发的特立丰①穿着可笑的匈牙利式短上衣跑了过来。

“去那儿安营扎寨。”公爵用长须指了指不远处那棵孤零零的橡树。

“遵命!”

伯爵从上衣兜里掏出一个不大的酒壶，拧开盖子，递给公爵：

“一九一四年俄罗斯没有经受住德国战车的打击。但这和你说的犹太佬有什么关系?”

公爵呷了一口酒，说道：

“满载而归……关系在于，您看，老弟，苏联时代有这么一种奇怪的现象：一桌坐六个委员，当被问到桌子下面有什么时，他们会答：以色列人的 12 个支派。您看过委员名单吗？90% 都是犹太佬。肃反委员会、国家政治保卫局、内务部人民委员会的头头们全都是什么人?”

“犹太人，”伯爵点点头，从酒壶里呷着酒，“那又怎样？没错，干龌龊事情的时候神经要比俄罗斯人的强大，成见也少些。”

“龌龊的活儿，那是指杀人吧!”

“没错，是杀人……”伯爵若有所思地看了看秋日高远的天

---

① 特里什卡的大名。

空，“没有牺牲怎么行？祭品是必需的。人口太多，都想要好的生活。”

“布尔什维克用工业化强奸了仰面倒地的俄罗斯。”公爵伸手去拿酒壶，“所以俄罗斯死掉了。斯大林的野蛮人在她美妙的躯体上跳了70年的布吉乌吉舞。”

“他们好歹让穷人们吃饱了饭。沙俄时期整个俄罗斯有多少人在讨饭？”伯爵冷笑道。

“您能正经点儿吗……”公爵挥手表示不屑，“是喂饱了！但一开始枪毙了大批的人。”

“不，公爵，一开始还是让很多人吃饱了肚子。”

他们突然不说话了，看着两个猎人麻利地剥着驼鹿的皮。弥漫起下水的味道。特里什卡拿着烤肉的铁扦跑了过来。

“肝不要烤！”公爵命令道。

“心脏，公爵大人？”

“还有脊肉。”

“遵命。”

林中空地上飞过一对野鸳鸯。

伯爵从酒壶又呷了一口酒，看了一眼驼鹿半开的眼睛，若有所思地说：

“每只眼中有鹿的奔跑，每个眼神里是矛的疾驰……”

“什么？”公爵问道。

“没什么，想起了一句话……如果讲真，我对德国人和犹太人没意见，我怪的是俄罗斯人。世界上没有比俄罗斯人更不关心自己生活的民族了。如果说这是民族特点的话，那么这样的民族不值得同情。”

“可斯大林说过：我这儿没有其他的民族。”

“当时应该，应该适时地移民一些德国佬过来。布尔什维克想不到这一点。叶卡捷琳娜开始的创举，最后竟无人来完成……”

“俄罗斯的存在是为了……”

“……给世界提供伟大的教训。我们读过这段话。教训是提供了，那是一个令人发指的教训。”

“愿她永垂不朽，”公爵喝了一口酒说，“不过现在一切都不错。”

“什么方面不错？”

“俄罗斯的形象。总的来说，很好！至少我对我们的国家还比较满意。”

“嗯……”伯爵微笑着环顾了一下四周说，“当然，梁赞公国要比乌拉尔共和国更好些。”

“哎，这都和谁比呢！和‘傻瓜’！尊敬的伯爵先生，我们在我们的安德柳申卡执政以后，经济和文化上不仅超过特维尔—卡卢加，而且也好于您的莫斯科国。”

“我的莫斯科国，公爵，现在只有死人不攻击它。从前多少人爬着来求食物配额……”

“我一直都恨它！从儿童时代就恨！”公爵双手一挥，“请别见怪。当后苏维埃帝国崩溃的时候，我还是个毛头小子。不谙世事。但痛恨莫斯科！我的爷爷也恨它，曾经去参与‘夯实基础’的活动！太爷爷也是，曾经和干私活的人一起跑到莫斯科挣钱！这可是遗传的仇恨啊！甚至后来，莫斯科国变穷了，闹饥荒了，街道都被挖开找土豆，人们开始互相残杀食肉。而当公社王国出现的时候，我更加痛恨莫斯科了。这叫什么‘新经济政策’：居然把莫斯科郊区送给外国人！还用墙围起来！真够聪明啊！我恨啊！”

“那你们要小心了，千万别让我们进攻你们。”

“老弟，我们有六颗厉害的氢弹！外观被能工巧匠们涂抹得像套娃一样精美。万一发生不测，我们就向莫斯科国的人扔这么一个小套娃！作为礼物送给他们！”

“您请便，公爵……可是现在想吃东西。”

“想搞女人，您刚才说的是这个吗?”

“您听错了。是吃，吃东西……”

“当然，必需的！我们去营地吧。”

公爵挽起伯爵的手，领着他走向那棵橡树。伯爵庞大的身躯俯临在小巧灵活的公爵上方。公爵一只耳朵听力不好，这会儿说起话来比平时声音大还快：

“伯爵，您年纪比我小一半，很多事都不记得了。老弟，请您认真地想一想，我们是在用哪种语言交谈？”

“我觉得，是用俄语。”

“对啊！正是俄语啊！而不是后苏维埃时期的乌俄混语！用了30年，只为回归纯净的语言。只有通过混乱才能达到秩序。国家就是语言，有什么样的语言，就有什么样的秩序。谁最早提出了这个问题？是我们，梁赞人。谁最早进行了语言改革？谁禁止的乌俄混语？愚蠢的外来词？什么品牌重塑，控股公司，市场营销，等等？是谁给大家树立起规范？包括给你们莫斯科国？是我们!!”

“我去世的父亲曾讲起过，他们学校会惩罚说‘因特耐特’的学生跪豌豆。”

“对，罚跪豌豆，用鞭子打！但是结果很好，现在大家都说着生动而纯正的俄语，听起来让人入迷！这就是国家的秩序！至少在我们这里是……您不同意吗？”

“关于秩序……我不知道。语言纯正，毫无疑问。操这种语言的人……”

“会让你产生疑问？”

“说实话，倒不是他们本人，而是他们的形象。太多丑陋的嘴脸。”

“伯爵，我的老弟，这是苏联时期的遗老遗少。”

“不能什么责任都推给苏联吧……”

“俄罗斯民族种族灭绝的恶果用60年的时间是无法弥补的。布尔什维克消灭了民族的花朵，清除田地种上犹太佬的牛蒡和滨藜等刺实植物。现在它们开花结果，长成大滨藜！很难连根拔除了！”

“嗯，对……丑陋的人，到处都是丑陋的人，无处不在……”

“你说什么？”

“没什么，想起了一句话……”

“那建筑呢？关注过自己的住所吗？什么时候俄罗斯民族关心过自己的住所？”

“从未有过。普通人住在猪窝一样的房子里，精英们给自己建的不知道是什么鬼东西。”

“而且根本不知道他自己想要什么，是凡尔赛宫、苏维埃宫，或者……”

“帝国大厦。”

“我想请问您，伯爵：这个概念最早是什么时候出现的？”

“解体之后。”

“对啊，老弟！是解体之后！正是那个时候人们才开始关注自己的住房，关注城市建设！我的城市现在没有一栋建筑是随意建造的！城市设计师的地位堪比上帝！他在我们这儿人人景仰！享有特权！是我们城市的名片！我住在这个城市，我就要为它向历史负责，向世界文化负责！请原谅我有些激动！”

“不原谅……”伯爵调笑了一句，从酒壶里呷了一口酒。

“看看我们现在的城市建设，认真！负责！品位！财富！谨慎！周密！”

“周密……”伯爵重复了一句，看着黑黢黢的树林，“现在周密将永远伴随着俄罗斯人。”

“老弟，只有解体后在中俄罗斯高地①上才开始散发俄罗斯的味道。”

“同意。之前全是异味……”

“绝对的真理！坐下吧，开始喝酒。我给您讲个故事。”

他们坐到地毯上，头顶上是那棵叶子掉尽的老橡树。地毯上放着公爵的行军小桌，上面摆着野营时最常见的下酒菜和胡椒浸的白酒，白酒装在包裹着铜丝的绿色圆瓶里。打猎的时候一般没有仆人跟着，所以公爵亲自为伯爵斟酒。

“伯爵，祝打猎顺利！”公爵用微微颤抖的细手举起酒杯。

“公爵，祝满载而归。”酒杯几乎消失在伯爵的大手掌中。

他们一饮而尽，开始吃菜。手脚麻利的特里什卡此时已经在铁扦上穿好了鹿心和脊肉，开始用篝火烧烤。

“苏联之后的俄罗斯崩溃之后，开始建立所谓后苏维埃空间国

---

① 中俄罗斯高地是东欧平原的一部分，位于俄罗斯欧洲区南部和乌克兰东北部，长 1 000 公里，宽 500 公里，面积约 50 万平方公里，平均海拔 230 至 250 米，最高点海拔 293 米。——译注

家。我们第一位领导人伊万·弗拉基米罗维奇有一次把我们这些梁赞新贵族请过去，大家聊天，聚餐，赏乐，一如往常。但之后，过了半夜，只剩下小范围的几个人，他领我们去……您猜去了哪里？”

“女仆的房间？”

“没新意，亲爱的……他领我们去了台球室。”

“我觉得，他最喜欢撞球游戏。”

“完全正确！他把我们领到台球桌前，拿起一个球说道：‘新贵先生们，我现在要向你们直观地展示一下二十一世纪的历史现象。’说完拿起一个球将其滚向球袋，球顺利地滑落袋中。他又拿起一个球，问道，‘现在我还是按刚才的路径扔球出去，球会怎么样？’我们齐声答道：‘落入袋中。’他抛出了球，但用手按着操纵台上的控制按钮，球在到达洞口前裂开，散成碎片。这可是最珍贵的象牙做的台球，现在就碎裂在我们前方的球桌上。”

“漂亮。”

“漂亮，伯爵！伊万·弗拉基米罗维奇问我们：‘如果这只球没有裂成碎片，将会怎样？’我们回答：‘会落入袋中。’‘也就是说会从桌子上消失？’‘是的，陛下，会从桌子上消失。’‘没错，我的爱卿们。’他接着说，这个球桌，就是世界历史，而这只球则是俄罗斯。从一九一七年起它就无法遏制地滚向球袋，就是说滚向世界历史的消亡。如果六年前它没有裂成碎片，那么就可能永远消失。它从桌子上落下不是地缘政治的分裂，而是内部的衰败和居民无法遏制地蜕变为毫无个性的、丧失精神的生物群，只会偷鸡摸狗和奴颜婢膝，完全忘记自己的历史，只凭贫乏的现在活着，操着退化的语言。俄罗斯人作为一个民族可能已经彻底消失了……"

"消失在其他种族之中，"伯爵郑重地点了点头，"完全同意。但是公爵，您听我说……"

"是您该听我说！后苏联时代的领导者们，觉得大限将近，于是呼吁全民：'大家一起找寻俄罗斯的民族理想！'举办大赛，把学者、政治家、作家召集到一起，说：'亲爱的们，请为我们创造一个民族理想吧！'就差没用显微镜把思想库翻遍：我们的民族理想在哪里，在哪里?！这些傻瓜们，他们不明白，民族理想并不是秘籍，不是公式，不是能让生病的人民短时接种的疫苗！民族理想，如果说有的话，那么它存在于国家的每一个人身上，从扫院子的人到银行家。如果没有，但是还想找寻的话，那说明这个国家已经末路穷途了！民族理想！什么时候它才能出现在每个俄罗斯人的心中？当后苏联的俄罗斯分崩离析的时候！只有那个时候每个俄罗斯人才会记起他是俄罗斯人！只有那时我们才能记起我们的信仰、历史、沙皇、贵族、公爵和伯爵，祖辈传下来的习俗，记起文化，还有语言！我们正确的、高贵的、伟大的俄罗斯语言！"

公爵的眼里涌出了泪水。特里什卡端上了冒着烟的烤肉串。

"至于及时的解体，那是显而易见的，无可辩驳。"伯爵拿起一串烤肉，闻了闻冒着烟的一小块鹿心，"后苏维埃是一片被侵占的土地，根本没办法合理地管理……但是，说到民族理想……我的特立丰兄弟，请告诉我，你的民族理想是什么？"

特里什卡刚把烤肉串放到盘子里，莫名其妙地看着伯爵傻笑，仿佛后者说的是鸟语。

"你活着最主要的理想是什么？"伯爵一字一顿地问。

"理想？"特立丰重复着问题，看了公爵一眼。

公爵没说话，开始给大家斟酒。

"我们的理想，伯爵大人，就是服务好自己的老爷。"特里什卡说道。

伯爵用严峻的目光仔细地打量着特里什卡宽大的、饱经风霜的笑脸，然后又看着公爵。公爵刚结束倒酒，把酒杯递给伯爵，一副似乎什么也没听见的表情。伯爵慢慢地默默地用自己的大手接过了酒杯。

特里什卡，没有听到伯爵对自己回答的反应，便跑到篝火边，开始新一轮穿肉。

公爵咬了一块肉，大嚼，咽下：

"嗯——嗯——嗯……好极了。烟熏味，烟熏味啊！特里什卡真棒！外行总是用煤炭来烤鲜肉。真正的猎人应该学会使用活火焰……好吧，亲爱的伯爵，让我们为什么干杯?”

“干杯? 嗯——嗯——嗯……为什么呢……”伯爵严肃地盯着公爵看。

他们的目光相遇了。

“上帝啊，真受不了这些莫斯科国的人，”公爵心想，“他们总是逃避一切真挚的、诚实的和最直接的东西。他们的脑袋里只有碲钉……”

“大梁赞全都长毛了，”伯爵心想，“脑子都被锈掉了，用碲钉都开不了窍……”

令人窒息的沉默。公爵等着伯爵说祝词。

“公爵，让我们为……”伯爵不知道说什么好。

但此时他麂皮狩猎外套的内兜里的卜列格怀表响起了“唐怀瑟”里的浪漫曲调。

“为音乐干杯。”伯爵终于说了出来，心里暗自为父亲留下的卜列格怀表而高兴，“因为它高于政治。”

“说得好!”公爵微微一笑，满脸发光。

他们的酒杯碰到一起。

沃尔夫拉姆·冯·埃申巴赫[1]的抒情小调在沁人心脾的林间

---

① 沃尔夫拉姆·冯·埃申巴赫（约1170—约1220），德国吟咏骑士爱情的诗人。

空气中微弱地飘过。

篝火的烟味里混杂着烤肉的味道。

不远处传来越来越响的嗡嗡声，很快一架银色的小无人机掠过树梢，消失在秋天的高空中。

八

圣战的风在欧洲上空呼啸。

哎咿呀！

啊，古老的石头，巴黎的和巴塞尔的，科隆的和布达佩斯的，维也纳的和杜布罗夫尼克的。恐惧和战栗将充斥你们花岗岩的内心。

哎咿呀！

啊，条条马路，里昂的和布拉格的，慕尼黑的和安特卫普的，日内瓦的和罗马的。真主高傲的战士们的铁鞋终将踩踏你们。

哎咿呀！

啊，古老的欧洲，狡诈人类的摇篮，作奸犯科者的堡垒，背信者和窃贼的避难所，无神论者和鸡奸犯的栖居地。圣战的雷声必将震翻你们的院墙。

哎咿呀！

啊，胆小而狡猾的欧洲男人们，将信仰换成生活的陈规，真理换成谎言，天上的星星换成可怜的钱币。你们必会惊恐万状地在街上四散奔突，当圣战之剑砍向你们的时候。

哎咿呀！

美丽而柔弱的欧洲女人们，羞于生产分娩，却不羞于做男人的粗活。你们终有一天会躺在地上兴奋地大叫不止，当圣战战士们将滚烫的精液射入你们子宫的时候。

哎咿呀！

啊，脸色黝黑的欧洲人，称自己为穆斯林，他们为了新时代的诱惑和罪孽而背弃信仰，允许异教徒们用阴险的碲钉诱惑自己。你们会惊声尖叫，当伊玛目的手从你们的头颅中拔出带给你们心灵疑惑和幻觉的破钉子，这些来自你们自由头脑的钉子会像干树叶一样散落在欧洲的条条马路上。

哎咿呀！

九

市委书记索洛维约娃不耐烦地整理了一下繁复的发型。她坐在巨大的办公桌后面，越来越烦躁，手里玩弄着一颗空的碲钉。

“维克多·米哈伊洛维奇，”索洛维约娃发话了，“您知道人们已经忍无可忍了吗？他们不仅要工作，还要休息，生孩子，洗衣服，做饭！”

“我非常清楚，索菲亚·谢尔盖耶夫娜!”金把自己保养得很好的双手放在胸前，家传的钻戒闪着金光，“但古人说得好，人没办法越过自己的脑袋。一月之前国家基金不会到账，这是客观现实。”

“七月份基金就已经发放给你们了。”马拉霍夫站起来说道，沿着窗户走了过来，“多好的基金！预制板、有机材料、固定件、基座！总共装了16节车厢!”

“谢尔盖·利沃维奇，你又来这一套……”金双手一摊，疲惫地叹了一口气，“那我还是坐下来写报告吧!”

“哦……您的报告……”马拉霍夫不耐烦地摆了摆手，“您出去向他们报告吧!”

他走到防弹玻璃窗前，外面伊万三世纪念碑边的广场上涌动着一群示威者。周围围了一圈黑衣特警。

“不，我脑袋至今还没厘清头绪。”索洛维约娃仰身靠到椅背上，左手神经质地揉搓着卷成筒状的“小精灵”，右手则在把玩磅钉，“这算什么，根据变更协议撤回吗？娜塔莉亚·谢尔盖耶夫娜！您在我们这儿做律师已经两年多了！您错失了撤回与下诺夫哥罗德人签合同的机会!”

被这漫长的三个小时折磨得疲惫不堪的列维特[1]掐灭了

---

① 即上文提到的娜塔莉亚·谢尔盖耶夫娜，列维特为姓。——译注

烟，说：

“全都是我的错。”

“她没有任何错!”马拉霍夫站在窗边，几乎喊了出来。然后他突然用大拇指指着身后金的方向说，“错在这个人！全都是他的错!”

“当然是我，当然是我我我!!!”金拖长了调子说，交叉双手放在胸前，做出欲哭的表情，“和下诺夫哥罗德人的合同也是我签的，图拉也是我去的，火也是我放的，没盖章的季度计划也是我批准的!”

“季度计划是在这里批的!”索洛维约娃猛地拍案而起，她头发上的装饰物也因此颤动，“而且你也举手了！你的才华去哪儿了？你的远见去哪儿了?”

“同志们，我该辞职了吧?”金没好气地问道，“或者继续为工人们建工棚？我该干什么，我不——明——白!”

“你该老实交代，你是如何让图拉人偷了下诺夫哥罗德人16节车厢的列车的。”格布泽夫慢条斯理地说。

“索菲亚·谢尔盖耶夫娜……”金站起来，开始扣上橄榄色外套的扣子。

“坐下!”索洛维约娃命令道。

金站着没动。她眯缝着两只用伊朗赭石颜料描过的小眼睛盯着金说：

“请告诉我们，金同志，你是谁?”

“我是东正教共产党员。”金严肃地答道，然后抬眼越过索洛维约娃的头顶看向墙上挂的列宁像，而右面的墙角放着一个大大的神龛，旁边亮着小神灯。

“我不信。”索洛维约娃说。

一阵令人窒息的沉默。

“我不信，七月份的时候你不知道图拉市参议会的制动举措。”

金面无表情，默默地对着神龛大幅度地画了个十字，然后大声地说：

“上帝可以证明，我不知道。”

坐在桌子后面的人们由于疲劳而发出各种动作，有人长舒一口气，有人愤怒地叹口气。索洛维约娃站起来，走到金跟前，死死盯着他的脸。金并没有躲避。

“维克多·米哈伊洛维奇，再过半年要召开党代会。”索洛维约娃说。

金没有吭声。

索洛维约娃默默地解开外套，露出右肩，转向金。肩膀上有一片栩栩如生的文身：两个交错的骨头围着一颗红心，心脏在有节律地跳动。

金盯着心脏。

“国王宣布第三次入党号召的时候，我才20岁。丈夫在征战，孩子才三岁。我干养犬猎人的工作，工资25卢布，伙食费都不够。我在亚谢涅沃开辟了一片菜园子，种了土豆。晚上找了个兼职，给外国人和面。每天早晨起来，眼睛因为夜里揉面什么都看不清。喝点粥，喂小孩吃饭，送幼儿园，然后我自己去上班。下了班去州委。一直到晚上十点才回来，去幼儿园接小孩，小孩已经睡着了。我就抱着他走回家。每天如此，战时没有休息日。然后突然一天接到噩耗：您丈夫尼古拉·索洛维约夫在解放英雄城市波多利斯克的与瓦哈比侵略者的战役中英勇牺牲。就是那个时候，维克多·米哈伊洛维奇，我做了这个文身纪念，并从技术部调到了社会主义建设部。因为我发了誓：要让我们的战后生活幸福，要让我的儿子长大成为一个幸福的人，让他的同龄人也成为幸福的人，让所有莫斯科郊外的劳动者们都有便宜的住房，让我们年轻的莫斯科王国成为强大的国家，让今后再没有人敢对它发起进攻，让任何人任何时候都不再收到阵亡通知书。”

她突然缄口，从金的身边走开，穿好衣服，坐回原处。

“我该做什么?”金弱弱地问道。

索洛维约娃不紧不慢地点上一支烟，用涂红的指甲敲了敲桌面说：

“明天来这里，九千，金币，全新的。”

“明天我筹不了这么多。”金随口答道。

“后天。”

他不舒服地耸了耸肩：

“也不现实，不过……”

“不过你会办到的。”索洛维约娃打断了他。

他不说话了，目露凶光地看向别处。

“不要提任何要求，不得有任何耽搁。”她仰身躺向椅背。

金交叉双手垂身而立，恶狠狠地点了点头。

“九千。”索洛维约娃重复道。

“我可以走了吗？”金问道。

“走吧，维克多·米哈伊洛维奇。”索洛维约娃冷冷地看了他一眼。

他猛地一转身，摔门而去。

“应该把这个恶棍开除出党。”沉默已久的穆尔塔佐夫愤愤说道。

“赶到地狱去！”马拉霍夫用“小精灵”拍着桌子大骂。

“小精灵”发出尖厉的声响，闪亮了一下。

“不必。”索洛维约娃看着窗外示威的人群严肃地说，“暂时不必这么做。”

她郑重地掐灭烟头，站起身，整整衣服，正了正发型，将一直晃动的头饰稳住，然后对办公室里的人大声说道：

“走吧，同志们，我们现在去和人民对话。”

十

门被小心地打开一道缝。

“是我，是我。”博格丹卡嘟囔着说，几乎没动嘴唇。

门又被关上了。博格丹卡能够想象弗拉基米尔的双手如何费劲地取下门链儿。

“是我，一切正常！”他真想冲着这扇可恶的破门大喊一声。这门包裹着一种不知道什么狗屎材料，也许沙俄帝国时代就有了，不过也可能是后苏联时期甚至是苏联时期的货色。

但他强忍住了。

弗拉基米尔把门大开，仿佛来的是他在“二战”中失联已久的大哥。博格丹卡几乎是一跃而入，闯进了温暖而昏暗的门廊。没等弗拉基米尔关好门，他已经无力地沿着墙瘫倒在地板上。

“怎么了？”弗拉基米尔不解地俯下身子问他。

“没——没什么……”博格丹卡微笑着小声道，“就是累了。”

“跑来的？”

“不是。”博格丹卡老实承认，从兜里拿出一个火柴盒，递给弗拉基米尔。

后者迅速接过并走出门厅。

博格丹卡坐了一会儿，脱下上衣扔到地板上，解下围巾扔到一边，脱掉沾满泥巴的靴子，站起来走进卫生间，打开水龙头贪婪地喝着并不可口的热水。他抬眼看着镜子，努力平复自己的心情。镜子里的脸苍白消瘦，带着两个深深的黑眼圈。

“晚安。”镜子外干裂的嘴唇吐出一句问候，脸上努力挤出笑容。

博格丹卡转身离开泛黄的洗脸池，进了房间。

客厅的地毯上默默地围坐着12个人，中间一本破烂不堪的《三国演义》上面放着一个打开的火柴盒，里面是一枚银光闪闪的碲钉。

博格丹卡加入了进去，硬挤在莫斯科郊区人瓦列内依和弗拉基米尔第二任莫斯科河南岸区女友蕾吉娜中间。这两个人根本没有理会博格丹卡的粗鲁加入，他们的眼睛一眨不眨地注视着碲钉。

“怎么样，白痴们的梦想实现了吗?”瓦列内依不合时宜地抛出一句玩笑话。

大家都默不作声。

弗拉基米尔忍不住叹气道：

“那就让我们抓阄……说实话，光看有什么用……”

“先生们，抓阄可以，但必须让大家都满意，不能让人感觉有丝毫的委屈和不公，甚至不干净、不地道、不均等。”身材瘦小的斯涅若克慷慨激昂地说道。

“不能有丝毫委屈，任何欺诈行为……”永远对什么都不满意的马福林·巴弗林摇头晃脑地说。

“听着，能有什么委屈？”穿着邋遢的胖妞李瓜莲嘟囔了一句。

“我很容易受委屈的……”有点驼背的克洛普小声回了一句。

“你们说得不对！完全不对！”波恩狄克－戴用力拍了一下膝盖。

“是不对，让我们一起商量，大家一起商量。”萨莫伊面色阴郁地点点头。

“大家听着！真见鬼，我们聚在一起不是为了欺骗！”弗拉基米尔提高了声调，大家都觉察到他快要发飙了，“先生们，你们这是在我家，会有他妈的什么欺骗？！”

“弗拉基米尔·雅科夫列维奇，我们说的不是欺骗的事，这种事在我们这些有责任能力的、特别的、聪明的、负责的人身上不会发生，但我只是想提醒……”斯涅若克开始喋喋不休地说起来，但他立马被打断了。

“抓阄！抓阄！抓阄！！”弗拉基米尔愤怒地、狠狠地拍了一下手。

大家都朝他看去。

坐在他身边的丰满的阿芙多季娅抱住他，贴了上去。

“亲爱的瓦洛佳……没事的，一切都很好……”

他试图推开她，但这时阿曼伸出大手，搂住了弗拉基米尔的肩膀：

“弗拉基米尔·雅科夫列维奇，别生气，别生气。”

他深沉有力的嗓音起了作用。弗拉基米尔不再说话，只是在阿芙多季娅的怀中稍微扭动了一下。

“先生们，”阿曼用自己睿智而深邃的眼神看着在座的所有人，继续说道，“我们今天聚在这里，是为了鉴定一个新东西，它就在我们面前。”

大家仿佛听到命令一样，齐刷刷地看向火柴盒。

“它花了我们很多的钱。这是世界上最贵最稀有也最被严禁的产品，我们谁都没有试过这个东西。所以为了不出现不必要的麻烦，我提议抓阄。”

“用火柴抓阄！既然火柴盒是现成的……”一贯忧郁的罗佳·施瓦尔茨苦笑道。

“13 张纸条，只有一张是幸运的。”阿曼没有理会罗佳的建议。

“我家里没有纸。”弗拉基米尔低声说道。

阿曼拿起火柴盒，从《三国演义》里扯下一张纸，然后把火柴盒放回原处：

“给我把剪刀。”

剪刀拿来了。他认真地将泛黄的纸剪成大小一样的小纸条。

“拿一个垃圾袋过来。”弗拉基米尔支使阿芙多季娅。

她费力地站了起来，晃动着肥大的身躯，跑进厨房。过了一会儿拿着一个黑塑料袋回来。

“弗拉基米尔·雅科夫列维奇，我希望您这里有铅笔?”蕾吉娜问。

“家里有，”弗拉基米尔小声答道，但又恶狠狠地补了一句，“但我要事先声明，我不太会用。”

他站起来，翻箱倒柜找了半天，找到一支破旧的铅笔，扔给蕾吉娜。蕾吉娜接住，闻了闻，舔了一下铅笔，神经兮兮地笑着说：

“先生们，你们知道吗？我也……不太会用……”

“我来写。”阿曼从她手中拿过铅笔，握在手中，歪歪扭扭地在一张纸条上写下一个大字：碲。然后扔掉铅笔，把所有纸条工工整整地对折，一个一个放入黑塑料袋。他强劲有力的大手有条不紊地做着这一切。当最后一张纸条消失在塑料袋中后，阿曼合住袋口，上下晃动袋子很久之后，轻轻打开袋口，说：

“按逆时针方向抓，房子主人第一个请。”

弗拉基米尔按捺住激动的心情，把手伸进袋中，摸索了一会儿，拿出一张，看了看，随即揉成一团，气恼地往上一扔：

“我靠!”

阿曼面无表情地把袋子伸向阿芙多季娅。后者抽出了一张空白纸条，轻松地笑了笑，靠在弗拉基米尔身上。

“滚一边去……”弗拉基米尔推开她，起身去厨房喝水。

塑料袋接着转圈，还没等转到中间，瘦小的克洛普便抽中了幸福之签。

“碲。”他面带病态地微笑着念了出来，并向大家展示纸条。

“碲，”阿曼确认道，明显不满地从克洛普纤细的手指中拽回了纸条，“克洛普来做尝试，先生们。那好吧……把师傅叫进来。”

谁也没动。克洛普中大奖让一些人兴奋，另一些人发呆。

斯涅若克冲向克洛普：

“克洛普，我亲爱的克洛普，您今天高高在上，您是壮士，是造物主，是缔造者，您明白吗？您将头顶着天，脚踩着地，世界像一只蜥蜴，像一只两栖动物，像一只狗舔您的手和脚……”

克洛普背驼得更厉害了，不出声地笑着，晃动着身体，把瘦骨嶙峋的拳头放到长满粉刺的小额头上。

“克洛普，你这狗小子，真让我钦佩艳羡，”瓦列内依文绉绉地说道，“先生们，我就知道，不是克洛普就是小罗佳抽中。”

“别事后诸葛亮了，朋友。”罗佳·施瓦尔茨郁闷地拍了拍瓦列内依的光头说。

“克洛普就克洛普，有什么了不起……”戴着面具的马福林·巴弗林幽幽地说。

“干吗要分成13份，我到现在也没弄明白！”萨莫伊狠狠地挠着伤痕累累的双手。

“你有60卢布吗?”李瓜莲像个温柔的小丑向他行乞，“或者20卢布也行?”

“没有，连四卢布62戈比也没有。”

“是已经没了!”她提示道。

大家哄笑起来。这阵笑声化解了紧张的氛围。有人开始吸食小剂量毒品，马福林·巴弗林吸够了，变得和善起来，扔给蕾吉娜一剂药片。蕾吉娜向他抛了一个媚眼。

“先生们，让我们为克洛普高兴吧，”阿曼说道，“师傅在哪里?”

从厨房回来的弗拉基米尔拿出钥匙，打开卧室的门。从里面走出一个个头不高、大脸小眼睛的人，肩上挎一个袋子。

“我叫阿力沙。”他微微欠了欠身子，自我介绍道。

阿曼不动声色地指了指克洛普。阿力沙郑重其事地把袋子放到桌子上，从里面掏出一个电动理发器，走近克洛普，跪在地上开始给克洛普剃光头。

“知道我为什么那么久都没去理发馆了吧。”克洛普说着，拨弄着自己瘦削的手指。

“请把头抬高点。”阿力沙说。

“我还是不明白，为什么碲钉不能重复使用?”阿芙多季娅抱着弗拉基米尔，幸福地问道。

弗拉基米尔不屑地哼了一声，用手指弹了一下阿芙多季娅的额头。

“碲和脂肪酸作用后会失去纯度，变成盐了。”正在理发的阿力沙作了解答，“这一反应十分激烈，会形成相当厚的盐层。而且不仅如此。还有一些无法解释的东西，比如说，晶格会改变极性。不管怎么说，谁也没有成功地二次利用过碲钉。”

“根本就不可能成功。”罗佳叹道。

“只有死路一条。”马福林·巴弗林满脸通红地补充道。

“神经元膜与碲原子激烈反应。”阿力沙接着解释，“但是，如果碲钉钉在适当的位置，碲钉就会酸化，神经元膜就失掉了脂肪酸。”

“对，对，对!”斯涅若克连忙接过话说，“这是一个非常奇妙的过程，朋友们，神经元脂类膜用自己的脂肪酸把碲原子从碲钉上舔舐走，就像舌头一样不停地舔啊舔，使其酸化，同时自身迅速地软化，在神经元和大脑中开启反应进程，人就会进入到理想的境界！这非常好，先生们!”

“没什么好的，”瓦列内依卷着烟说，“一根钉子要 60 卢布……这世界简直疯了。”

“这不仅是碲钉的钱。”蕾吉娜插了一句。

“还要会钉钉子吗?”阿芙多季娅傻傻地、似懂非懂地点了点头。

“有些人还自己给自己钉呢，”瓦列内依不屑地说，“没有鞋匠帮忙，也没事。”

“没有鞋匠帮忙可能会永享安宁。”罗佳冷笑道。

“钉偏一点儿，就嗝屁了，”萨莫伊往地上吐了口唾沫，说，“起钉钳都不管用。”

“这恰恰是魅力所在，我亲爱的朋友们！”斯涅若克开始滔滔不绝起来，“这个产品就像日本的河豚一样，既危险又美妙，有12%的致命概率。这可不是开玩笑，这是天意。上天可以褒扬你也可以惩罚你，可以复活你也可以踹死你！通往天堂的门很窄，只有天选的人才能进入！”

“亲爱的，您是阿尔泰山民吗？”阿曼问阿力沙。

“我是雅库特人。”阿力沙平静地答道，理发接近尾声。

“那您是在哪儿……”波恩狄克－戴问道。

“就在那里，”阿力沙没等他话说完便抢答了，“生活并学会了这门技术。”

“那您是第几次干这个？”萨莫伊不怀好意地盯着阿力沙问。

“第154次。”阿力沙说完便开始用酒精给克洛普擦洗脑袋。

“我靠……”弗拉基米尔羡慕地骂了一句。

“亲爱的瓦洛佳，你这动静像是母亲莫斯科坐在了碲钉上！”阿芙多季娅蹭了蹭弗拉基米尔，嬉笑着说。

“这可不是小方块和小圆球[①]……”瓦列内依抽了口烟说道，“60 卢布一剂……可以买 30 个小方块，20 个小圆球，8 个圆锥体。让你半年不停地在云端飞。”

“方块是好东西，”李瓜莲反对道，“我才不会用它去换什么楔钉。”

“姑娘啊，可惜没人会给你那东西的！”萨莫伊不无尖酸地说道。

大家哄笑起来。

“我该回家了。”李瓜莲站起来，装模作样地伸了个懒腰。

“是啊，是啊。楔子要用楔子揳……”萨莫伊不依不饶地说。

“我们也走，祝留在这里的人愉快。”瓦列内依站了起来，抓着波恩狄克－戴的手。

“克洛普兄弟，祝你一切顺利。”波恩狄克－戴对克洛普说。

“还有我，我也走，先生们。尽管我非常非常好奇，”斯涅若克连忙站起身，“我的整个身心，整个生命都在战栗，渴望能爬进克洛普的头盖骨，体会这前所未有的神圣嬗变，我没说飞进和走进，对，对，是爬进，如果不能爬进，至少能在事后问问克洛普自己的感受，分享他升天的喜悦，哪怕只是片刻融入他超感觉的忏悔中，一旦融入后便被忌妒焚烧，正如凤凰一般，从嫉妒的黑

---

① 此处应该是指毒品的形状。——译注

色灰烬中穿着快乐的白衣浴火重生!”

“这个过程可能要持续五天。”阿力沙边戴橡胶手套边提醒道。

“我知道，我知道，尊贵的阿力沙!”斯涅若克接过话说，“正是因为知道我才要离开这里，因为我的心脏无法忍受五天的实验过程！它会像巴勒斯坦的无花果一样嫉妒而死！所以再见了，我亲爱的朋友们！再见了，弗拉基米尔·雅科夫列维奇!”

他深深地鞠了一躬便离开了。

马福林·巴弗林和萨莫伊悄无声息地走了。罗佳一脸苦笑地离开了屋子。地毯上只剩下波格丹卡、弗拉基米尔和阿芙多季娅、阿曼和蕾吉娜。

“需要一张床。”阿力沙直起身子说。

“卧室有。”弗拉基米尔倦怠地冲卧室方向点头示意。

克洛普像梦游症患者一样跑向卧室，阿力沙、蕾吉娜和阿曼跟在后面。波格丹卡、弗拉基米尔和阿芙多季娅坐着没动。

“我们去看看吧，瓦洛佳。”阿芙多季娅摸着弗拉基米尔瘦削的脸颊。

“不想去。”他嘟囔着说。

“可我想去。”蕾吉娜站起来，走向卧室。

波格丹卡紧随其后。弗拉基米尔在原地坐了一会儿，也忍不住站起来进了卧室。克洛普已经侧卧在床上，半睁着眼睛。阿力沙拉长小精灵，把它贴在克洛普的光头上。小精灵身上显出克洛普大脑的影像，阿力沙在克洛普脑袋上方搓了搓手，静默地站了几分钟。然后阿力沙迅速从克洛普的脑袋上取下小精灵，在脑袋的某个部位点了一个绿点做标记。之后他从火柴盒里取出那颗碲钉，用酒精擦拭一下，对准那个绿点，从袋子里取出小铁锤，猛地一击将钉子钉入克洛普的脑中。

十一

啊，完美之国！

你用可见和不可见的光线温暖地照耀着我们。你的光线穿透我们，它们强大而无处不在。任何人，无论正确与否，都无法躲避它的魅力。

再说需要躲避吗？

只有奸佞之徒才躲避你的光芒，躲进自尊的阴暗角落。他们不会爱你，因为他们只爱自己和同类人。他们不敢献身于你：万一你彻底剥夺他们的自尊心呢？万一你毁了他们狡诈的尘网呢？他们因为贪婪自私而咬紧牙关，生活对他们而言就是不断地咬牙切齿。自命不凡是他们的信条，忌妒与恐惧是他们永恒的伴侣。他们的嘴脸深藏不露，他们复杂而又充满恐惧，令人难以捉摸。他们用繁复的家具阻挡你的光线，因为你的光会烧死他们。他们的思想永远充斥着怀疑。

唉，你们这些复杂且不透明的动物。

燃烧吧，被判刑的人和注定死亡的人。冒烟吧，人类亘古怀疑的阴暗思想！完美国家的光终将把你们化为灰烬！哭泣吧，叫喊吧，狡猾而自私的人们，因被灼伤而抽搐吧，躲进自己满是尘垢的房间吧。你们注定要被烧成灰烬。你们的时代过去了。

我们代表着现在和未来。

只有我们——简单而透明的人——才懂得爱完美之国。它的太阳只为我们这些透明的人而发光。我们的生活就是快乐，因为国家的光照耀并贯穿我们的身体。

我们不阻挡你的光芒，完美之国！我们兴奋而贪婪地吞食它们。你是伟大的希望。你是伟大的秩序。你是我们生活的福祉。我们身体中的每一个原子都高唱着伟大秩序的欢歌。我们的脸上洋溢着幸福。我们信仰完美之国，它也相信我们，并依靠我们的信仰。我们是构筑它伟大的发光小砖，我们是充满国家之蜜的蜂房。我们是国家的支柱，每一个人身上都闪现着它强大的能量。每一个人身上都体现着尽善尽美的思想。我们每一个人都时刻准备为国家献身。我们的肉体是它宏伟大厦的基础，我们的爱是大厦的支柱。大厦高耸入云，其顶端由最纯的碲制成，光芒万丈，令人炫目。

啊，这座大厦是何等伟岸，何等完美！世间只此一家，仅为了我们的福祉而建。我们的福祉存在于国家的强大之中。

它完美我们就幸福。

它强大我们就有力。

它富庶我们就安宁。

它希冀我们就劳动。

它安全我们就放心。

光荣属于你，完美之国！

永世荣光！

十二

我们这里有工厂检查站。就在斯霍德尼亚市，高架单轨铁路的终点就是我们的检查站。坐三站就到了我们工厂，很大很好的工厂。这里做各种胎生制品：动物胶、毛毡子、橡胶、塑料，各种尺寸的垫片，甚至还有动物玩具。工厂有 1500 名员工，其中外来人员 500 名，按照国家规定，所有的中国人都在第二道城墙之外，他们住在墙后面的集体宿舍里，只在上班的时候才过来。中国人工作，我们的人在检查站监督。检查站里住着莫斯科河南岸区的人和城墙外的人，比例为 1∶3。我们这些莫斯科河南岸区的人只占三分之一。城墙外的人比我们多两倍。检查站有 12 栋楼房，楼房很好很大。里面的居室不是很大，但温暖舒适。在第三栋楼27号住着恶棍尼古拉·阿布拉莫维奇·阿尼科耶夫一家。他一年前到我们工厂，成为正式员工。他是雅罗斯拉夫尔人，属于外来户。他来的时候是以单身身份入职的，为了只租一间小房子，而不是花大价钱租套房，所以他对别人说自己是单身。他在舞会上请我跳舞时也是这么对我说的。这一跳舞我就喜欢上他了，他卷头发，宽肩膀，活泼机灵，很会跳交谊舞，民族舞也跳得不错。当音乐换成民族舞的时候，他立即像孔雀一样翩翩起舞，靴子上的铁掌铮铮作响，他甩动着额发，大声喊道："莫斯科人，请你看看，雅罗斯拉夫尔人能在地底下点着火！"我们就这样认识了，开始交往，在车间里无话不说。他是做动物胶的，我是做玩具的，我们两个部门离得很近，中间就隔着橡胶部。他出去抽烟的时候，总是对我说："玛鲁霞，我们出去抽根烟吧。"我对他并不是一见钟情，只不过觉得他挺有意思，也比较出众。我们车间都是女的，和她们天天住在一起，已经没什么话可说了。他给我讲自己的经历，怎么去的部队，怎么在外乌拉尔地区打仗，怎么中弹负伤，怎么在医院治疗腿伤，由于坏疽而神志不清，然后截肢。医生想让他出院，他不肯，割脉威胁说，绝不一条腿出院。可是医院没有新的腿源。医生悄悄告诉他："你给我买根碲钉，就会有腿了。"于是他写信给父母，他们杀了两头小牛，卖了收音机，又问左邻右舍借了点钱，寄给他。他买了碲钉，医生给他缝上新肢，之后出院，又回到部队，又去了外乌拉尔地区，英勇作战，得了勋章。后来他们在一次战役中集体当了逃兵。尼古拉·阿布拉莫维奇是讲故事的高手，什么事他都能讲得活灵活现。他还讲了自己的亲人，爸爸是一个犹太教徒，虔诚的信徒，去过所有的圣地，在圣山阿丰山上还为儿子祈祷。父亲的祈祷救了儿子两次命，一次是在进攻的时候，子弹三次打在他的自动步枪上；另一次他和两个外乌拉尔士兵在战壕里搏斗，其中一个滑倒了，他一下子解决了两个人。他还谈起自己的兄弟，说他和一个中国姑娘结了婚，然后去克拉斯诺亚尔斯克发展，在那里站稳了脚跟，和媳妇一起开了家小饭馆，买了两台车，生了三个孩子，第四个也快出生了，他打算圣诞节去兄弟家做客。这就是我们平时聊天的内容。后来他请我去了附近的小饭馆，请我喝红酒，吃肉和甜点。完了送我回家，走到小松林的时候猛地抱住我亲。我没有反抗，因为喜欢他。他亲了我，然后放开了我。第二天送我一个绿松石的戒指。后来我们去看了电影，在电影院他对我动手动脚。第二天，当我们同宿舍的姑娘们都去市场的时候，我把自己给了他。从那时候起，我们就成了恋人。到处都留下我们相爱的印记。圣母安息节那天我们去了集市，逛了麻雀山，坐了旋转木马，我们在星际飞船上一起飞向金牛座α星，在青草地上漫步，大喝巴伐利亚啤酒，吃了各种甜点，他送了我两条手帕。我不可救药地爱上了他。他不仅是恋人，还是亲密的朋友。我一直等他向我求婚，但他总是推托，说时机还不成熟，要等到稳定下来，攒够了钱再说。我已经跟我妈提起了他，每天都向她汇报情况。妈妈总是安慰我，说一个年轻人初来乍到，还没有熟悉情况，所以信心不足。你不要逼他。过了不久，秋天的时候，我们车间三个姑娘都嫁人了。就在这个时候，晴天霹雳——尼古拉的媳妇来了。而且不是一个人来的，还带着六岁的女儿。造化就是这么弄人。他们马上就搬进了家庭套房。当我听到这个消息的时候，就像一道闪电划过脑海，而且不断地在闪耀。吃不下饭，睡不着觉，仿佛被这道闪电刺瞎了双眼。只有一个念头，去找他要说法。开始给他传字条：亲爱的科利亚，我想见你。他不回应。等到抽烟的时候，找不见他。等开始工作的时候，我跑去他们车间找他，工长把我赶了出来，说我妨碍工作。在食堂逮到他，他正吃得津津有味。我说，你好，尼古拉·阿布拉莫维奇。他看着我，仿佛第一次见。你好，玛鲁霞，他说。你为什么要骗我，我问。不为什么，他转过身去，继续吃饭。这时那道闪电又一次袭来，我抓起一盘炸肉饼砸在他头上，随后冲出食堂，回到我们的玩具车间，从传送带上拿了一盒“蘑菇温室”玩具，里面有塑料做的小蘑菇，是需要培植的那种，我揪了一把下来，放到嘴里，打开一瓶水，全部吞下。然后跑到我们的小教堂，祷告了一番：主啊，请原谅我的罪过。这时候我突然感觉腹中的塑料乱动，然后就失去了知觉。醒来的时候已经在医院了。大夫给我展示了一个脑袋大小的变形牛肝菌，血糊糊的一团，和食用牛肝菌一样：“傻瓜，怎么用自己的肚子培育温室蘑姑啊？想请大家喝蘑菇汤吗?”然后又说，“治疗费由工厂保险出，换胃的费用要从你的工资里扣除46块钱。一星期后就可以正常上班了。”我想放声大哭，但是没有力气。只说了句：“大夫，您为什么要救我?”

十三

赤身裸体的夏洛腾堡宫的多罗蒂亚，38岁的孀居女王，跟娘家姓的施勒斯维希·霍尔施坦因公主，格吕内瓦尔德公爵夫人，费尔达芬伯爵夫人和达姆施塔特伯爵夫人，还有姆列茨克公爵夫人在洒满月光的宫廷长廊上追逐着我。

我从女王的卧室跑出来，在混合着地板胶味、火炉味、大麻味和朽木味的空气中死命飞奔。眼前闪过盥洗室、客厅、配有沙发的绿色办公室，我们喜欢在这些黄丝绸制的沙发上玩跳背游戏……背后传来声音：“站住，臭粪球!”

已经变成臭粪球了……半小时之前还是“我亲爱的小玩偶”呢。啪，她用力挥舞着拍网向我打来，没打中！我跑“之”字形。拍网在身后像炸弹一样啪啪作响。女王的手好重，啪！啪！啪！这已经是地毯式轰炸了。需要采取积极应对措施。向左转，大花瓶，带靠枕圆扶手的长沙发，廊柱，羽管钢琴。后面传来大象般的脚步声，她如狮子般喘着粗气。砰！大花瓶倒了，滚了两下，没碎。砰！掀开洒满月光的钢琴盖，嗡嗡，啪啪，怕怕。巴赫？巴赫？巴赫？亨德尔!!

亨德尔给了我力量。在这个疯狂的夜晚之后我还有力气！奇迹啊，奇迹。

啪，啪!

门柱。

气喘吁吁地绕过，

飞向椭圆形大厅。

宽敞。窗户。月亮。习惯性地在象棋格的大理石地板上跳跃。天啊，这两年我们在这里不知道玩了多少局活人版的国际象棋！我始终站在黑马 B8 的位置，每次西班牙开局时，只要我不同意用“马歇尔弃兵”的手法，大坏蛋瘦高个 -2 就称我为一匹无用的马。

身后响起女王沉重的脚步声。她用德语喊道：

“站住！站住，你这个小杂种!”

我在大理石地面滑行着，滑进了挂满织花壁毯的房间。真想裹进壁毯中，远离这个恶婆子，躺在里面睡个好觉。可是不行，谁让我长得丑……

丑人没好运吗？怎么总是让我弯道滑行。哎！我头碰到镶金的桌腿了。眼冒金星，满天都是小星星。桌腿的镀金层脱落，多漂亮的桌腿儿，被你撞得只剩下木腿儿了……

我在桌腿间穿行，疼得嗷嗷直叫。

“快给我，你这个傻瓜！”

女王沉重的脚步震得花瓶们直颤。我听见她的汗水滴落地板的声音，没错，这个贪婪的恶婆。

“你这个小猪猡，居然……”

女王大怒。

我急忙跑进红色办公室，听到女王在身后变换了拿拍网的部位，开始加速猛追，就像撑竿跳运动员一般。

站住！

多罗蒂亚从胸前发出的声音回荡在夜晚的宫殿中。低音，低音。咆哮，咆哮。中国花瓶纷纷发出回声。这时在远处，从我离开的卧室里传出一个微弱的声音：

“多罗蒂亚，我亲爱的，你在哪里？”

可怜的小人，无耻的小人，我要像一只战后的臭虫裹进地毯里。恶心的土耳其地毯！满是粗毛的便宜货！波斯地毯和中国地毯早就被宫廷里的浑蛋们偷光了。

她在瓷器屋的门槛处追上了我。拍网的呼啸声，打击声。我飞奔进壁炉，炉灰四起，灰飞烟灭？

“阿嚏！”我打了个大喷嚏。

我从壁炉里跳了出来，惊恐地看见，她晃动着两个大奶子，撅着大屁股，挥动着拍网，仿佛在击打高尔夫球。女王可是高尔夫的高手。她丰盈的双肩香汗淋漓，泛着银光。月光洒在蓬乱的头发上。

“嗖!”

没打中。

我在花瓶间穿行。

“嗖!”

哗啦！花瓶碎裂。

我跳上瓷龙，然后继续跳上瓷鹦鹉、瓷蛇妖、瓷弥勒佛……啪!

她像击落一只春天的山鸡一样把我打了下来。我在夜晚的空中翻着跟头，向下坠落。直接跌到她汗津津的双手中。

多罗蒂亚女王热乎乎的脸出现在我上方。

“听着，你这个俄罗斯小浑蛋，这都是你自找的!”

大幕落下。

大结局。

大结局。

大结局。

早晚都会走到这一步的。唉。死去的太监哈尔拉姆比曾经说过：你们当中将来倒霉的不是最长的和最胖的，而是最聪明和最灵巧的。不幸被这小老头言中……是的，我聪明，这点甚至小矮个 -3 都不否认。我健壮而灵活。我擅长跳桑巴舞和兰巴达舞，我像性感沙漠上的托钵僧一样转动身体，我能只用五个避孕环做成一个呼啦圈。我弹性很大。如果用我五俄寸的身体做成弓弦，射出去的箭可以飞进皇宫卧室的窗户，呼啸飞过玫瑰花圃，落在宫廷花园的绿色长廊上。我们的那些瘦高个们将会瞪着蜗牛眼，用羡慕的眼神追随着箭的走向。如果把我绷紧再松开，我弹射出去的力量足以打碎女王任何一任情夫的头盖骨。比如现任情夫克罗伊茨贝格的康拉德！名字听起来很吓人……但只是徒有虚名而已。“就是那个从萨拉菲派[①]分子手中解放了诺伊奎恩的人！”感恩戴德的土耳其人亲吻了解救者的双手……现代史中通常的规律是，桂冠都让庸才们得了去。一幅活色鲜香的春宫图：“夏洛腾堡宫的女王多罗蒂亚命令我和康拉德交媾。”而这个烂货却埋在枕头里佯装呻吟。诺伊奎恩是中国空降营解放的，这个连瘦高个－8都知道。克罗伊茨贝格的康拉德是个胆小鬼，为了壮胆在脑袋上钉入一颗碲钉，带着一队克罗伊茨贝格的散兵游勇，骑着两层楼高的大马闯入诺伊奎恩，彼时战争已经结束，萨拉菲派分子的尸体和废墟都已清理完毕。他沿着卡尔·马克思大街一路骑行，土耳其女人们一个劲儿地向他的马蹄下扔玫瑰花。英雄！尽管我在战争中掉了队，但完全和道德无关：我和皇室所有成员一样，无所谓对谁实施鸡奸——胆小鬼还是英雄汉，杀人犯还是老实人。

---

① “萨拉菲”一词在阿拉伯语里是“前辈”“先人”的意思，这是伊斯兰教的一个极端主义派别，信奉没有删减或更改的伊斯兰教原初教义。——译注

这是工作。只不过……得有个度，尺度。也许我只是累了。但不是身体上，不是身体上……抑郁？有可能。内心的迷乱？也许吧。性格复杂？嗯。当宠儿太久是危险的，更危险的是还读了不少书。我是一个个体，这说明了一切。人身上有些东西是很难解释清楚的，尤其是当你夜里被吊在惩罚笼里的时候……

皇宫在沉睡。或者应该说：沉睡的皇宫完全不知他人的愁苦……

从笼子里能够很清楚地看见整个皇宫的布局。32 张床睡 32 个沃德①。现在五张床空着：我的，瘦高个 -7，瘦高个 -4，胖子 -2 和……让我想想……小矮个 -4。这么说，女王为我的这一行动增派了人手，但她不会找人替我受罚。

皇宫在沉睡。胖子们鼾声如雷，小矮个们轻扯小呼，瘦高个们居然扯呼扯出了口哨声，而我的兄弟曲柄扳手却悄无声息地睡着。我们这些歪瓜裂枣总共六个，应当说，所有人都是与众不同的个体，每个人都有自己的小怪癖。瘸腿 -1 喜欢长时间地打肥皂，但很少洗澡。瘸腿 -2 最讨厌可可油。瘸腿 -5 害怕深喉，瘸腿 -4 害怕皇宫的老鼠。我嘛……害怕很多东西。恐惧无处不在。

---

① 沃德：出自英国广播公司 BBC 的科幻电视剧《神秘博士》，是一种用心灵感应沟通的人形种族，样貌丑陋却本性仁慈善良。沃德人曾经被奴役和剥削，长时间为人类的仆人，成了一个消极的种类，在博士和 Donna 的努力下，沃德人获得了自由。——译注

正是恐惧造就了真正的知识分子，所以称他们为“胆小鬼”是有一定道理的。我痛恨国际象棋里的马歇尔反击，无聊的卡罗—卡恩防御或者老套的皮尔茨防御或乌菲姆采夫防御都比这棋盘上的郁闷好些。总的来说，我们这些歪瓜裂枣就像棋盘上的马或者海马，这是自知之明。至于恐惧……见鬼，谁敢说没有？

胖子－3在梦中笑着。真幸福……一般来讲，我们这里的胖子都是些活泼好动的享乐主义者。也许是因为他们与我们和瘦高个们不一样，没有行割礼。胖子们把风帽往脸上一拉，就可以像法兰西斯派修士一样呼呼睡去。他们不怎么能派得上用场，却可以饱食终日，在户外游玩，剧烈运动，洗澡……这样的生活不在梦里大笑才怪！而瘦高个－1却常常在梦中哭泣，而且这样的情况不止他一个人。我刚开始几个月也经常含着眼泪醒来。不知为什么我总梦见谢列梅捷沃宫殿里的温室、棕榈树、肉质植物、蝴蝶和甲虫，我很快就和它们找到了共同语言。黄凤蝶喜欢停留在我雪青色的脑袋上，扇动着两翼。我不仅会说昆虫的语言，还会用它们的语言唱歌。当然，这些歌并不是所有皇室成员都爱听。他们威胁我说：瘸腿－6，如果你再嗡嗡叫，我们就像拍蚊子一样把你拍死。唉，集体生活简直就是地狱。但孤独也不意味着天堂，千真万确。当你想象自己睡在小盒子里，而且是在某个土耳其寡妇的床下，或者是睡在一个浪迹天涯的白人鳏夫的箱子里，而且此人整夜奋笔疾书着自己写作狂式的忏悔录，你就会不寒而栗。

有人放了个屁。又一个，第三个。嗯……现在可能已经夜里两点多了。真想睡个好觉以应付明天的审讯，但我这会儿却死活睡不着。我承认我在这里一直都没有睡过安稳觉。问题倒不在于每夜的噩梦，不在于对我们这种人来说典型的恐怖梦境，像那个英国心理学家在其名著《转基因生殖器的阉割情结》一书中描述的那样。不是那种，说实话，黑色的“长着牙齿的阴道”还从来没进入过我的梦境。而失眠、闺房、丰乳肥臀……早醒——这些已经折磨我半年了。

夜里从这里往下面看去，我们的卧室非常安静。沃德人都在睡觉，雪青色的脑袋枕着枕头。仿佛晚上没有发生过争吵和打斗。仿佛从来没人在这里受过欺负，没有人用夜壶往睡着的人身上泼尿，没有人偷偷往床上放胡蜂和蝼蛄……

总之夏天过得比较平和。胖子们气定神闲，小矮个们睡前也不再唱“宁静的夜”，瘦高个 -3 不再从阳台跳下，瘸腿 -4 不再打瘸腿 -1。谁也不特别嫉妒和指责他人。部分是因为，我们的女王喜欢多样化的关系：今天她强迫我和康拉德交媾，明天她被纽伦堡伯爵夫人的双胞胎女儿用两个叉子抬着，后天谁也不能阻止她在两个瘦高个、两个瘸腿和两个小矮个的协助下用六把叉子举起伯爵夫人的双胞胎女儿，或者是举办大型性派对，玩追人游戏，鞭刑，提供黑芝麻糖饼和香槟酒。派对上人人都有事做，甚至包括胖子 -2。

时针指向两点半。

但问题是，我怎么到了这个地方？碰到什么鬼了？因为愚蠢？还是上了年纪？我只有四岁。这是沃德人的平均年龄，不仅沃德人，大部分侏儒也是这样。那就是说，这是普通意义上的中年危机。

试图打一会儿盹儿，但没成功。

时针指向三点。仿佛有号令一般：四个疲惫不堪的人从卧室返回王宫。他们步履蹒跚，垂头丧气。从他们的模样可以看出，女王在失去我之后没少折腾他们。讨厌的小矮个－4走到我跟前说：

“瘸腿，有你高兴的！女王判处把你和其他俄罗斯人送到萨特古特[①]去。”

这可坏了。这比送去寡妇拍卖会或送妓院还要差。这可是被榨干的命，实验室里的生活，繁重的工作，缺乏诗意。试管＋肥料。不停地提取精液，直至精尽而亡。

这都怪我这个白痴。吃饱了撑的，在宫廷里胡搞瞎搞，二货一个。

小矮个倒床睡去，瘦高个－4在狂饮。我叫他把沉睡的俄罗斯人推醒。

很快三个睡眼惺忪的同胞站在笼子下面。我向他们宣布：

“我们要被送到萨特古特去！”

我在囚笼里看见，三个俄罗斯沃德僵在原地，像极了萨尔瓦

---

① 柏林东部的一个精液采集实验室。——译注

多·达利版的《加莱义民》[1]。

短暂争论之后大家一致决定：逃跑。

往哪儿跑？

不知道……

要不去找谢列梅捷沃伯爵……四年前正是他送给多罗蒂亚女王一件珍贵的礼物：四个装在红色漆盒中的俄罗斯沃德，盒子上面印着巴列赫[2]工匠们的手绘图案。但我不认为这位伯爵会乐于见到我们非正常回归故里。

名叫别佳的小矮个 -12 提供了一条信息：明天一匹三层楼高的大马驾辕的火车将开往巴伐利亚参加慕尼黑啤酒节。于是大家想出了个主意：藏在大马的耳朵里，随它一起去巴伐利亚。当然必须要打点一下。我们的箱子里还是积存了一点血汗钱，是沃德人辛苦劳动赚来的。很好，我们可以跑到巴伐利亚，然后呢？我们的兄弟在哪儿最有安全感呢？除了在碲钉国……可笑极了！笑到泪奔，可惜早已无泪……

没关系。彪悍的好汉无所畏惧，不成功则成仁。

---

① 《加莱义民》是法国著名雕塑家罗丹于1884—1886年间创作的青铜雕像，反映了英法百年战争（1337—1453）期间法国加莱市六个有声望的市民为解救整个城市而勇于赴死的情景。——译注

② 巴列赫微型清漆画是一种由巴列赫伊万诺沃地区发展开来的民间手工艺术，是利用胶画颜料在混凝纸浆上完成的，通常会画在画匣、首饰盒、小坛子、胸针、装饰镶板、烟灰缸、领带夹、针盒等物品上。——译注

十四

“没人跟踪吧?”霍罗多夫问一头扎进门厅的玛莎·阿布拉莫维奇。

“没!”玛莎干脆地答道。摘掉绒毛头巾，露出波浪鬈发，她身上的香水味刺鼻，一如她本人般狂烈。

今天玛莎的眼睛特别亮：像一块亮晶晶的无烟煤。霍罗多夫接过玛莎的白色皮毛小袄，扔到一堆衣服上——所有的挂钩都挂着衣服，大家都到了。达到开会的法定人数了！男人的眼里闪过一丝可以理解的贪婪：玛莎苗条的身段出现在散发着霉味的昏暗的门厅里：黑色的身体曲线散发着诱人的欲望。霍罗多夫控制住自己不去触碰那撩人的曲线。

“所有人都到齐了!”玛莎斩钉截铁地昂头说道。

“对。”他从后面看着玛莎，仿佛一个忧郁的强奸犯。

玛莎飞一般地穿过门廊，猛地推开客厅的门：

“同志们好!”

霍罗多夫愁眉苦脸地跟在后面。

客厅很暖和，烛台，油灯，昏黄的灯光。今天是周三，停电。

“你好，娜杰日达同志!”问候从四面传来。

玛莎定睛一瞧，看见一大堆熟悉的面孔：涅杰林、洛特曼斯卡娅、克鲁恩、维克沙，三个来自波尔舍夫的小同志，工厂来的伊万和阿卜杜拉，留黑胡子的铁木尔，身材相仿的瓦济尔、丽达·戈尔斯卡娅、卓娅·李，桦树皮工匠莫姆，霍姆斯基，鲍别尔和……

“纳塔！”玛莎冲向她，把纳塔抱在胸前。

纳塔·别拉亚，她可是小蜜蜂，纳塔自由了，纳塔在这里！

她们相拥在一起，十指紧扣。

“同志们，请就座。”涅杰林正了正夹鼻眼镜和上衣说道。

玛莎坐到地毯上，挨着光头纳塔的腿，握住她那只刺着卍字的结痂的手。

“娜杰日达姐姐从来不耽误大事。”波尔舍夫来的小个子同志笑道。

“感谢上苍！”玛莎将手掌放在胸前，低头致意。

大家都笑了。

涅杰林冰冷的眼睛稍微有了点热度。

“好，我们继续。主要的问题：佐兰和戈兰。”

客厅有些骚动，这正是他们期待的问题。

“昨天又做好一批铁拳套，现在总数是……”

诺姆抚摸了一下展开在双膝上的智能桦树皮。

“6235。”

“6235，”涅杰林重复了一遍智能桦树皮报出的数字，“这意味着什么呢，同志们？6235个被社会革命党的宣传蛊惑了的人走上街道，转瞬之间就可以破坏我们苦心经营的成果。”

客厅里一片静默。

“米哈伊尔同志，你不会让诚实的工人出现在这六千多人里面吧？”霍姆斯基向前欠起身，整个身体显得紧致有力。

“他们大部分都是诚实的工人。”涅杰林面无表情地反驳着，旋即转守为攻，“正是诚实让他们去诋毁伟大的思想，正是诚实引领他们冲锋陷阵，正是诚实让我们所有人遭受逮捕。正是由于诚实他们相信了佐兰和戈兰这两个冒险分子！正是诚实让他们和我们决裂！和我决裂，和你决裂，和大会决议决裂，和25年计划的号召决裂！”

“这还叫诚实吗?!”瓦济尔大喊起来。

“没错，瓦济尔同志！这还叫诚实吗？”涅杰林提高了嗓门，“也许，需要换个词？”

“信任!”纳塔握着玛莎的手说道。

“不容忍!”洛特曼斯卡娅柳眉一扬，提了另一个词。

“准备革命。”克鲁恩说了一个复杂的词组。

“不可控性。”卓娅·李从长长的烟嘴上弹掉烟头，表达了自己的意见。

“这个比较靠谱!”涅杰林看着漂亮的卓娅，竖起大拇指，“不可控性。同志们，请告诉我，谁该来管理工人阶级？”

“我们！”玛莎几乎喊着抢答。

“但我们不善于利用工人群众的信任！”洛特曼斯卡娅蜷身在椅子里，活像一条被蝎子咬了的蛇。

“这是失误！严重失误！”瓦济尔大叫起来。

“不是失误，而是挑衅！”黑脸白发的阿卜杜拉喊道。

“不，是失误！失误！”瓦济尔举起自己的大手，“我们自己弄失误了，但没能带着工人们一起失误！我们的信任加上他们的信任再乘以伟大的思想，就像两眼泉水汇流到一起！扬起滔天的黄油！并溢出河岸！然后四处蔓延！覆盖苍茫！”

“用逮捕来吓唬我们太没有创意了，涅杰林同志。”丽达·戈尔斯卡娅冷笑道。

“感谢宇宙，我们不是自制炸弹的恐怖分子。”卓娅·李打开扇子说。

“真遗憾……”克鲁恩哼了一声，掐灭烟卷。

“先生们，信任不是错误，是犯罪，”脸小胡子硬的霍姆斯基开始发话了，“当走向民间的未来主义者不善于利用人民这一天然品质的时候，这才叫犯罪。至于我们上面谈的情况，涅杰林同志，是您的失误，而且是代表大会的总体失误。”

“代表大会的纲领文件是你们起草的！”玛莎叫了起来，并很享受怒火中烧、血涌双颊的感觉，“这是投降分子的纲领！是恶棍的纲领！我们等啊等，未来主义者们，我们盼啊盼！”

“等来的却是这个！”维克沙做了一个断臂的手势，“佐兰和戈兰没等待，他们在浇铸铁拳套，当监工！”

“浇铸拳套，当监工，好极了！”瓦济尔大声道。

“于是在弯道超越了我们。”霍罗多夫郁闷地点点头，看着玛莎，似乎在寻求她的赞同。

“我们输了，我的先生同志们。”卓娅·李摇着扇子不无恶毒地说。

“又一次输给了这帮社会革命党的人渣！”玛莎涨红了脸，气恼地说。

“这是失败。”闷闷不乐的莫姆点点头。

“我不这么认为。”涅杰林在椅子上挺直了上身，表情异常平静，以至于大家都不说话了。“我们有一些储备，”他说着，突然瞥向右边，“铁木尔同志。”

帅气而穿着讲究的铁木尔站起身，仿佛准备接受加冕仪式。他始终让玛莎对他怀着极大的好奇。她弄不明白这个帅哥究竟是怎样一个人，但不知为什么却不想接近他。这不是职业性的谨慎，而是本能的警惕。铁木尔作为地下宣传工作者非常称职，有条不紊，极其专业。地下工作赋予他骑士的盔甲，未来主义党则是他手中闪亮的剑。铁木尔行事果断：出剑，猛击，进攻，然后退到最佳位置。一切完成得镇定自若，毫不冲动，不带幻想和歇斯底里。

他昂着头，一脸修得很整洁的长髯，高高竖起的雪白衣领，瘦长的双手紧贴着匀称的、穿着西装三件套的身体两侧。铁木尔开始发话了：

“同志们！蒙古人在十三世纪征服了俄罗斯之后，向欧洲进发。从经济上来说，欧洲大陆无疑是一块无与伦比的肥肉，而俄罗斯不过是蛮荒之地。欧洲的骑士团集结自己的队伍，在布达佩斯城下展开了一场欧洲人和游牧民族的旷世大战。结果游牧民族大获全胜，整个欧洲唾手可得。但是游牧民族甚至都没有进入布达佩斯。他们在其城墙下站了一会儿，然后掉头返回了俄罗斯草原。是什么原因让拔都汗的军队没有挺进欧洲并征服它呢？蒙古人是这么解释的：我们的马在欧洲的城市里会感到憋屈。它们天生属于辽阔的草原，在城市的街道上便没有了自信。城市的空间让它们感到陌生和不解。所以，不要去征服并试图控制你不明白的东西。而欧洲人侵占俄罗斯草原时表现出另外一种与幽闭恐惧症完全相反的症状——旷野恐惧症。拿破仑和希特勒的军队在向东挺进的时候就经历过这种病症。无边无际的空间吓坏了欧洲人。他们不明白，怎么可能控制这么大的草原，怎么可能把这些草原变成文明之邦？所以他们的征战以失败告终。”

铁木尔停顿了一下，把修长有力的手指放在大腿两侧，微微鞠了一躬。继续说道：

“我刚刚第19次测试了碲钉。我成功打破黑幕。”

会场开始骚动起来。

铁木尔突然伸手插入自己的头发里，假发从光头上滑落。左耳上方有个刚长好的小伤疤。

他眼睛半闭，开始低沉而清晰地唱起来：

在田野、森林和山岭之间，
一座水晶宫殿如峭壁高悬。
它巨大美丽，晶莹透亮，
万千道棱面分隔着天光，
个个水晶廊柱高耸入云，
托举着美不胜收的拱顶，
坚如磐石的透明地面，
深深融入古山的花岗岩中。
当阳光闪耀在地平线上，
美好时刻与旭日同临，
美妙的宫殿从梦中醒来，
到处喧哗着人声，
数千人如蜂房里的蜜蜂，
开始自己辛劳而美好的一天。
宫殿里的人都特别漂亮，
他们的脸上洋溢着崇高。

爱和信仰，真诚和激情，
他们的身体完美无瑕，
灵巧机敏，充满力量。
他们的血液不含杂质，
在狂热跳动的心脏中，
汩汩流淌，脉动不息。
他们聪明，精神完善，
人和人之间心有灵犀，
他们不知人类的衣服，
他们的身体完美强健，
赤裸裸生来赤裸裸长，
只为快乐幸福和爱情。
他们的一日从祈祷始，
向阳光灿烂的日子，
向树木花草高山低谷，
向鸟兽鱼虫们祈祷。
他们无声地向自然祷告，
祷词在每个原子中唱响，
穿过山岗和密林，
直冲蔚蓝色的天际。
美好的身体鞠躬行礼，

脑海中回响着赞美诗
的感恩合唱。
他们迎接每个新的一天，
像迎接地上第一和最后一天。
只要集体的祷告开始唱响，
宫殿就仿佛道道水晶线，
敞开迎接新一天的力量。
数千个神的造物，
汇聚到丰饶的自然之中，
用自己的劳作将其填充。
他们的双手强劲有力，
积聚的能量能够取火。
他们与自然和谐相处，
彼此没有距离和敌意，
他们不像那些恶人，
对周围世界野蛮施暴。
他们与自然融为一体，
为了存在的幸福愉悦。
他们从不向自然施暴，
他们只拿取自己所需，
用于创作和正常生活。

他们创造伟大的事业，
既不了解公式，
也不知道科学世界、
理性世界和模糊的世界。
他们既不需要复杂的机械，
也不需要轰鸣的机器，
不需要家里的壁炉和工厂。
他们用双手的触碰来造物，
将物质的结构
变成他们生活所需。
他们对物质的控制
犹如雕塑家对泥土的把玩。
他们创造自己的世界，
神奇，完美，无限，
充满无限可能。

铁木尔停住，睁开眼睛。大家都在屏住呼吸听他唱歌。甚至蜡烛和煤油灯的火焰都仿佛来自妙手的点化。铁木尔看着前方，深邃的目光洞悉一切，他看见了他歌中所唱的景象。他把这一伟大的事业展示给自己的同志们。他的嘴唇开始嚅动，舒缓而清晰的歌声再一次响起：

他们也用双手创造自己
不得致命疾病，
没有身体缺陷，
没有地球上人们熟悉的冤屈。
他们不知恐惧为何物，病痛和悲伤
早已告别他们不朽的心灵。
他们将自己塑造得完美无瑕，
彻底战胜了死神。
他们完全征服了时间，
没有将来和过去，
只有永恒的现在
他们的社会就像一个金色的教堂，
里面正在给伟大的、战胜死亡的人们
做着盛大而庄严的弥撒。

铁木尔唱完了，又半闭上眼睛。

所有人都坐着没动。突然一个女人的声音打破了客厅的沉寂。

“他到过那儿!”

发出赞叹的是娜杰日达的妹妹。

这仿佛是一个号令，让大家回过神来，于是纷纷向高大的铁木尔围拢过去。

夜里玛莎和纳塔躺在床上，一阵姐妹般的亲昵之后，两人低声聊着天。天花板上方星空高悬。

“铁木尔打通了黑幕。”玛莎望着星空说。

“进入了现实世界。”纳塔玩着玛莎的头发。

“进入伟大!”

“进入现实!”

“这让我们受益。”

“益处多多，比希望给予我们的多。”

“铁木尔推开黑幕，看到了宫殿。宫殿！纳塔，水晶宫!”

“完人的殿堂!”

“不朽者的殿堂!”

“无瑕者的殿堂!”

玛莎眯缝起双眼，纳塔抱着她，依偎在一起：

“我们的未来。”

“尽善尽美!”

“万古长青。”

她们就这么抱着，好一会儿没说话。

“纳塔。”玛莎声音很小，仿佛要宣布一个大秘密，“我想和铁木尔结拜兄弟。但我不敢。”

“他是独行侠，”纳塔叹了口气，“他不需要兄弟姐妹，他只要一样东西。”

“未来？”玛莎既高兴又委屈地猜测着。

“未来。”纳塔既兴奋又期待地感叹道。

姐妹俩在黑暗中露出笑意。

十五

阿里埃尔把手放在门的白色方框里。

“请讲，阿里埃尔·阿朗达。”一个声音响起。

“我准备好东西了。”阿里埃尔说道。

“如果准备好了，那请进。”那个声音答道。

门被打开。阿里埃尔抬脚进入黑黢黢的门廊。他身后的门刚一关上，整个屋子突然灯火通明，两只牧羊犬狂吠着向他扑来。

“趴下！”声音再次响起，两只狗乖乖地趴下，停止了吠叫。

“继续走，别怕。”那个声音命令道。

阿里埃尔在牧羊犬的陪伴下继续前行。走廊尽头是一个拱门，里面是一个大厅，深红色的地板，摆放着低矮的日式家具。大厅里清凉宜人，散发着檀香的味道。阿里埃尔走过大厅，他那双磨得锃亮的旧军靴踏上宽阔而柔软的红紫黑三色地毯。地毯通向一个不大的房间，墙上贴着粉绿色的丝质壁纸。在一张不高的桌子后面坐着其貌不扬、有点秃顶的木匠。两只牧羊犬跑进房间，卧倒在桌旁。

“你的年龄是 14，这让我有点好奇，所以我对你说了‘请进’”，木匠转成自己低沉自然的嗓音说道，“我钉了 245 颗钉子，但第一次见到这个年龄的客户。”

“木匠先生，我求你开个先例。”阿里埃尔说着事先想好的话。

“那就求吧。你还有什么别的办法吗？”木匠冷笑道，喝了一口盛在平底碗里的米汤。

“我从西班牙的阿尔梅里亚来。”

“你们那里还在轰炸吗？”

“偶尔。”

“吃的够吗？”

“不太够。”

“你来巴塞罗那找吃的？”

“我来是为了求您开个先例，木匠先生。”

“你是鹦鹉吗？”

“不是，木匠先生。”

“对，你也不像鹦鹉。倒是更像只小乌鸦，被卷入轰炸机的涡轮，然后又被吐了出来。”

“我求您了。这是我的钉子，这是我的钱。”阿里埃尔伸出两只手。

“你是魔术师吗？”

“我是战士。”

“我看你颧骨下面有个疤，是子弹伤吗？在哪儿受的伤？”

“弹片伤，在卡迪斯城①下。”

“打了几年仗？”

“一年半。”

“英雄。但战争已经结束了。”

“我再也不打仗了。”

“谢天谢地。”

出现了尴尬的沉默。阿里埃尔站在原地，紧紧攥着右手中的碲钉和左手里的十万比塞塔纸币。

“战士，你知道木匠法吗？”木匠将米汤喝干，问道。

“我知道有必须年满 17 岁的规定。”

“那你为什么还来？”

“因为我过 17 岁了。”

“你刚才在门前已经测试了手，你看。”木匠叫人拿来阿里埃尔的测试全息图，以及有关他的资料，包括简历，两次疾病，两次受伤，一次奖励，“你只有 14 岁。”

“木匠先生，我不止 14 岁。”

---

① 西班牙南部的一座古城，有 3000 年的历史。

“你 14 岁。”

“我 21 岁了。”

“你为什么这么说?”

“我是成年人。”

“就因为你两次负伤?”

“不是，因为我击毙了九个瓦哈比分裂主义分子，重伤四个，轻伤 18 个。”

“你相信，你的大脑会因此长大七岁吗?”

“我 21 岁，木匠先生。”

“你 14 岁，战士。”

“木匠先生，我求您了。”

“钉碲钉?”

“是的。”

“17 岁之前的未成年人禁止钉。”

“求求您了。”

“你这种情况的死亡率是 52%，你知道吗?”

“我知道。”

“这不适合小孩子。”

“我成年了，木匠先生。我的大脑可以承受。请相信，请相信我！它能够承受，能承受很多东西。它已经发育成熟，比我本人还成熟。”

“你说的比唱的都好听。”

又一阵沉默。木匠喝了口药酒，说道：

“但法规就是法规，我的朋友。”

“木匠先生……”

“不行，我的朋友。问题不在于你本人，也不在于你可能变成一具僵尸。这些我都能应付。我们木匠和你们战士一样，不怕尸体。问题在于我们的行规。”

“但是，木匠先生……”

“三年后再来吧，我的朋友。我肯定会给你钉。而且给你老顾客的折扣。”

“我现在特别需要。”

“三年后吧。”

“木匠先生……”

“战士，我就不留你了。”

听到这句话，两只牧羊犬站了起来，低吠一声，虎视眈眈地看着访客。

阿里埃尔出了木匠家，在街上漫无目的地走着。他努力地搜寻着西班牙语、英语和汉语的骂人话，然后小声地嘀咕着。但这并没有什么大用，很快不轻弹的泪水就开始顺着他瘦削的脸颊流淌。他用舌头舔舐着泪水，舌尖伸到下颧骨的伤疤。边走边骂。走到十字路口，他停下来。这才发现左手攥着碲钉，右手攥着纸币。他把两样东西放进不同的衣兜，拿出小精灵，展开：

“你都听到了？”

“都听到了，头儿。”小精灵瞪着一双虎眼看着阿里埃尔。

“怎么办？”

“你有两个选择，头儿：第一，等三年；第二，让铆工给你做。我建议选一，头儿。”

“把你的建议塞进你的屁股里去。”

“遵命，头儿。”虎眼眨巴了一下。

阿里埃尔把小精灵放回口袋，毅然决然地向前走去。

铆工用一把骨质手柄上带裂纹的旧刷子给阿里埃尔的头上打满肥皂。肥皂水是温热的，尽管铆工住了两个多月的顶层阁楼并没有热水。这个地方实际上昏暗肮脏，潮湿寒冷，散发着浓重的垃圾味。铆工用油灯的火焰加热了一碗水。

“木匠给你做的风险是52%，我给你做的风险是68%。”铆工一边给阿里埃尔洗着头，一边用低沉而平静的声调告诉他。

“我知道。”阿里埃尔答道。

“我只做过四个未成年人。”

“怎么样？”

“只有一个死了。这是非常不错的结果了。”

阿里埃尔默不作声。铆工把刷子放在一摞砖上，拿起锋利的剃刀开始给阿里埃尔剃头。剃完头后用湿巾擦拭，然后涂上酒精。

他展开定位器，将其贴在阿里埃尔的光头上，找到了一个点并做了标记。他从头上取下定位器，往手上喷了点消毒液，然后开始搓手。

“你知道吗，年轻人钉完后腿会止不住地要四处乱跑?”

“知道。”

“待会儿我会把门锁住，你前两个小时在房间里走一走，千万别破门而出。两小时之后就随你便了。”

“好。”

“怎么取出来，知道吗?”

“用消毒液消毒，慢慢地拔出来，再用消毒液消毒，封存好，用冰冷冻起来。”

“真棒，什么都知道啊。”

“地球人都知道。”

当手上的消毒液蒸发以后，铆工又用酒精擦拭了一遍阿里埃尔的脑袋，往选定的那个点喷了些消毒液。

“我要躺着吗?”阿里埃尔问。

“坐着。”

铆工打开一个长方形的金属盒，里面是阿里埃尔带来的浸在消毒液中的碲钉。他取出碲钉，放在选定的点上，然后拿起早就准备好的锤子，一锤定音，将碲钉揳入阿里埃尔的脑中。

阿里埃尔来到了一个正在打仗的城市。这个城市里人们正在自相残杀。很多人都倒地而亡，但仍有不少人幸存下来。幸存者们都满腔怒火，他们在屠杀异教徒。阿里埃尔拿起自己的武器，在城市的街巷播种着死亡。他消灭敌人，敌人也想杀他。但他比敌人身手矫捷，而且无所畏惧。很多人死于阿里埃尔之手。他来到一条大街上，那里有栋房子正着火。他走向着火的房子。敌人也在走向这房子。他们想方设法要击毙阿里埃尔，可是阿里埃尔比他们机灵，反而一举歼灭了他们。他走进着火的房子，里面有两名敌人，他们藏在那里准备击毙阿里埃尔。但阿里埃尔比他们更狡猾，干掉了他们。房子里有个小动物在嗥叫，它因为怕火而被困在里面。阿里埃尔抱起小动物跑出了房子，将其放生。小动物跑回了自己的领地。

妓女坐在阿里埃尔身上，黄色的小手指紧紧抓住他的双肩，很快就泄身了。

“你都要把我折腾死了！”她操着带安达露琪亚口音的西班牙语，大叫一声，然后迅速地从小伙子身上下来，用毛巾擦了擦身子，蜷身坐进藤椅中，从烟盒里抽出一支细长的香烟，抽了起来。她是一个出生在安达露琪亚的越南姑娘。

阿里埃尔面带笑容地躺着，看着头顶上正在旋转的老式风扇。

“和别的男人做从来没这么累过！”她笑着说道，悠闲地在一边吞云吐雾。

阿里埃尔没说话。

“喝啤酒吗?”小姐问。

“喝。”

她又开了一瓶，倒满酒，站起来坐到床上，把酒杯放在阿里埃尔的胸口。他拿过酒杯，略微抬起头，一饮而尽。然后躺下，把酒杯放在胸口。

小姐坐在床上，抽着烟，喝着酒，仔细地打量着阿里埃尔。

“我们俩有点像好基友,”她自嘲道,“你交过男朋友吗?”

“没有。”

“可是我有。”她故作严肃地答道，然后大笑起来。

阿里埃尔也笑了，但没搭话。

“你今天想射出来吗?”她握着他坚挺的阳具，问道。

“想。”他答道。

“我晚上还要上班。”

阿里埃尔没说话。

她抽完烟，把烟头放进烟灰缸，用手指碰了碰碲钉的钉头，问道:“是因为这个你那儿才这么硬吗?”

“不知道。”

“为什么不知道？碲钉又不是春药。”

“我就是不知道。”

“我知道。尽管还没尝试过。这些钉子够你买多少次春了，真可怕……一般带碲钉的人很少会去啪啪啪，知道为什么吗？”

“不知道。”

“就会说不知道！因为带碲钉的人不用干那事已经很爽了。你现在在哪里？”

“在那里。”

“那里好吗？”

“热……”他冷笑一声，闭上了眼睛。

“大海？沙滩？宫殿？仆人？”

“不是。房子着火了。”

“是火灾吗？”

“是。”

“你是放火狂吗？”

“什么意思？”

“就是喜欢放火烧房子。”

“不太喜欢。”

“明白了。好吧，小伙子，你先在大火里烤一会儿，然后我让你射出来，然后我就走人了。”

“等等。”他猛地攥住了她的手，“等等，等等……”

“出什么事了？”

“马上，马上……”

阿里埃尔没有睁眼，双腿伸直，全身紧绷。

“你真帅。”小姐俯身亲吻着他的肚子，“这明显是在大火中爱着某个女人，不会是总统女儿吧？要么就是你媳妇？她还很漂亮，而且胸大！”

他终于长舒一口气，睁开眼睛，身体放松下来，在床上扭动着。

“结束了。我把它放了。”

“谁？”

“一只蓝色小猫。”

小姐默默地看着阿里埃尔。

“房子从左边烧着了。里面有一只小猫，吓得躲在床下，在呜呜地哭着。我当时想救它出来，但是房子里还有两个瓦哈比分子。所以我就没进房子。小猫就在那里使劲哭，听得很清楚。但我当时没进去。”

“现在呢？”小姐问道。

“刚才我去了房子，击毙了那两个瓦哈比分子，把小猫放了出来。”

阿里埃尔脸上闪现出愉悦的笑容：

“可是我不知道，它竟然是只蓝猫！”

“这有什么关系吗？”

“没有……”

“不过你这趟神游很有意思，小伙子！”小姐哼唧了一声，挠了挠身上。

“蓝猫……”阿里埃尔又说了一遍。

他兴奋地吸了口气，闭上眼睛。把身上的酒杯放到地上。然后呼气，睁眼，起身去了浴室。小姐跟在后面，像淘气的小男孩那样叉开两腿走路。在洗手间阿里埃尔试着在洗脸池里小便，因为他的阴茎一直挺立不倒。小姐从后面抱住他：

“让你射出来吧？”

她比阿里埃尔高两厘米。

“好。”他看着镜子里的自己，仿佛第一次见。

巴塞罗那—卡塔赫纳的夜班火车拥挤不堪，阿里埃尔坐在车厢连接处附近的通道上。旁边坐着几个带行李的人，正打着盹儿。阿里埃尔则完全没有睡意，自从钉了碲钉后他状态极佳，浑身都是正能量。仿佛他的体内被注入一种新鲜的空气，新鲜的臭氧，其组成成分只有一种，那就是美好未来。身体的每一次运动，每一个念头都让阿里埃尔无比满足。新的臭氧在他的血液中歌唱，这血液在静脉中流淌，在肌肉和骨骼中鸣响，在大脑里欢唱。这是未来之歌，过去在阿里埃尔的体内不留一丝痕迹。他知道未来的方向。

口袋里的小精灵轻轻地颤动了一下。阿里埃尔掏出它，在膝上展开。一双虎眼盯着他。

“长官，您叫我提醒您。”

“请说。”

小精灵上方出现了蓝猫及其主人家地址的全息图。

“那只颜色没这么深。”阿里埃尔说。

又出现了另一只小猫的影像。

“这只是天蓝色的。”

于是接二连三地出现了深蓝色的、天蓝色的、紫色的小猫，但都被阿里埃尔否定了。

虎眼眨巴了几下。

“长官，您需要的花色无论在阿尔梅里亚、马拉加还是格拉纳达都没有。”

“难道说，这个品种只有加德斯有？找找。”

出现了几个猫的影像。但要找的淡蓝色还是没有。

“为什么在加德斯也没有这个品种？”

“有四个可能性，长官：1. 小猫是独一无二的珍稀礼物。2. 小猫的主人们要么死了，要么逃难去了。3. 小猫的母亲要么死了，要么逃难去了。4. 小猫的主人不再从事卖猫的生意了。”

“那我该怎么办？”

“可以尝试寻找那只小猫。”

“一年的时间它就可以长成大猫，”阿里埃尔冷笑道，“你还是那么蠢。”

“还不是您选的，长官。”虎眼眨巴了一下。

“克隆这只小蓝猫需要多少钱？”

“三万到八万比塞塔不等，长官。我们阿尔梅里亚有两个实验室。要不我先做一下市场调查？”

“去吧。”

“遵命，长官。”

旁边打盹儿的一个胡子拉碴的男人两腿之间放着一个行军背包，突然他浑身颤动了一下，发出了一句梦呓。

“还有。”阿里埃尔摘下光头上戴着的棒球帽，惬意地挠了挠膏药周围的皮肤。

“什么事，长官？”

“把你的眼睛换成猫眼。”

“这样的吗，长官？”

虎眼变成了蓝猫的眼睛。

“我说换成猫眼，不是小猫的眼。”

在黑暗的、弥漫着人味的空气中一双猫眼慢慢地眨巴了一下。

十六

“东正教铸造厂”三级钳工伊万诺夫致厂长乌萨乔夫同志

声明

请厂里拨给我120卢布用于购买碲钉，50卢布用于支付阿尔泰木匠将其钉入我脑中的费用。这样做的目的是为了能够见到我死去的兄弟尼古拉，因为他死前从我们车间拿走了一套用于加工大十字架的液压车刀，为了卖钱喝酒，结果他酗酒致死，而我们车间因为我兄弟尼古拉的行为已经停工一周有余，车刀至今下落不明。他也没敢告诉自己的妻子，因为她会打他，不让他喝酒。可是车刀价值2560卢布，工厂本季度已经没钱为我们车间购买新车刀，但我们知道我兄弟还没来得及卖掉车刀，这事全城人都知道。他只是藏起来了，我们和亲属们以及片区民警到处寻找，但没有找到。因为我兄弟当时心情不好，喝了很多酒，鬼知道他把车刀藏在哪里了。但是只要在我脑袋里钉入碲钉，我就能见到他，然后直接问他把车刀藏在哪里了。他在那里不会再喝酒了，所以会一五一十地告诉我车刀的藏匿地点。我和党委委员巴雷兵同志谈过此事，他表示同意，因为这对我们车间乃至整个工厂都是好事，否则我们厂将蒙受损失，这对党的威信也会造成负面影响，况且现在厂里正缺钱。我和工厂教堂的堂长米哈伊尔也谈过此事，他表示并不赞同我的行为，但也不会阻止我这么做。我找回车刀以后，会连续一个月诵读忏悔经文，然后徒步去奥普蒂娜朝拜，忏悔我的罪孽，领会神的旨意。和我亡兄的见面对我们车间和工厂有极大的好处，同时也有助于我们家为亡兄尼古拉恢复名誉。

С. И. 伊万诺夫

十七

十月一日

本来打算好明天一早出发，但又未遂愿。我现在的生活还剩什么呢？一切都和我无缘，一切都不如意。一切都是通过外力胁迫，一切都像滚雪球。我告诉加夫里拉，让他天一亮就套车。我从午饭就开始收拾，写好告别信，删除了浏览历史和书签，冲洗了小精灵，吩咐人把箱子搬下去，禁止瓦西里萨编织和玩耍，不让叶罗普卡脱掉手套睡觉，为的是让他们能够早起。我祷告并冥想了一会儿，便早早躺下。还没睡着，门铃响了。来的是玛蒂尔达·雅可夫列夫娜，她说，阿赫梅奇耶夫家被搜查了。

真是倒霉的消息。眼下毒箭从哪个方向飞来尚不得而知。死去的达利亚·叶夫谢耶夫娜曾对他说：和领导红人的交情帮不了你，尼基塔·马尔科维奇。果不其然。玛蒂尔达站起来，穿上衣服，又开始进一步爆料：被抓的有阿赫梅奇耶夫、他妻子、两个女儿和女婿。说他们是“莫斯科国的秘密敌人”。如果他开始收拾阿赫梅奇耶夫一家，那么很快会掀起一股新的红色浪潮。明天夜里会抓索洛涅维奇、瓦西里和哥尔哈尔德，然后去抓市委的人，甚至我也在劫难逃。我倒愿意为尤拉奇卡受点苦，再说我的计划也即将泡汤。“国家的秘密敌人……”这个小丑向法官发誓，说不会再有新的清洗了。简直跟狗发誓不再吃屎一样。他的话现在完全不可信。这个恶棍没有一句真话，而我却傻傻地相信了很多次。不仅是我一个，所有寡妇们都被骗了。“敌人的寡妻不可欺。”怎么可能！“狼一次喝足人血，下次还会不知餍足。”而他最近一年就是靠自己臣民的血活着，简直就是吸血鬼。他从前、现在和将来都要喝我们的血，一直喝到进棺材的那天。就是这么回事儿。我原想着一走了之，不放火烧桥，为的是留一条回来的路。但是现在不得不烧，硬生生砍断后路。于是大斧挥舞：加夫里拉，收拾行李，半小时准备时间，五分钟集合。跑路就跑路。我把小精灵收起来，扔进马桶，让禁卫军来找寻我的蛛丝马迹吧。随身只带一个智能桦树皮，用来写日记。出发在即，家人号啕。我从人群中穿过，和亲人告别。起初我们趁着月色赶路，我的车子沿着莫斯科河南岸扬尘疾驰，瓦西里萨泪流不止，叶罗普卡在她怀中大哭，而我则铁石心肠地坐着，一滴泪都没掉。路过我们结婚的格里高利教堂时也是平静如水。尤拉奇卡，你就是在这里亲吻了我，你的妻子。再见了，教堂。据说，当年瓦西里二世从鞑靼人的战俘营被赎出来以后，就是在这个地方看到了克里姆林宫，之后喜极而泣。但是我并没有从这里看到克里姆林宫，所以也没有热泪盈眶。别了，莫斯科河南岸的故乡！别了，残酷的莫斯科！别了，毫无指望的莫斯科国，毫无人性的莫斯科国！别了，我的朋友们！别了，克里姆林的吸血鬼！

永别了，一切！

十月二日

我的车子狂吼了一声，吭哧了两下，熄火了，靠惯性向前滑行。身材魁梧的加夫里拉身穿黑皮袄，腰系红腰带，等车子停稳了，从容跳下车，毫不理会后面车辆的鸣笛和叫骂，大摇大摆地走到车后面。

入夜的梁赞大道依然车流不息：最左边的红色车道走的是公家的汽柴油车，第一、第二条车道走的是私家轿车和摩托车，第三条是马道，第四条最宽阔的道路上走的是两三层楼高的比丘格马，它们拉着货物列车。

十月初的天气阴郁而多雨。冷风从北方吹来，预示着寒冬将至。

加夫里拉走到最后一节拖车尾部，解开篷布，准备把一袋土豆拖出来。后面传来刹车声，接着是尖声怒骂：

“你这个浑球，怎么停的车？车横在路当中，我们怎么过？”

“会过去的，别吵吵。”加夫里拉闷声答道，轻松地扛起麻袋，系好篷布。

“该死的狗东西！”声音有些出离愤怒。

“你才该死呢，大叔。”加夫里拉扛着麻袋不紧不慢地走着，挥了挥左手。

“你以后赶驴车算了！”

“别放屁了，赶紧走吧。”加夫里拉答道，走到自己车前，故作轻松地把麻袋从肩上卸下。

后车司机骂骂咧咧地绕行而去。加夫里拉没工夫搭理他，他取下腰带上的钥匙，打开燃料箱的锁，拧下铁盖，然后解开麻袋，熟练地把土豆倒入燃料箱。有几个土豆掉了出来，他从车座底下拉出一个篓子，把掉出的土豆扔了进去，然后把篓子放回原处，锁好燃料箱，将钥匙重新系在腰带上，转身朝向道路，使劲地擤起鼻涕来。

加夫里拉用大手擦干鼻子，在皮袄前摆上抹了抹。坐上驾驶位，开始悠闲地一边卷莫合烟，一边打量着四周，似乎并不急于出发。梁赞大道和平常一样，混杂着马粪味、柴油味和土豆味。卷好烟后，加夫里拉捏了捏烟卷中间，拿出火机，点着。天然气的蓝色火苗点着了稻草纸。加夫里拉深吸一口，收起打火机，发动引擎。起先是切割土豆的声音，土豆被切成浆状，继而发动机咯吱两下，发出巨大的轰鸣声。加夫里拉鼻孔里吐着烟圈儿，把节气阀调到中间位置，发动机的声音变正常了。这时候他放下手刹，挂挡，踩离合，戴手套，握住缠着绝缘胶带的方向盘，慢慢地松开离合器。车平稳地启动了。

“驾！”他低声嘟囔了一句车夫的常用语，开始缓缓加速。

十月三日

整夜都在梁赞大道上行驶。我整日深居简出，很久没有见过外面的世界了。连续七个多月没有出过莫斯科，根本想不出梁赞大道是什么样子。原以为夜里乘风而行，可以快速忘掉莫斯科，根本不是那么回事！夜里在这条四车道的大路上简直混乱无序，令人瞠目：什么人都挤到这条路上来了，全是赶路的人！因为夜里过路费只是白天的一半。开始的时候还蛮有秩序，各走各的道儿。可是环城路一过，立马儿就乱套了：三层楼高的比丘格马，骑马的和开车的全都不按道儿走了，乱成一锅粥！还是那个原因：比丘格大马的粪便。这真是个问题，一堆一堆的，而且不都是新拉的。正是因为要绕过这些粪堆行车才变得混乱无序。而且一路上要避开这些大粪堆怎么可能毫发无伤？甚至还可能翻车呢，真是羞愧加难堪啊。但是公车却不受此影响，它们在自己的红色道路上飞驰，看都不看我们一眼。贵族在莫斯科国已经连续三年被贬为二等公民了。瓦西里萨一边画十字一边骂娘，叶罗普卡拽我的耳坠作乐，可我一点也开心不起来：这景象让人沮丧……

莫斯科的暴君对路管局进行了两次清理，撤职的撤职，关押的关押，局长被当众处以鞭刑。鞭打的时候鬼哭狼嚎，可是之后仍然坐稳了位置。没有任何改变。莫斯科国的道路之前脏乱不堪，之后依然如此。只有首都的道路是要清扫的，其他地方的道路则像阿甫格依的马厩①。死去的尤拉曾经说过：“这个破地儿一度是

---

① 源于希腊神话，喻极肮脏的屋子或杂乱无章的事情。——译注

有希望的，现在已经无可救药了。”这个国家没有赫拉克勒斯这样能够清理一切的大力神，似乎今后也不会有。管他呢。

清晨的时候我们到达莫斯科国的边境。我一看见城墙、城门和雄鹰，心就开始抽紧：万一不放我们过境怎么办？如果那暴君下令阻拦怎么办？狗更喜欢追逐奔逃的兔子……

车开到近前，国境前排了一里长的队伍。不止我一个人逃向自由啊。我们转向专用通道，车上的公爵标志暂时还管用。到了栏杆前，那儿站着一个军官和六个士兵。我把通行证递给军官看，他问道，谢米佐罗娃公爵夫人，您作为一个党员，为什么要离开莫斯科国？我按照事先准备好的理由答复道，我要去中国治病。他告知我关于出境费用的最新规定，如今从莫斯科国出境要缴纳1000金卢布的费用。出境时间在六个月之内，则原数归还，超过六个月的话，则每超期一天，扣除一个金卢布。这是最新的规定。

我交了钱，领了一张收据。

我明白，上面没有下令阻拦我，心里顿时轻松不少。一切照旧。我装作很镇定的样子，给了军官一个银卢布，以防他继续检查下去。他问车上有没有汽油、存储器和碲钉之类的违禁品。我的碲钉早就散落在莫斯科河南岸的雪地里了，那是我主动把它们从车窗扔出去的。否则的话一般只能放在阴道里带出去。我才不要带着幽灵睡觉呢……军官惊讶于我们拖车里装了很多土豆，他说，梁赞的土豆更便宜。我反驳说，我们离梁赞还有一段距离。

这个傻瓜点点头，升起了栏杆。

在上帝的帮助下我们终于离开了这个吸血的国度。

十月四日

侍从丑角叶罗普卡在公爵夫人的怀中被碰醒：车子一直在进入梁赞王国的长长车队中走走停停。小丑哼哧哼哧地沿着毛衣的骨质扣子往上爬，在公爵夫人的貂皮大衣下面吱吱叫着：

“叮叮当，叮叮当，卖猫窝喽！”

在躺椅里打盹儿的公爵夫人伸了个懒腰，说：

“叶罗普卡……”

车里面比较闷，公爵夫人和睡在她对面的女仆瓦西里萨呼出的气让车窗蒙上一层水汽。公爵夫人刚解开大衣的领子，叶罗普卡的红鼻子就钻了出来。

“我在这儿呢。”

“你怎么不睡了呢，叶罗普卡？”夫人边说边解开大衣的扣子。

“你怀里太热了，简直一蒸笼。”叶罗普卡用短而白净的手指抓住大衣的肩部，叫了一声，坐在了与公爵夫人脸同高的位置。

叶罗普卡是一个小侏儒，长着一颗土豆块茎形状的大脑袋，一双五岁儿童大小的白胖手。长鼻子，豁牙大嘴，总是眯缝着的小眼睛笑意盈盈。淡褐色的头发剃成齐整的锅盖形状，两只大耳朵执拗地竖着。他穿一件大圆点斜领衬衫，腰上系一根珊瑚珠穿成的带子，下身穿一条绒布灯笼裤，裤腿扎进时髦的银色翘头短靴中。叶罗普卡右手食指上戴着公爵夫人已故丈夫谢米佐罗夫送的金戒指。

叶罗普卡坐在自己主人肩上，娴熟地轻拽着她的耳坠，尖声细气地说：

“我做了一个噩梦，亲爱的瓦尔瓦拉·叶罗菲耶夫娜。”

“你梦见什么了，小傻瓜?”公爵夫人问小丑。她美丽的面庞略显疲惫苍白，一双绿褐色的眼睛深陷在眼窝中。

“让我先平复一下心情，然后再告诉您。”

公爵夫人掏出一个小黄杨木烟盒，取出一支烟，放到嘴上。叶罗普卡立即把毛茸茸的手伸进口袋，拿出一个小巧的打火机，打着火，送到烟前。淡蓝色的火苗点着了烟头，公爵夫人吸了一口，随即吐出一缕青烟。

“妈妈，你怎么突然变得爱抽烟了……”瓦西里萨闭着眼在椅子里嘟囔了一句。

她颧骨大，长着一张男人的脸，一只眼睛下面有一小块瘀青，躺在椅子里一动不动。

叶罗普卡取出手绢，捂住鼻子，打了一个大喷嚏，滑稽地晃着脑袋。然后用手绢擦干冒汗的额头，说：

“我梦见一个阿尔泰木匠往我的天灵盖里钉了一颗钉子，于是我变成了大人。”

公爵夫人厌烦地冷笑一声：

“你怎么老梦见同一个梦……”

“撒谎。”瓦西里萨继续闭着眼说道。

“天一亮我就对着圣像发誓！”叶罗普卡郑重说道，扬起皱巴巴的手绢，做状威胁瓦西里萨。

“你梦见什么可怕的东西了？”公爵夫人叼着烟，用手擦了擦蒙着水汽的小窗，眯缝着眼看着窗外道路上各种各样的交通工具，以及大大小小的马匹。

“妈咪，可怕的是，我开始长大，我身上的衣服都被撑破了，而且我那一刻仿佛置身天上的教堂。”

“天哪……”瓦西里萨嘟囔着，打了一个大哈欠。

“但不是你们的那种教堂，而是我们小时候受洗的那种教堂。似乎周围站着的都是我们那时候的一帮人，总共65个。帕伊希神父在诵经布道，讲谦卑温顺，讲小事大事，人虽小但也能成大事。我站在那里听着，突然就开始长个子。所有的人都盯着我看，我不知该如何是好。偏偏这个时候亲爱的瓦尔瓦拉·叶罗菲耶夫娜开始撩拨我的身体。”

瓦西里萨嘻嘻笑着睁开了眼睛。

“我的身体不断地变粗，拉伸，仿佛一个撞锤马上就要撞到对面的帕伊希神父身上！正当我半死不活地站在那里不知所措的时候，突然啪的一声醒来了。”

瓦西里萨大笑起来：

“你真能扯！”

公爵夫人并不发话，而是继续向叶罗普卡吐着烟圈儿。叶罗普卡咳嗽了一声，熟练地躲到夫人的脑后，双手抓着她的两只耳朵。

“进了城门以后，通知加夫里拉找一家像样的酒馆歇脚。”夫人没有理会叶罗普卡，吩咐瓦西里萨道。

瓦西里萨的脸上略显难色。

“妈妈，不要吧。”

“必须要。”夫人在门上的烟灰缸里掐灭烟头，微微睁开眼睛。

十月五日

梁赞国用干净的道路和可口的馅饼迎接了我们。各种烦躁搞得我饥肠辘辘，于是吩咐加夫里拉赶紧找家像样的小饭馆吃饭。很快，在离城门不远的地方，经过手持杀威棒的魁梧卫兵之后，从清晨的浓雾中望见了一家饭馆。一个店小二迎了上来，先鞠了一躬，然后把我让进老爷厅，把瓦西里萨和加夫里拉打发到下人吃饭的地方。我喝了蜂蜜绿茶，吃了半块奶渣饼和两个鱼筋肉饼，没忍住，又要了一杯花揪露酒。幸好没被瓦西里萨看见，只喝了一小杯。在经历了种种焦躁不安之后，喝点酒并不为过。我把伏特加淋在果皮上给叶罗普卡，他狂吸一阵，然后为我唱了一首关于猫咪的小曲儿。这儿的电视里正在放一部关于女骠骑兵的苏联老电影。梁赞国民风淳朴得多，自从六年前在中国帮助下推翻了瓦哈比分子安插在这里的索博列夫斯基之后，这里的一切开始走上正轨，甚至连道路都清理得一尘不染，可不像在莫斯科国……本想从饭馆给玛琳卡·索洛涅维奇打个电话，可转念一想，我们过了梁赞之后就是鞑靼国，那可是莫斯科国暴君的势力范围，他有可能在那里抓住我们。所以我又喝了一杯花楸露酒，压住了自己打电话的念头。喝第三杯的时候我看到了春燕飞临。

这时候我感觉好极了。

瓦西里萨和加夫里拉就着蜜饼和马林果酱喝第四杯茶的时候，店小二焦急地从老爷厅走了进来，说道：

“你们的夫人喝多了。”

“天哪。”瓦西里萨惊叫一声。

加夫里拉迅速将没吃完的蜜饼装进兜里，站起身，镇定地在圣像壁前画了个十字。

“我的错。”瓦西里萨气恼地嘟囔了一句，起身跟着店小二进了老爷厅。

谢米佐罗娃公爵夫人正站在桌子上，背着双手在左摇右晃。她闭着眼睛，脸颊上泛着不健康的红光。一个碟子被她的靴子跟踩碎。三个客人不知所措地看着公爵夫人。醉醺醺的叶罗普卡双手捧着酒杯，端坐在坐垫上。

“妈……”瓦西里萨摊开两手，无可奈何地喊了一声。

“老天灭了你。”公爵夫人尖声唱了一句，并没有睁开眼睛。

十八

大汗淋漓的罗宾不得不忍耐一下。尽管停车场里没有喧闹，但声音听起来就像在深井里一样。小精灵听到的一切，傻子都能明白。位置很重要！现在所有的傻人都随身携带小精灵，贴在脑袋上，活像犹太人整天戴个小帽，于是就只有出汗喽。汗水不是泪水，棺材也不是那些愚蠢的拔除碲钉者的疗养院。历史的教训！因此用小精灵换聪明人，只不过损失了碲钉而已。所以罗宾还在车站就把小精灵贴在了脑袋上，这就是经验！在电车上就开始出汗，但他没有回头看。这就是体制！今天你回头看了，明天就可能染病，然后被送进医院。小五金事业需要健康的小伙子。伊斯兰教的斯德哥尔摩可不是天主教的布加勒斯特。这儿可不允许你长时间地回头看。电闪雷鸣！为什么要开枪？还得清理血迹。瑞典人的道理很简单：变蓝要好过变红。外来的避雷针在这儿颇受尊敬——战后电力充足，够所有人用。和阿凡达人以后再算账，不着急。瑞典人目前没什么要去的地方。蓝怪人谁也不妨碍。既不偷摸，也不要粥喝。成不了温血动物，那就当冷血动物好了。这就是原则！罗宾尊重别人的原则。所以最好出汗，也别变蓝。

罗宾和瑞典人躲进了新的停车场。这里更好，更深，没有田地，不是那么容易被发现。不过也别无选择。谁能保证在新的停车场就安全呢？傻瓜？亲人？还是敌人？斯德哥尔摩人嘴很紧，都不笨。所以你就出汗并思考吧，不过记住汗要出得有技巧，别动帽子，可是保险装置要动。这就是信任！得相信聪明人，不能相信傻瓜。这是常识！这活儿需要外出，是个细活。罗宾战前就是个急性子，现在更是了。刚坐了六分钟，小精灵提醒道：有人来了，两辆白色越野车，仿佛去参加婚礼。附近没人，我没有出去，扔了一只小球过去，说道："朋友们，我是一个人来的，没带亲戚。"那些人明白我的意思，捡起小球。碲钉现在不再是高价货了。动乱之后大家都想要幸福的生活。这就是复兴！五金商店也不是古玩店，所以价格像冰，而不像铁。冰与铁不同之处在于可以融化。但融化需要热量。有热量就融冰，让它变成水，没有就拿着，吹着自己的手指滚蛋。罗宾热量没问题，开始用滚烫的针刺扎人。瑞典人眉头都没皱，说："扎吧，小伙子，我们的皮厚。"扎进去24%，他们仍是没皱眉头。这是当地人，这儿不会作假，没那个习惯。长时间饶舌，也不是这里的风俗。罗宾说什么，他们就做什么。没什么废话，这就是北方！罗宾从藏身处爬了出来，开了走廊灯。瑞典人那边没有动静。他走近吉普车，看了一眼。三个大铁箱，每个里面1000颗碲钉。这简直是弹药库！正如布加勒斯特的木匠所说：这些钉子不仅够建房用，连房檐都够用了。他拿起一根用酸液试了试，高纯碲钉。他取出小精灵，想让瑞典人也看看货。小精灵打开了。瑞典人刚把手指伸出去想摸，突然间伊布拉辛姆带着自己的挪威阿拉伯人破墙而出，突发事件！第三方插足。罗宾和瑞典人都没料到会出现这种情况。挪威人开始用两个机枪点射，然后转向扇面扫射。两辆吉普车被打成筛子，瑞典人血溅天花板。真是勇士天堂！的的确确没料到。能料到什么呢？一点痕迹都没有，非常干净。罗宾和瑞典人都检查了三遍。魔法？是技术！伊布拉辛姆可不是吃干饭的。原来他们在走廊的墙里做了文章。他们雇了暗黑建筑队来处理走廊。干了一个月，花了 2000 新克朗。大活儿！物有所值，三箱碲钉换了 150 万！伊布拉辛姆知道这事，可是罗宾不知道伊布拉辛姆知道。简言之，罗宾没死，但是一条腿没了，手里捧着自己的肠子。他一切可能的后果都想过了，但就是没想到伊布拉辛姆，压根就没想过他，哪怕想过也好，就不会如此震惊了！伊布拉辛姆并不打算抓他，而是迈过他的身体处理后事，三箱碲钉他和自己人拿走，做好标记，贴上标签。罗宾躺在原地，尚有意识。他并没有和伊布拉辛姆说话，没什么可说的！如果破坏了条约，那就沉默吧。沉默是金，而非碲钉。愚蠢的罗宾手捧着肠子。他在想，我会好起来的，把肠子重新装好，安个新腿。还能想什么？不可能去想他和伊布拉辛姆在布加勒斯特相逢的画面，那时候他们一起喝茶，一起吃羊肉抓饭和土耳其软糖，伊布拉辛姆讲了一个瘸腿僧人和白人姑娘的故事，楼下的邻居嫌他们吵闹，威胁说要报警，他们只是报以嘲笑；也不可能去想伊布拉辛姆和他还曾一起向真主祷告过。现在他手捧着自己的肠子，当然不适合回忆这些事情。躺着看就好了。挪威人把三箱战利品搬了下来，伊布拉辛姆命令打开一箱。他从打开的箱子里拿出一根碲钉，走到罗宾跟前说，小伙子，我要感谢你在电车上没有回头，你做得对，现在我要给你奖赏。说完便用枪把儿把碲钉钉入罗宾的额头。于是罗宾就一直躺在那里。如今他再也等不到新腿和老友。这就是报复！他们装好箱子，从炸开的豁口钻出去，用云钩爬到上面，杀死警卫，跨上自己的骆驼，于是“疲惫的驼队继续前行”。

十九

公交车总是不到六点就把我送到酒店上白班。今天同样准时。这个点儿还早，天才蒙蒙亮。我走进服务员的工作间，换上衣服，稍作打扮，还有点时间喝杯茶，和其他服务员说两句话。说句掏心窝的话，我在这里只有两个真正的朋友——奥科萨娜和塔季扬娜。很幸运，我们经常在一起值白班，可是今天她俩都没来。奥科萨娜的宝宝生病了，塔季扬娜的空乘丈夫回来了。六点半的时候我去换班。我的一天就开始了。我们的酒店叫“斯拉夫女人”，虽然不大，但很舒适，更重要的是，它不像大部分莫斯科的酒店那么贵，几乎找不到低于50卢布的房间。而我们酒店的单间只要40卢布。这价格非常公道，因为我们的老板很聪明，敬重神明，不是那种见钱眼开、唯利是图的人。而且他喜欢客人，真心为他们服务。当我来这里参加面试的时候，他第一个问题就是：阿芙多季娅·瓦西里耶夫娜，您喜欢服务别人吗？这个问题有些突然，我完全没有想过，但我立即坦诚地答道：喜欢！这是实话。有些人并不情愿为别人服务，可我总是愿意与人为善，而且绝对是发自内心。房间打扫得干干净净，一尘不染。我还没有成家而且未必会结婚，因为我长得并不漂亮，准确地说，完全谈不上漂亮，身材也不好，比较胖，腿也短，骨头粗大。如果成家的话，那也得20年以后，等我50岁的时候了。一个中国的算命女人给我算过，她说：你男人会比你大，你遇见他的时候已经不年轻了，然后你们会在一起生活，一切如意。但愿一切像她说的那样。目前我和妈妈一起住在莫斯科郊外，我们在松采沃租了一套两居室的房子。房子不大，但是采光好。妈妈已经快70岁了，她年龄很大了才生的我，但这都是天意。她领我父亲的退休金。爸爸当过警察，战争刚开始就牺牲了。妈妈的退休金只有26卢布，我的工资是60卢布。除去房租半个卢布，这些钱是够用了，妈妈甚至还能存一点钱。我上班也很方便，先坐单轨车到大学站，然后再坐公交车就到了。现在我经常干白班，以前只上11点半开始的夜班。但夜班不能长期上，倒不是因为熬夜，而是另外的原因。我有一个癖好，就是爱看别人的爱情。如果一个人得不到自己的爱情，那么他就会从别人的爱情中汲取养分，或者从上帝的爱中汲取。可我没有去修道院的打算，我不适合隐居修身，我更喜欢尘世的生活。特别爱男欢女爱之事，简直到了疯狂的地步，难以自拔。所以才选择到酒店工作。我最喜欢偷听人们做爱。现在之所以很少去上夜班，是因为心脏受不了那刺激了。夜班的时候我总是在琢磨，怎么才能偷听到别人的云雨之欢。满脑子都是这个念头。我的聪明才智都用到一点上：发现爱的蛛丝马迹并偷听到精疲力竭。每天夜里我在走廊里来回走动，手脚颤抖，心跳加快，焦急地捕捉机会。最开心的就是，看到一对情侣吃完晚饭后，搂在一起回房间。看到这一幕我立马像打了鸡血一样，悄悄跟在他们后面。我双腿颤抖，唇干口燥，跟着他们上楼，看他们进入哪个房间，然后立即准备进入隔壁的房间偷听。要偷听成功必须隔壁房间没有客人。但我每次都比较走运，仿佛有人在暗中帮我，可能是我的秘爱天使吧。我进了隔壁房间后，从胸罩里拿出小小的窃听器，贴到墙上就开始听啊听啊听。这个小玩意儿能穿透任何砖墙和混凝土墙，别说人的声音，就是床单的窸窣声都能听得一清二楚。在这一刻我尽情享受，别无他求。我站在那里偷听，仿佛喝了琼浆玉液一般。这个癖好当我还是个小姑娘的时候就有了。有一年夏天我住在教母家的别墅，赶上她的情人造访。她丈夫做木材生意，突然有事去了阿尔汉格尔斯克。情人夜里来的。我在隔壁听见他们做爱的声音。我一下子喜欢上了偷听，每天都在煎熬中等待教母情人的再次光临。过了几天他又来了。这次他折腾了教母一夜。我把耳朵紧紧贴在墙上，入迷地听着他们的呻吟。教母爽得都哭出了声，不停地哀求道："亲爱的萨沙，你饶了我吧。"而我整个人石化了一般，兴奋地忘记了周围的一切，哪怕是整个世界崩塌了，我的魂儿仍然留在那甜美的呻吟中。从来没有体会过比这更强烈的感受，再说我也没有谈过恋爱，我这么丑也没人喜欢我。有过两次酒后乱性的经历，一次是和一个小伙子，另一次是和一个非洲裔的保安。但这种经历我一点儿都不喜欢。看过很多黄片，但也不喜欢，这种破烂玩意儿怎么能和柔情低语相比？什么也比不上墙后面情人的呻吟。这种刺激太强烈了，以至于每次我从酒店回到家里的时候都神志恍惚。妈妈问我：亲爱的杜妮亚，你怎么了？生病了吗？的确，是病了，每次值完班后都头重脚轻，步履蹒跚。回到家，躺到床上，睡不着觉，脑海中浮现的尽是那些爱的私语。心脏开始隐隐作痛，吃药打针都无济于事，后来我决定，不再这么糟践自己，心脏受不了。于是我找到领导，说以后一周只值一次夜班。就一次：甜食经常吃有害健康。整个星期我都在等那天晚上。周一到周四我上白班，周五上夜班。周五恰是情侣们住店最多的日子，根本听不过来。尽管我们的"斯拉夫女人"不是约会之家，但来度春宵的人还是不少。我曾想过去约会之家工作，但及时打住了：我在那里工作会死掉的，天天偷听，心脏绝对受不了。在这里一周享受一次，不过度沉溺。而且我也经历了一周天天偷听的时光，确实耗费体力。上白班的时候我特别喜欢早晨，情侣们都去吃早饭了，我走进他们夜里战斗过的房间，跪在床前，把脸伸进还温热的被子里，就这样一直跪很久。被子余温尚存，它记得所有的呻吟。今天早晨我在二楼走廊的时候，看见从 206 房间出来两个人，一个是头发花白的外国人，一个是身穿丝质斜领衫的本地小男孩。小男孩简直就是一个小天使。他们一起去吃早饭。我一眼就看出，他们不是父子，而是情侣。看得出来，是这个外来的老头招了一个小牛郎来过夜。我走进他们的房间。一个空的香槟瓶子，两个高脚杯，其中一个里面是一根用过的磅钉，还看到金色的糖纸。床单被子都皱皱巴巴，一个枕头在地上，另一个在床中间。看得出，外国佬把枕头垫在男孩的身下，为了更舒服地爱爱。我跪倒在地，把脸埋进那只枕头里。就这么跪着。

二十

“机器人!!!”火车司机惊声狂呼，以至于第三节车厢都听得到他的声音。

所有的人心里一紧：机器人来了!

尽管一直防备着敌人的进攻，这一嗓子还是让所有的弟兄们毛发倒立。

于是大家一起喊：

“机器人!”

“机器人!!”

“机器人!!!”

砰砰啪啪，一阵乱响。

第二节车厢“坦波夫”一片雀跃，第一节车厢“奥廖尔”发出了咆哮，第三节车厢“沃罗涅日”最英勇无畏。不用吓唬谁，白山勇士们早就枕戈待旦。

每个人都起身去拿武器。

马尔丁冲向机关枪，马卡尔将子弹夹装上步枪，大喊道：

“全体注意!!!”

声音传遍了所有车厢。各个车厢忙乱起来，准备迎战。

匆忙的脚步声。

“来敌人了!”

牙齿打战，两腿打战。

贴到车窗前，看来者何人。

窗外是草原。雾气腾腾，地平线上有一片亮光，仿佛有人拉起了铁幕：散兵线。

全是机器人。

它们排成一长排走着，成包围状，撒网式行进。因为机器人数量很多，不需要节省兵力。

商贩兄弟们擦了擦额头的汗，长叹一声：

“这是阿纳斯菲尔型机器人！”

“第六代机器人，真厉害……”

“还有泰勒克鲁姆型机器人！！！”

“种出了蘑菇啊，这个可耻的疯子！”

“等来一个疯子！”

这时，响起博格丹洪亮有力的声音：

“升玻璃窗！”

一阵开插销的声音。枪膛伸出窗外。准备！

“火车啊，你慢点开！”

蒸汽车头本来就走得不快——从纳尔奇克开出的时候煤就不够快速行驶用的。货物装得满满当当：炼过的黄油、葵花油、脂油、小麦、盐、刻赤鲱鱼、葵花子、海斜齿鳊。火车头却是一匹驼背小马驹，拉点货就累得气喘吁吁……商贩们没舍得雇辆大马力的火车——辛菲罗波尔的土匪们把雇火车的价钱哄抬到原价的四倍，看来是别有用心的。

他们希望商贩们雇的火车开不快，然后让机器人发动攻击，所有的机器人都不拿武器，为的是保证货物完好无损。

博格丹喊道：

“没有命令不许开枪！”

但商贩们已经控制不住了：

“啪嗒！啪嗒！啪嗒！”

射击声来自第三车厢，沃罗涅日人没忍住。

十几个银色的机器人被打倒在地，然而并没有什么用。散兵线聚拢在一起。一个散兵线上有很多节点机器人。

唐波夫的油贩们也忍不住了：

“弟兄们，我们完了！”

“快跑！”

“完蛋了！”

博格丹很快让这些制造恐慌的人全部哑火，要么一拳打倒，要么用枪指着对方的嘴说：

“赶紧回到你的位置上，我的勇士，要不然大家会因为你而完蛋的！”

然后踹其他人的屁股：

“去射击口，胆小鬼们！”

车厢里的混乱平息下来。

机器人已经近在眼前了。在太阳的照耀下白花花的一片。

博格丹架起了毛瑟枪：

“预备！”

机器人在准星上。它们像围住一条大鲸鱼一样围住了火车。

“开火！”

啪嗒！啪嗒！啪嗒！

嗒—嗒—嗒—嗒！

啾—啾—啾—啾！

打倒了三分之一的机器人。剩下的三分之二冲上了火车。肉搏战开始！

泰勒克鲁姆2049型机器人以及阿纳斯菲尔6000+型机器人只设置了一个程序：爬进火车把货物从窗户扔出去，此外没有任何别的目的。这些机器人不针对有生命的对象。正是因此它们才可怕——它们根本不看商贩，而是径直扑向装货的麻袋。

枪声再次响起：

啪——嗒——啪——嗒！

嗒——嗒——嗒！

这次是正面射击。

银色的机器人正从窗口爬进车厢，它们没有脸，双手像钢爪。和它们进行肉搏战是行不通的，在车厢里对射则很危险，很快便会同归于尽。只有用大铁锤猛砸机器人脑袋才能将其摧毁。

“大铁锤！！”博格丹大声喊道。

大家操起准备好的大铁锤，朝着闪闪发光的机器脑袋砸下去。

然而机器人知道自己是钢铁之躯：它们继续抢劫货物，丝毫不理会商贩们，仿佛他们根本不存在。装着食品的袋子飞向窗外，底下接应的机器人接住袋子，拖到草地上。有的机器人甚至抱着袋子直接跳出窗外。

这些机器蚂蚁拖走了上好的黄油、脂油和香喷喷的瓜子……

火车司机在骂娘，蒸汽车头喘着粗气，使出吃奶的劲儿向前行进。

机器人紧锣密鼓地抢夺货物，没有丝毫的羞耻，一声不吭地忙活着。

那些脑袋没有被砸烂的机器人都带着货物跳窗而去。

商贩们望着它们的背影破口大骂，心在滴血。

只有博格丹一个人镇定自若地踱着步子，摇晃着秃顶的脑袋，上面的碲钉头闪闪发光：

“弟兄们，清点一下损失！”

清点是可以清点，但谁来弥补损失？只能无可奈何地看着装着敖德萨斜齿鳊的麻袋远去。

这就是商贩们的宿命。

二十一

空间在马格努斯·波斯佩什内仅有的一只眼前不断闪过。这地方已经不再是满目灰烬、遍地塑料，像塔利班分子烧毁的洛桑圣诞旋木；也不是到处断壁残垣，像被曼苏尔酋长的飞机轰炸后的日内瓦中心；也不是阿尔卑斯山的山脉。这儿是前法国的南部，盛夏季节满眼三种颜色，一如由四省组成的新朗格多克共和国的国旗颜色：绿—灰—蓝。这里没有焦煳味。其他各种味道从马格努斯越过瑞士边境后便充斥着他的鼻腔：薰衣草的香味，粪臭味，炼油厂的味道，生产干酪的味道，燃气站的味道，太阳炙烤下的小城的味道。马格努斯特意避开了大城市，他着急赶路。烈日炎炎，紫色的薰衣草地非常晃眼，铺满石子的路上尘土飞扬，但不是瑞士那些废墟城市里的灰尘。朗格多克的灰尘都让人呼吸轻快。马格努斯在萨尔斯堡用137个金币买的飞靴正把他送往目的地：拉库韦尔图瓦拉德城堡。

条条大路通此城。所有普罗旺斯的农民、朗格多克的农民以及南比利牛斯的农民都告诉他往西南方向走。马格努斯抖落一身的尘土，在美丽的风光中穿行。未受战争侵染的城市乡村风光宜人，时间仿佛静止，让人想起战前的欧洲。这是儿时的味道。马格努斯在空中飞行，下面是放牧着牛羊的绿色山坡、瓦房和畜栏、熏制作坊、干酪房、高射炮、太阳能电池。几个农民手搭凉棚，像看鹞鹰或者无人机一样看着马格努斯。他长时间地停在空中，任燃料空耗，似乎想让时间凝固在这一刻。但沉重的飞靴不允许他离开大地太久。

拉库韦尔图瓦拉德。

马格努斯·波斯佩什内已经在路上奔波一月有余。他要在明天赶到这座城堡，务必赶到！

否则别无出路。

时间已经所剩无几。炎热的白天在他的飞跃中已经落下帷幕。弹力飞行服可以制冷，吸汗，提供维生素，所以马格努斯不知疲倦。他本身就强健耐劳，尽管个头不高，体格偏瘦。而且在这里他飞得比在奥地利和瑞士要顺利。他吃了新焙的面包、热黄瓜、羊油奶酪，喝足了当地的泉水，并用微型煤气罐给靴子加了气。之后他朝着西方一跃而起，这正是击溃了萨拉菲野蛮人的新生共和国的方向，太阳正在从不太平坦的青绿色地平线上落下。马格努斯喜欢这阳光，所以他没用墨镜片遮住自己的独眼。

马格努斯的瞳孔充溢着阳光。

这片阳光预示了一场会见。

这一预言很快就将实现。当闷热的夜晚降临到比利牛斯山脚，周围散发的不是薰衣草香，而是金银花和槐花的香气，知了开始聒噪，前方夜晚的天空中闪现出一个巨大的全景图像：新圣殿骑士的八角十字。

终于到了！

“拉库韦尔图瓦拉德……”正在飞奔的马格努斯长舒一口气，脸上露出疲惫的笑容。

十字架显现在城堡角楼的上方，正绕着轴轻轻转动。

马格努斯高高跃起，惊起一群归巢的雨燕。夜晚温热的空气最后一次掠过马格努斯脏乱的头发。他降落到那条通往城堡的宽阔道路的条石上，关掉飞靴，迈开沉重的双腿向前走去。

城堡越来越近，八角十字架光芒四射地在城堡上空转动，仿佛城中英勇居民的士气在支撑着它。

马格努斯在一个半月的旅途中所保持的从容淡定，随着迈向城堡的步伐逐渐变为愈来愈浓的兴奋。正在创造中的新欧洲神话，所有欧洲基督徒的希望，精神功勋和肉体英勇的城堡正高耸在他的面前。

为了平复激动的心情，马格努斯开始大声祷告。

道路被一道壕沟阻断。壕沟后面是一道不高的围墙，围住了整个城堡。道路对面可以看见一座升起的吊桥。

马格努斯在路的尽头停住。警戒岗楼上立即投射出一道探照光束，一个声音厉声问道：

“来者何人？来者何意？”

马格努斯深吸一口气，大声说出了一个半月以来烂熟于胸的一句话：

“我是木匠马格努斯·波斯佩什内，应骑士团总团长之邀而来。”

经过漫长的一分钟等待之后，吊桥开始无声地下降。

“欢迎来到拉库韦尔图瓦拉德，马格努斯·波斯佩什内。”那个声音说道。

马格努斯踏上表面凸凹不平的吊桥，飞靴在行进中发出铿铿的响声。

“我赶上了……”他心里想着，露出了笑容，感到一阵如释重负的轻松。

大门打开，一道光闪过。马格努斯进入城堡。迎接他的是三个身穿轻盔甲腰束武装带的士兵，武装带上分别装备有小型冲锋枪、手枪、短剑、三个手榴弹和一个液压斧。士兵们神色严峻，毫无表情。领头的打开手中发光的小精灵，一言不发地递给马格努斯。

马格努斯同样默默地把自己的右手掌贴到小精灵发光的表面。在微凉的夜空中出现了马格努斯的全息图。领头的士兵仔细地看了一会儿，点点头，收起小精灵。另一个士兵转动手柄，液压装置启动，栅栏升起，第二道门缓缓打开——这道门高大厚重，包着铁皮，钉满钉子。门后面又有两个士兵迎接他。

“请跟我们走。”其中一个士兵说道。

马格努斯像跟随亲人一样跟着他们，一脸笑意。他们走进城堡的内城，周围部署了上百门自行火炮。又走进一道门，走过人工照明的石板路，开始下行进入一个地库。到了一个圆形小厅里，一个身穿灰色粗麻布衣服、胸前佩戴圣殿骑士红十字架的人在等他们。

“欢迎你，马格努斯·波斯佩什内，”此人微微一点头，自我介绍说，“我是城堡总管莱昂纳德。”

马格努斯颔首作答。

“我带你去见木匠们。他们会让你吃饱喝足，然后睡到天亮。”

莱昂纳德带着他沿着走廊前行，与马格努斯铿铿作响的飞靴不同，他走路几乎悄无声息。他们走到一个门前，总管把手贴在一个白色方块上，门自动打开。马格努斯进门，总管留在门外。拱形大厅仍然是绿色人工照明。中间是一个长条桌，上面摆着红酒和几个小菜。桌子边上坐着五个人。看到马格努斯，他们站起来迎接他。这是南欧的木匠们，都是些名人。其中三个人马格努斯认识：佛罗伦萨的西尔维斯特尔，毛发重的尼科尔和油手胡戈。另外两个人听说过：特奥多尔·孔斯坦斯基和阿里斯·普罗洛姆内。

“啊！你们看谁来了！马格努斯·波斯佩什内！”长着金色大胡子的胖子胡戈发出一声惊叹，摇晃着一头小脏辫说，“你走得够久的，不过，赶上了！”

“马格努斯！”严肃的尼科尔用拳头捶了一下马格努斯的胸部，他的头发一直长到眼睛边上。

“有传言说你会迟到。”长着一副精明相的西尔维斯特尔摇晃着小脑袋说。

“但这传言被我们制止了！”胡戈大笑道，张开戴满戒指和手链的双手拥抱马格努斯。

“用最残忍的方式制止了!”尼科尔向西尔维斯特尔亮出了带有刺青的拳头。

“我不能失信于团长。”马格努斯说道，从胡戈的拥抱中挣脱出来，取下肩上的行军包。

一双强壮的木匠的手伸向来者。

“欢迎你，马格努斯·波斯佩什内，”浅色头发浅色胡子的阿里斯用力地握着马格努斯的手掌说，“整个罗马都记得你巨锤的响声。”

“你好，很高兴见到你，阿里斯·普罗洛姆内，”马格努斯也用力地握了木匠的手，“久闻大名，从布拉格到维也纳你铺了一条广阔的碲钉路。”

“马格努斯·波斯佩什内，请接受我真诚的问候和崇高的敬意，”特奥多尔走过来，伸出瘦削的手。他剃了光头，矮壮敦实，“你的技艺已日臻完善。”

“那是为了向你的技艺看齐，特奥多尔·孔斯坦斯基。你钉过的碲钉头亮瞎了我的眼睛。”

“嘿，难怪人们称你为会说话的马格努斯!”胡戈笑道。

这些来自欧洲南部的木匠们说的是混杂着法语、西班牙语和巴伐利亚语的欧洲语言。马格努斯在瑞士之行结束后开始想念起这种与他的生活有着诸多关联的语言。

“先生们，先让远道而来的客人把靴子脱掉!”胡戈大声说道。

木匠们把一把椅子放到马格努斯跟前。他坐下，解开飞靴，心满意足地拿出疲惫的双脚。靴子即刻被拿开，一盆水端到马格努斯面前。阿里斯和特奥多尔蹲下，解开马格努斯高帮软鞋的鞋带，脱下鞋，除去汗湿的袜子，把马格努斯的脚放进水中，开始不紧不慢地用金银花香味的肥皂为他洗脚。

“从你的脚可以看出，你是从瑞士直接蹦过来的。”胡戈手拿擦脚巾，向马格努斯调皮地眨了眨眼。

“是的，被迫中止了表演。”马格努斯小声说道，似乎害怕打破了这愉悦的洗脚仪式，尤其是现在，在漫长的一天以及他整个行程结束之时。

“有什么新鲜事儿？卢塞恩的那帮人没弄折你的钉子？”

“没有，不过也并没有表示欢迎。他们比较文明地收了我的钱，然后抹去了痕迹。”

木匠们充满理解地对视了一下。

“瑞士人从来不打赏表演者，”毛发重的尼科尔恶狠狠地说道，“不论是战前，战时还是现在。这帮吝啬鬼！”

“似乎，战争什么也没教会瑞士的木匠们，”阿里斯一边把马格努斯腿上的泡沫冲去，一边赞同地说道，“抹去欧洲原住民身上的痕迹……嗯……”

“而且他们不想学习，”马格努斯强调，他眯缝着仅有的一只眼皮，不知是因为满足还是因为疲惫，“对他们来说，最主要的是发横财。”

“瑞士人主要靠直供，”西尔维斯特尔耸了耸瘦削的肩膀说，“这显而易见。所以他们对法典不感兴趣，只对直接供货感兴趣。”

“直供？波斯人一直是他们的中间商啊！就是那些轰炸巴塞尔的人！”尼科尔甩了甩头发说。

“给他们供货的哈萨克人更多，”特奥多尔反驳道，继续给马格努斯洗着脚，“直接从碲钉国运来，通过照明走廊。”

“还有波斯人！”尼科尔不依不饶地说，“哈拉特巴里将军的波斯人。正是他们杀死了匈牙利人，篡改档案并砍了老人莫里斯的头。”

“那边碲钉倒是没有问题，”马格努斯说道，“那边的问题在于木匠。”

“因为他们是狗屎！”尼科尔愤愤地说道，摇晃着脑袋，脖子上的四个项圈哗啦作响，“以前是，现在还是！团长就应该挥兵去讨伐他们！他们也算是基督徒？居然抹去同门教徒人身上的痕迹！半年不到，已经开始破坏规矩了！”

“尼科尔，团长知道他们的罪孽。”胡戈把自己的大手放到尼科尔肩上，“总有一天，他们会为自己的高傲和贪婪付出代价。”

“这是叛教行为，而不是贪婪，胡戈兄弟！”尼科尔大声说道。

胡戈幽幽地点头表示同意。

“这是与背叛上帝直接相关的贪婪。”阿里斯说。

“要是按我的意思，我会把卢塞恩团伙的这些傻瓜们全部吊死，在这之前往每个人的屁股里塞进一把小金锤!”尼科尔义愤填膺地说。

这句话让木匠们开始行动起来：西尔维斯特尔走到桌前，开始拿起酒罐往杯中倒酒，阿里斯和特奥多尔把马格努斯洗净的脚从盆中移出，胖子胡戈吃力地蹲下身子，开始小心地用毛巾为马格努斯擦脚。

然后马格努斯被领到他的独居小室，简朴而舒适。他脱下沾满灰尘的宽大飞行服，从行军包里取出衣服——驼色细软皮革紧身裤，钉了铜掌的红靴子，绣花丝绸无领衬衫——心满意足地换上。然后戴上白金珍珠项链，往右手无名指上套一颗镶着钻石十字架的戒指，精神抖擞地走出房间。

木匠们已经在餐桌前等着他就座。

“请原谅，马格努斯兄弟，我们已经吃过饭了，”胡戈说道，“但我们希望能够为你的健康和你的巧手干一杯。”

“很荣幸能和大家一起喝酒。”马格努斯答道。

他迅速地做了祷告，把双手放入一个银碗，然后接过西尔维斯特尔递来的毛巾，擦干手，端起酒杯。

"祝你健康，马格努斯·波斯佩什内!"木匠们端起杯齐声祝酒。

"朋友们，也祝你们健康!"马格努斯与大家碰杯。

"祝你的手强劲有力!"

"也祝你们的手强劲有力!"

去年产的当地红酒"马西亚克"让马格努斯神清气爽，他痛快地一饮而尽。尼科尔揭开汤锅的锅盖，阿里斯递过来一个空盘子，胡戈盛了满满一盘农民菜豆汤，里面还有熏五花肉，佐以青菜和蒜末。这是传统的熏肉菜汤，不仅是农民的充饥美食，也是旅行者的解饿佳肴。尽管汤已经不太热了，但马格努斯吃得津津有味，每吃一口都感觉元气在逐渐恢复。

木匠们慢慢啜着红酒，时不时地交谈两句，到后来完全不说话了。仿佛都不约而同地冬眠了，坐在那里一动不动，双手放在桌子上，低头不语。只听见马格努斯喝汤的声音，末了这声音也终止了。

他用餐巾擦干嘴，推开空盘子，看了一眼沉默不语的同行们。他们也看着他。他本想提个问题，但不知什么妨碍了他这么做。大厅里石板拱顶下一片静默。这种静默并不让人感到压抑，相反却是美好的，充满了对他们即将实施的伟大创举的期待。这样的静默谁都不想打破。但西尔维斯特尔不得不提醒大家:

"干活前需要睡个好觉。"他轻声说道。

没有人回应他。

胡戈率先站起身，他什么也没说，转身走向自己的房间，晃动着满头的小脏辫。剩下的人也都站起身，默默地走向自己的房间。马格努斯也回到了自己的房间。他跪倒在耶稣受难像前，与往常一样，对上帝提供的衣食住行做了极为简短的感谢。然后脱衣上床，迅速地进入了梦乡。

新的一天到来了。

鸡叫头遍，东方欲晓。总团长率 320 个骑士已在教堂集结完毕。随军牧师阿利维里身穿白袍，披一件带有萨拉菲派分子弹痕的铜制铠甲，开始了弥撒。他的声音高亢洪亮，在教堂上空回响：

“愿主与你们同在！”

“也与你的心灵同在！”教堂里响起澎湃的回声。

仪式开始。六个木匠也都到了现场，垂手低头站立。马格努斯呆若木鸡地站着，仿佛融化在话语和声音中。他等这一刻等了很久。管风琴响起，开始唱《三圣颂》。马格努斯·波斯佩什内和大家一起合唱。对他来说，时间停止了。

直到牧师开始向教徒们布道的时候，马格努斯才回过神来。阿利维里在讲要以基督的名义去建立功勋，要珍惜信仰和信徒，讲了近期的时事，并宣称基督战士的心要兼具羊的温顺和狮子的凶猛。然后开始圣餐仪式，总团长第一个走向牧师，领了圣餐后，他走过一个不高的拱门。每个从牧师那里领了圣餐的骑士，都走过这座拱门，穿过一个走廊，来到大斋堂。这里摆放着五个长条木桌和椅子。桌子摆放的形状有点像上下各加一横的罗马数字Ⅲ，吃饭的时候牧师始终坐在上面横线的中间，总团长坐在下面横线的中间。仆人们都站在墙边。当最后一个骑士坐定后，大门关闭。

六个木匠匆忙赶赴拉库韦尔图瓦拉德的目的现在终于揭开了面纱。仆人们为他们穿上木匠用的胶皮围裙，端来盛水的铜盆和洗手用的肥皂。现场异常安静，每个坐着的人都清晰地听见水倒入六个盆中，木匠们仔细地、安然地清洗着双手。当水罐中的水用尽后，他们用毛巾擦干手，随后喷洒上酒精。然后六个仆人走到近前，每人手里端着一个放在丝绒衬垫上的椭圆小盒。这些盒子的外形和材质都不一样——胡戈的是铁盒子，略显粗糙，西尔维斯特尔的是喷漆的黑木盒，特奥多尔的是日本松木盒，阿里斯的是铜盒，尼科尔的是铝盒。马格努斯的盒子是柏木做的。仆人们打开盒子，里面装着木匠们的工具——小锤。锤子也是各式各样，仿佛它们主人们各异的性格。世界上所有木匠锤子的柄都是加拿大白蜡木做的，但锤头的金属却由木匠自己选定。胖子胡戈早就痴迷赤金，睿智的西尔维斯特尔倾心于白金，狂热的尼科尔喜欢没有淬火的软铁，特奥多尔和胡戈一样，迷恋赤金打造的锤头，阿里斯偏爱铜制的。而马格努斯的锤子是钛做的。

木匠们取出自己的小锤，轻轻举起，就像普鲁士的元帅们举起致意的权杖，然后停在半空。仆人们端着空盒子走开，牧师走过来，他慢慢地沿着他们的队列移动，仔细打量着每个工匠的面相。他瘦削而黝黑的脸上有六道疤痕，昭示着他对即将发生的事情有准确的预判。他在移动的过程中与每个木匠都进行了眼神的交流。给人的感觉是，他在和他们告别，实际上他是在选人。最终他选定了人，停在了马格努斯面前。

马格努斯呆住了。

牧师被汽油烧伤的手落在了马格努斯的肩上。

“马格努斯·波斯佩什内，我以耶稣基督的名义祝福你去完成伟大的事业!”牧师用特有的高亢嗓音朗声说道。

“我终于赶上了，我的老天!”马格努斯心中一阵狂喜。

他对牧师鞠了一躬，举着小锤沿着墙走去，后面跟着两个手拿塑料容器的仆人。马格努斯沿墙走到头左转，然后走到一排端坐在桌前的骑士后面，在中间的位置停住。他面前坐着的这个人就是获得圣殿骑士勋章的总团长若弗鲁瓦·德·潘恩。团长一动不动地坐着，紧握双拳放在木桌上。他的镀金铠甲看上去威风凛凛。上面的弹痕和刀斧痕迹更增添了铠甲的威风。头理得一丝不苟，仿佛贵金属浇筑而成，绝美。

马格努斯面前这位堪称伟大。正是他和他的骑士们成为欧洲的坚强卫士，粉碎了萨拉菲派分子的入侵。他们在图卢兹和马赛击溃敌军，解放了尼斯和佩皮尼昂，击沉了耶尔群岛附近的萨拉菲派分子的军舰。正是他，若弗鲁瓦·德·潘恩，让朗格多克的旗帜高傲地飘扬在新首都塔楼的上方，他让流血的欧洲看到了希望，他联合了欧洲所有基督徒的力量，在这片大陆上捍卫了基督教文明。

马格努斯无声地叹了口气，凝神稳定了一下情绪。这个他已经做得游刃有余。仆人们轻轻地打开塑料盒，里面有一根浸在消毒液中的碲钉，还有卷成筒状的小精灵以及止血棉。马格努斯对一个仆人使了个眼色，那人拿出小精灵，展开，贴在团长的头上。小精灵唧唧响了一声，发出亮光，里面有个发光的绿点在脑袋上游移，然后停在一个地方不动。马格努斯点头示意，仆人从团长头上取下小精灵。他脑袋上某处留下一个不甚清晰的标记。在这个标记附近可以看见以前钉过的 12 颗碲钉的痕迹。马格努斯取出钉子，放到那个点上，屏住呼吸。

所有的人都看着他。

马格努斯用独眼望向拱顶，他在用意念向上帝祈求力量。

片刻之后，手起锤落。钉子齐根没入团长的脑中。他的身体抖动了一下，铠甲叮当作响，双拳张开。

总团长如释重负地长舒一口气，整个饭厅的人都为之松了口气。站在墙边的五个木匠对马格努斯报以矜持的微笑。他把锤子放回小盒里，取出止血棉，把钉头边上渗出的一小滴血吸干。他看不见团长的表情，但他能从大厅里 320 名骑士的眼神中看出团长钉入碲钉后目光所散发出的力量。这种感觉让马格努斯不寒而栗。骑士们的目光汇成一张完整的拼图。

“朗格多克……”木匠下意识地小声说道。

大厅活跃起来。木匠们分散到各个桌子，数十个仆人端着盒子跟在他们身后待命。五个工匠来到圣殿骑士城堡的任务拉开了帷幕：开盒子的声音，碲钉的闪光，小锤的击打声，被钉入圣钉后骑士们欣喜的叫声。

木匠们开始忙活起来。马格努斯仍然站在团长身后，他此行的目的就是为这颗高贵伟大的头颅钉钉子。他的使命已经完成了。他一动不动地垂手而立，欣赏着同行们的工作。随着他们锤子每一次的敲击，一种职业上的愉悦充盈着马格努斯的内心。

木匠们的活干得熟练而精准。

大块头油手胡戈干活的时候表情十分庄严，将碲钉放到脑袋前，然后用锤子敲打，仿佛古代的雕塑家在用双手为伟大的时代建造纪念碑。

佛罗伦萨的西尔维斯特尔动作精巧准确，他有着外科医生般精细的手指，出手简洁迅速。

毛发重的尼科尔钉起钉子来好像一个与强敌搏斗的战士，仿佛在为一个幸福公平的新世界而战。

特奥多尔·孔斯坦斯基干起活来驾轻就熟，仿佛这是一件稀松平常、司空见惯的活计，丝毫没有任何可怕的后果。

阿里斯·普罗洛姆内俯身在骑士们剃光的脑袋上，就像中世纪的炼金术士俯身在炼制人类期盼已久的神奇药水的瓦罐上……

马格努斯看着自己同事们各显神通。他羡慕他们吗？不！他感到心满意足。他的双手尽管一动不动，但是它们已经完成了自己的使命：碲原子已经在总团长的脑袋中轰炸了神经膜，这一点非常重要，不仅对320名勋章骑士，而且对整个朗格多克，乃至整个欧洲。

锤子继续在钉。

银色的金属钉入脑袋。

骑士们身体颤抖着、叫喊着、呻吟着，似乎这一切永无止境。可是一个小时之后，最后一颗钉子钉入骑士脑中。干完活的木匠们把小锤交给仆人，退到墙边站定。一切如愿以偿，和以前的12次一样，没有一个骑士受难，没有人倒地抽搐、打滚、翻白眼。没有人死亡，通常有些不走运的人会因为碲钉而殁。

这一次所有人都非常走运。

在拉库韦尔图瓦拉德对这种奇迹已经见惯不惊。

大家一动不动地坐了约莫一分钟的时间，总团长从座位上站了起来，用洪亮而有力的声音说道：

“众教友兄弟们！圣殿骑士们！基督教世界的敌人并没有善罢甘休。我们在马赛打得他们屁滚尿流，虽然他们撤退了，但他们对基督教的欧洲始终心怀恶意，亡我之心不死。从俘虏中逃脱的加济·伊本·阿布达拉重新纠集兵力，企图进攻我们。和之前一样，敌人妄图奴役欧洲，摧毁我们的教堂，践踏我们的圣灵，用火与剑把自己的信仰强加给我们，建立自己的暴政，将欧洲人民变成驯顺的奴隶。到目前为止，我们击溃了他们一次次的进攻，但每次被基督战士击败后，他们总是重新集结力量，向我们发动战争。那么我们这些基督信仰的卫士们，是否每次都要坐等这些野蛮人发动新一轮的进攻?”

团长稍作停顿，环视一圈在场的骑士们。他们屏息静气，等待着激动人心的话语。有些人已经微微欠起身。

“不！我们不能被动防守!”团长几乎喊了出来，大厅里炸开了锅。

骑士们都从座位上站了起来。团长举起一只手，请大家安静。大厅里即刻变得阒然无声。

“最好的防守是进攻!”

大厅里又一次炸开了锅。

“我们想一想雨果·德·帕英，图卢兹的雷蒙德四世，康拉德三世，戈特弗里德·布里昂斯基，腓特烈一世这些伟大的统帅们!他们从来没有等待穆斯林教徒的进攻，而是直接杀向东方，为了保卫基督教圣地，为了消灭野蛮人和渎神者，为了确立基督教文明的领地。我们现在要以他们为榜样!”

欢呼声响彻大厅，震耳欲聋。

“今天我们要打击萨拉菲派分子的老巢——伊斯坦布尔！全力

打垮敌人！用真理之剑消灭他们！向这些异教徒展示基督战士的英勇无畏！”

大厅的石墙和穹顶回响着欢呼声。团长又一次举手示意，大厅恢复安静。他继续说道：

“我，若弗鲁瓦·德·潘恩，圣殿骑士团总团长，宣布第13次十字军飞行远征开始！和我们一起飞行的骑士们分别来自比利时、荷兰、夏洛特堡、巴伐利亚、西里西亚、特兰西瓦尼亚、加利奇纳和别洛莫里耶。和我们一道飞行的还有路易斯的空降兵团‘里约汉斯基的雄鹰’！和我们一起的还有在敌占区伊斯坦布尔活动的‘第五纵队’！我们将一起打击敌人！这是神的旨意！”

“神的旨意！”整个大厅齐声应和。

“神的旨意……”马格努斯小声道，呆立在原地。

城堡教堂的大钟开始拉响了警报。

团长突然转身走向出口。马格努斯看见了这个人的侧影——尖利的大鼻子，深陷的眼睛，凹陷的面颊，薄薄的嘴唇，小而刚毅的下巴。团长走过拱门，后面紧随着牧师和侍卫。骑士们在铠甲和碲钉头的闪光中离开饭厅。马格努斯站在那里，深深地沉醉于这些从他身边经过的绝非芸芸众生的人们。

骑士们走了出去。

警报过后的大厅安静下来。从小窗透进来的太阳光照在空空如也的桌子上，几滴血迹泛着光。

回过神来的马格努斯走向自己的伙伴们。他们紧紧地拥抱在一起，目光中充满理解，此处无声胜有声。

从饭厅走出的骑士们下行至教堂的地下室，在一处空旷的地方，在两块防弹玻璃之间飘浮着救世主的裹尸布，这是一块印着耶稣头像的篷布，是骑士团在惨烈的都灵之战中从异教徒手中夺来的伟大圣物。骑士们排成队，轮流跪地亲吻圣物，然后出小拱门上行，来到城堡的外面。这里已经架起了骑士团的弹射机，展长 40 米类似齐射系统的金属装置，旁边是一排排三米高的机器人飞行器，上面装备有自动火炮、火箭发射器和火焰喷射器。每个机器人飞行器胸前都闪耀着圣殿骑士团的红色八角十字架。总团长第一个钻进自己的飞行器，他坐到座位上，系好安全带，抓住操纵杆。飞行器的密封舱自动关闭，团长刚毅的面庞在飞行器厚厚的防弹玻璃后面闪着光。随军牧师和六个侍卫在团长之后也上了飞行器。骑士们开始麻利地登上各自的机器人飞行器，关好机舱。机器人迈着沉重的钢腿沿着古老的条石路走向宽阔的升降梯。升降梯开动起来，把机器人送上弹射机。机器人上去之后，躺进一排排发射架中。当前 50 个躺好后，它们的脚连接至固体燃料运载火箭。

巨大的弹射机开始转向东南方。钟声响过，信号弹升起，点火。只见火光闪烁，50 个发射器一个接着一个，带着巨大的呼啸声把基督的钢铁战士们送入朗格多克的蓝天。仿佛一个个流星带着骑士们飞向黑海边的遥远目的地。在这一刻有数百个这样的流星正从比利时的列日、荷兰的布雷达、南喀尔巴阡山的山顶、施塔恩贝格湖岸、索洛维茨基群岛发射出去。

第13次十字军飞行远征正在加速实施致命打击。

城堡外面响起了群众兴高采烈的欢呼声。成百上千的朗格多克人在这个清晨来到这里欢送参加圣战的英雄们。骑士机器人身后的铁背包里装的不仅有弹药，还有本地居民亲手做好并带来的食物：奶酪，热面包，羊油，烤番茄，油浸朝鲜蓟，火腿，腌鳕鱼，无花果，杏子，当然还有必备农家菜——土豆泥加奶酪和油炸猪肉香肠。无情的钢铁巨人们所携带的这些亲切而感人的居家食品应该在勇士们第一次露营时为他们补充体力，并让他们想起他们为之战斗的那些普通的欧洲基督徒们……

新一轮的发射声在拉库韦尔图瓦拉德响起。大地震颤。又有50颗流星划过天空，飞向东南。马格努斯站在饭厅的小窗前，满怀信任和希望地目送着十字军将士们。

“拉库韦尔图瓦拉德……”他吐出这几个字，露出了幸福的微笑。

二十二

深秋。阴郁潮湿的早晨。鞑靼国和巴什基尔王国边境的一个狭长白桦林。两个长着狗头的行路者——罗曼和福马坐在篝火边。篝火上放一个三脚架，挂着一口正在烧水的锅。罗曼肩宽矮壮，一身平顺的灰色茸毛，脸上有几道明显的旧伤。身穿一件防水布做的破旧上衣，棉裤和系鞋带的高帮靴。福马肩窄高瘦，有点驼背，浑身平顺的黑色汗毛，穿一件长襟厚呢子大衣，脚蹬一双长筒胶靴。

福马：火不旺啊，应该再添点柴。

罗曼（往火堆里添加白桦小树枝）：全是湿的。

福马（抬头看天）：嗯……要是下雨的话，我们都没地方躲。

罗曼：幸亏小雨昨夜停了。

福马：马上要下雪。

罗曼（挖苦地说）：福马·谢维里亚内奇，您可真会鼓舞人心哪。

福马：随时乐意为您效劳，罗曼·斯捷潘内奇。

一阵疾风卷起篝火的烟刮向福马。

福马（不满地转过身去，揉着眼睛）：流氓……大自然妈妈，你是在反对我吗？

罗曼（把燃烧不充分的树枝扒到锅前面）：是不是该把东西下锅了？

福马：请不要坏了煮饭的顺序。要先把水烧开。

罗曼（打了个哈欠）：狂想填饱肚皮。

福马：我的朋友，不要说得那么俗。您应该说："我饿了。"

罗曼（不满地）：我饿了。

福马：老实说，我也饿了。

停顿。两个旅人默默坐着。

福马：不要这么怨恨地看着我。

罗曼（恼怒地）：拜您所赐，我们正在遵守毫无意义的礼仪。

福马：这不是礼仪，这是规程。

罗曼：这是愚蠢的规程。您自己规定的。

福马：尊敬的罗曼·斯捷潘内奇，目前谁也无法取消化学反应。

罗曼：狡辩！您净扯没用的。

福马：世界正是建立在规则之上的。

罗曼：您的说辞并不能烧开这锅水。

福马：但是至少能提醒您需要耐心等待。

罗曼（毅然伸手去拿背包）：够了，见鬼！别再扯没用的了……

福马（举手阻拦，这只手只有四个手指，长着黑色茸毛，第三指上戴着一枚银戒指）：要遵守规程，我的诗人先生。恳请您不要犯错误。不按我的方法做饭您不仅吃不上香喷喷的饭，而且还会深深地伤害我。

罗曼（恼怒地抓起背包，扔到福马脚下）：您想怎么做就怎么做吧……（不屑地）哲学家先生！

福马（把背包拉到身边）：一定会做好的。您可以用您蹩脚的诗歌来感谢我。

罗曼（摊开长满灰茸毛的双手）：为什么，我们为什么不能吃腐肉?!

福马：我最亲爱的，您已经问过这个问题了。

罗曼：腐肉比任何肉都好吃，又软。而且不用煮！

福马（解开背包）：您说得没错。

罗曼：而且那儿多的是！

福马：您说得对。

罗曼：那儿有嫩的肉也有老的肉，随便你选！什么器官都有。有什么能比腐烂的内脏更美味更营养？比如说肝脏、心脏。那么多腐尸，天啊！随便选……

福马：没错，没错……它们腐烂的尸体，月光都很少照到。

罗曼：要是吃腐肉我们早就饱了！

福马（点头）：是啊，如果说用腐败的人体内脏充饥，我们早就吃饱喝好，心满意足。而且我们会瞬间觉得，尘世的生活是如此美好。

罗曼恼怒地看着福马。

福马：我的朋友，在您的目光中充满了恶意和愤怒。诗人先生不打算咬住流浪哲学家的喉咙吗？

罗曼：昨天在这里发生的卑劣行径我永远不会原谅您。

福马：没有任何卑劣之处。我们不过是漂亮地避开了战场。

罗曼：像两个十足的傻瓜……

福马（一直在背包里摸索）：我最珍贵的朋友和旅伴，罗曼·斯捷潘内奇先生，我在关心您的未来，您却因此而咒骂我。我再次使您免于四足爬行的境地，也就是说，阻止您降为兽类，鼓励您经历磨难，向上前进，达到肉体和精神的完善。您写浪漫的诗句，听天籁之声和天使歌唱，但同时却狂热地渴望吃腐肉果腹。这鲜明的对比实在让我匪夷所思。作为会思考的动物我无法接受这种矛盾。如果说您的伦理观念比较弱，那么至少您的美学观念也应该跳出来给您当头棒喝：住手！

罗曼：您的诡辩比饥饿更让我感到恶心。在吃的问题上还谈什么狗屁美学?！狂想大吃大喝！

福马：这是新诗的标题?

罗曼：我们是带有双重属性的生物，我们不但不能割裂，而且要保留这种双重属性。

福马：如果我们是别的什么职业，比如说洲际列车的司机，我倒是很乐意吃腐尸。但是，作为一个彻底的后犬儒主义者，我坚定地反对逆向进化。如果我只是一个普通的旧式犬儒者，甚或是一个普通的后犬儒者，我会很乐意用四肢匍匐而行，攫取死去的瓦哈比分子的腐烂内脏。

罗曼：吃腐尸和我的职业并不矛盾。

福马：从您存在的本质来讲，是这样。但我最珍爱的朋友，除了您的灵肉之外还有一个文化背景。传统、遗产、诗人形象。请相信，一个写出“春日黄昏的神秘房子”的诗人却喜欢吃腐烂的人体内脏，这会让两条腿的读者深感痛苦。我不认为，普希金会喜欢这样的诗人。

罗曼：但是波德莱尔会喜欢。

福马：听着，造物主把我们造成易受影响的动物。狼很难被驯化，但是狗却非常容易驯化，很遗憾。

罗曼：很幸运。

福马：如果我们是人的造物，或者按你那个长着驴脑袋的朋友的说法，是忠诚的造物，那么也是为了崇高的目的而造的，就让我们不要辜负这一目的。

罗曼：和您不同的是，我对自己的本性非常满意，而且并不打算做任何改善。我的理想关乎人的本质，而与自己的本性无关。

福马：这个我知道，我的朋友。但是请相信，我和您都是人类技术的受害者……

罗曼（打断他）：您的水烧开了。

福马：哦，果然……（从背包里取出一个戴头盔的男性头颅，去掉头盔，将脑袋扔进锅里。）就这样煮吧，勇敢的鞑靼士兵的头颅，他为了保卫祖国抗击瓦哈比匪徒。

罗曼（看着锅）：就这点东西？

福马：你嫌少吗？

罗曼：太少了！

福马从背包里又取出一只人手，扔进锅里。

罗曼：另一只手呢？

福马：一只手足够了，我的朋友。我们还有很远的路要走，战场已在身后，前面只有墓地，正如小古米廖夫所说。战争在我们身后喘气，所以我们必须省着点人类蛋白质，这样才能走得更远。（他两手转动着头盔，发现上面有一个弹孔，把手指伸了进去。）瞧，看这儿，我亲爱的！子弹找到了英雄。（用手指转动着头盔。）诗里是怎么写的来着……我离开家园，奔赴战场，为了把自己的土地……

罗曼：献给萨拉菲派分子。别引用平庸的苏联诗人的作品。

福马：这是苏联诗歌吗？我以前并不知道。

罗曼：也不需要知道。

福马（挑了挑篝火）：我可以非常有把握地告诉您，这是巴拉宾斯克“圣女贞德”游击队的队歌，而这个游击队的驻地我非常不希望去。

罗曼（非常着急地看着锅）：您打算煮多长时间？

福马：用不了多久，我的朋友。我们在白桦朽木的浸液中对食物进行短时的热处理，会给人肉增添一种轻熵的味道。

罗曼（闻味道）：我只闻到艾蒿的味道。

福马：您一定是饿得嗅觉错乱了。我从来不在汤里放艾蒿。因为我们颠沛流离的生活不用艾蒿已经够苦的了。

罗曼：没错。

福马从背包里拿出两个金属小碗，递给罗曼一个。罗曼接过来放在腿上。

罗曼：我从布古利马起就一直背着这个头颅，仔细思量一下，还真是疯狂！

福马（用勺子在锅里搅拌着）：我的朋友，共同遭受技术摧残的同志，万分尊敬的罗曼·斯捷潘内奇，您比谁都清楚，我的脊椎经历了几次棒球赛的无情摧残，根本无法负荷这个背包的压迫。我倒是很乐意一个人扛所有行李，毫无怨言，但是身体状态不允许，因为还没走两步，就会在脊椎骨的断裂声中发出类似受致命伤的天鹅的惨叫，这样它就再也拖不动罗恩格林[1]的漂亮帆

[1] 罗恩格林，德国传奇故事中的圣杯骑士，乘着一艘由天鹅牵引的船去拯救一名少女。——译注

船，甚至包括自己的身体。

罗曼（不听福马说话）：从布古利马就开始了！我们梦游般地穿过命运为我们准备的战场，尸横遍野的战场，散发着香味的战场，然后继续往前走，背着这颗一无是处的、愚蠢至极的新鲜头颅！

福马：不要侮辱死去的英雄们。再过五分钟，您的獠牙就会啃食这颗头颅。现在您最好回答我一个问题：我们要喝点吗？

罗曼：如果要吃东西，我不反对喝点。

福马从背包里掏出一个小酒壶，拧开盖子，递给罗曼。

罗曼（挖苦道）：为您的脊椎干杯。（拿起酒壶仰脖畅饮。）

福马：我谢谢您，我亲爱的挚友。

罗曼（面部扭曲，咬牙切齿地喊着）：啊——啊——啊——哈！

福马：酒任何时候都受欢迎，对吧？尽管对于真正的狗来说，酒是毒药。没有酒的生活是不可想象的，那才真叫猪狗不如的生活。也许正是因此，狗的眼睛才这么忧郁。（从罗曼那里拿过酒壶。）

罗曼：我知道狗醉酒的事情，不过并不多见……

福马：我可以肯定，狗这么做是为了和主人保持一致。这甚至在俄罗斯第二次混乱时期的电影里都有表现。我记得某个贪杯的将军让自己的大猛犬喝白兰地，狗喝了以后就开始东倒西歪。这是一部比较忧郁的片子……为健康干杯！（将酒倒入口中。）

罗曼（拍着自己的肚皮）：现在我可以吃掉整个战士。

福马（喝完酒后开始神经质地尖叫）：好极了！哇——哇——哇——哦！（发出低吼）美好的瞬间啊，请留步！

罗曼（不耐烦地）：快把煮好的头颅捞出来！

福马：对，对，对……（把头从锅里捞出来，砰的一声放入自己的盆中）您看，主菜好了。（将手指伸进头颅上的孔中，将其掰为两半。）

罗曼：您好像也并不弱嘛。

福马：我的力量从被人打断的脊柱上转移到了手上。（递给罗曼半个头颅）吃吧，我的朋友。

罗曼：好的……（接过来，开始大快朵颐。）

福马：您忘了向圣克里斯托弗[①]祷告了。

罗曼（贪婪地啃食着那半个头颅）：嗯——嗯——嗯……下次……

两个人默默地吃了一会儿。

罗曼：嗯——嗯——嗯……唯食物和爱能起死回生……

福马：希望这句话不是您引用的。

罗曼：嗯——嗯——嗯……好吃极了……托圣克里斯托弗的福，您才没有把这头颅煮得过老……

福马：绝对不会……嗯——嗯——嗯……美味……

---

① 《圣经》中旅行者的守护神。——译注

又默默地吃了一会儿。

罗曼：脑髓真甜……这味儿……令人迷醉……

福马：我把它留作饭后甜点……耳朵，耳朵真美味……

罗曼：饭后甜点……嗯——嗯——嗯……我反对……最美味的应该先吃……随时随地！

福马：您是真正的诗人……

罗曼：当下属于真正的诗人……以后呢……嗯——嗯——嗯……哪怕洪水滔天……嗯——嗯——嗯……脑髓……绝美的脑髓……还有多少脑髓躺在……躺在战场，不知羞耻……嗯——嗯——嗯……

福马：这是……嗯——嗯——嗯……劣质的脑髓。弱智的。不值一提。我们……嗯——嗯——嗯……要自我完善，要从俗世中……嗯——嗯——嗯……挣脱出来……向上飞升……嗯——嗯——嗯……向上……

罗曼：您……嗯——嗯——嗯……是一个挑拨离间的人……您是……嗯——嗯——嗯……一个危险的新黑格尔主义者……您……哎哟，这好吃……哇！（大叫起来，停止吃东西。）

福马：怎么回事？

罗曼把手指深入嘴中，取出一颗子弹。

罗曼：见鬼！

福马：啊哈，这叫什么来着……带馅儿的脑髓。

罗曼：差点没把牙给硌断。

福马（笑）：朋友，我们摊上的并不是一颗空无一物的脑袋！

罗曼（用手指转动着子弹头，仔细打量着）：

小小不言一铅弹，
却把人的思路断。
潮湿暗夜苍穹下，
战士殒命赴黄泉。

福马：没错，我的朋友，一小片快速飞行的物质终结了这位鞑靼民主卫士的生命。

罗曼（将弹头扔进枯草中）：还是挺神奇的……

福马（继续吃东西）：什么？

罗曼：在最愉悦的时刻，一旦出现一些提示存在无情的东西，马上就会让我们想起死亡。绝对是这样。

福马：与死相伴，有什么办法……您作为一名诗人，对死亡应该比常人有更充分的准备。

罗曼（吃了剩下的脑髓）：嗯——嗯——嗯……我时刻准备面对死亡……但是……这实在让人震惊……

福马：这种体验吗？

罗曼：对……嗯——嗯——嗯……甚至当我们紧搂爱人，因爱而浑身战栗的时候……

福马：因射精吧？

罗曼：因为爱，因为爱！那时候我们会突然想到……嗯——嗯——嗯……我们是不是在和一个梳辫子的老太婆……

福马：交换体液？

罗曼：您的思辨可真让人恶心……

福马：这是我的职业。

罗曼（敲裂头骨）：嗯……我觉得……人的头盖骨变得……

福马：越来越脆弱？

罗曼：嗯，是的……人越来越容易被碾碎……

福马：因为人逐渐丧失了自己的本性。

罗曼：准确地说，是失去了自己的形态。

两个人默默地吃着。

福马：现在我要吃脑髓了。（开始吃脑髓）哎呀呀呀呀！！

罗曼停下了进食，看着福马。福马伸出舌头，用手去触摸。舌头上出血了。

罗曼：您好久没吃过骨头了吗，哲学家先生？这就是您说的向上飞升的结果！

福马：我的舌头被刺破了。

罗曼：这很有象征意味。

福马：不是骨头扎的。（在半个脑袋里搜索，找出一根碲钉。）见鬼，这根本就不是骨头！

罗曼：碲钉！啊，暗黑的忧郁女妖！碲钉！

福马：脑袋里有一颗碲钉！它扎伤了我的舌头！这可是意味深长的暗示！

罗曼：上天和我们开了一个无情的玩笑！哦，我的神！

福马手里拿着碲钉。他们像是中了魔法般地看着这玩意儿。

福马：饥饿让我慌不择食，我没有注意到这颗钉子！而且您还一个劲地催我……

罗曼：这个战士是在什么地方与瓦哈比分子作战的？

福马：这个问题，我的朋友，谁也给不了答案，包括这颗用过的钉子。

罗曼（从福马的手中拿过钉子，在眼前转动）：我的神啊！您和我开了一个多么残酷的玩笑！

福马：您心里滑过一丝羡慕之情？

罗曼：对！我并不掩饰这点。在诗歌方面我只羡慕自己，但在生活里……我羡慕这位死去的战士！他出征杀敌前往脑袋里钉入了这颗高能的钉子，让他变得强大无比，勇猛无畏！碲钉把他变成了伊利亚·穆罗梅茨①、亚瑟王、阿提拉②、腓特烈一世或者

---

① 勇士，俄罗斯12—16世纪壮士歌中的主人公之一。——译注

② 阿提拉（406—453），古代欧亚大陆的领袖和皇帝，史学家称之为“上帝之鞭”。——译注

更厉害的天使长米迦勒。他和入侵的敌人进行着殊死搏斗，为捍卫鞑靼国的自由，为保卫人民、君主、家园、美丽的妻子、孩子而浴血奋战……

福马（接话道）：直到一块邪恶的金属片扼杀了他高尚的情怀。

罗曼恼怒地看着福马。

福马（难过而歉疚地）：我的朋友，请您相信，我这句话毫无恶意。（叹口气）没错！在这个战士的脑袋里遭遇了两种金属——高尚的和邪恶的。脑袋没能经受住两种金属的化学反应，炼金术并没有让它们完美结合。这是悲剧，而且是大悲剧。其结果是，最主要的战役没有发生在布古利马城下，而是发生在这位无名英雄的脑袋里。

罗曼（不满地）：他一直战斗到最后一息！与瓦哈比匪帮战斗！和疯子们战斗！

福马：没错，和疯子们战斗。但吊诡的是，这些野蛮人根本无须把钉子钉入脑袋就能成为英雄，因为他们的脑袋自幼就被植入了英雄主义思想。而对手则必须依靠钉子才能变成英雄。这也是对手失败的原因。

罗曼（嗤之以鼻地，像端碗一样端起自己的半边脑袋）：他胜利了！他是骑士！他胜利了！！

福马：毫无疑问。我提议喝一口酒来纪念这位勇士。

福马从背包里拿出小酒壶，递给罗曼。罗曼迟疑了一下，接过酒壶，喝了一口。

罗曼（龇牙咧嘴，大叫）：啊——啊——啊——哈！

福马拿过酒壶，仰脖大喝一口，咽下，做痛苦状。

罗曼：老实说，我没胃口了。

福马：我也被惊到了。这颗脑袋让我们懂得了我们这次危险跋涉的终极目的。

罗曼：不仅如此！还让我们懂得了：我们是谁，从哪里来，到哪里去。

福马：我们是巫师的牺牲品，从尤苏波娃伯爵夫人的农奴剧院里逃出来，去向碲钉国。

罗曼：碲钉国……遥远的理想国！天哪，我们还要遭多少罪？还要走多少夜路？还有多少白昼要躲藏在沟渠和灌木丛里？生活啊，你究竟是什么?！坦白地说，世界洒满血泪！

福马：别灰心，我的朋友。（手持碲钉说）这颗钉子不是上帝对我们的嘲讽。这其实是一只罗盘，为我们指引道路。东南方向！诗人！请挺胸昂首！我们走在阳关大道上！不用多久就会到达乌拉尔山，再往前就是伊希姆草原，巴拉宾斯克森林，萨莱尔岭①，那儿就是碲钉国了！

---

① 一译“萨拉伊尔山”，俄罗斯西西伯利亚南部山脉。——译注

罗曼：真不想失去对梦想的信念！

福马：梦想永远与我们相伴。她就是我们的牵牛星！

罗曼：我们把这颗钉子带上好吗？

福马：不！（将其扔进草丛中）它已经报废了，因为已经完成使命，为战士圆梦了。我们需要亮光闪闪的新钉子，这样的钉子才是我们大脑渴望的！

罗曼：亮光闪闪的钉子，带来快乐和能量。

福马：快乐！

罗曼：能量！

他们一动不动地坐着，仿佛害怕破坏某种宏大而遥远的梦想。

福马（打破沉默）：我的朋友，趁着我们还不困，请您唱首歌。

罗曼：唱歌？

福马：没错！唱首歌。唱一首经典的振奋人心的歌。

罗曼昂头开唱。福马和着曲子帮唱，抬头看着阴郁的天空。

罗曼：

从前在京城，在莫斯科，
三只流浪狗正午出去找水喝，
一只白狗，
一只黑狗，

还有一只是红狗。
它们来到莫斯科河，在正午时分，
找到一个安静的地方。
白狗开始喝水——水变白了。
黑狗开始喝水——水变黑了。
红狗开始喝水——水变红了。
大地震颤，太阳潜形，
断头台轰塌，断裂，
红色的血迹洒满大地，
一个声音从天边传来：
“谁做过刽子手，谁将献祭！
惩罚的时刻就要来到！”

他们默不作声地坐了一会儿，平静下来之后，又开始继续吃东西。福马突然放声大笑。罗曼边吃边看着他。

福马：我想起……为什么……嗯——嗯——嗯……我甚至都不知道为什么这样……过去的一些胡言乱语……

罗曼（警觉地）：什么？

福马：您可别生气……我突然想起您在《布拉提诺历险记》[1]

---

① 苏联作家阿·托尔斯泰写的童话故事。——译注

中扮演的黑色鬈毛狗阿尔泰蒙了。（摆摆手）对不起，朋友，对不起……

罗曼（恶狠狠地盯着福马）：我想起了您在《蓝鸟》中扮演的小狗角色了：你——好——好，你——好——好，我的小可爱！汪——汪——汪！

福马（龇牙笑着，狂吠起来）：汪——汪！嗬，我的朋友……确实有值得回忆的东西……笑死人啦……

罗曼（扔开装着吃剩头颅的碗）：我什么都可以原谅我们这位傻瓜伯爵夫人，除了一件事！

福马（点头）：是指她没有让你演狼人吗？肯定是！她只让我们演早场的儿童戏。

罗曼：我可以原谅殴打、锁链、凌辱和干饲料，只要让我演一个角色，就一个！可是这个长着鸡脑子的呆女人却非常惧怕高雅艺术，傻瓜！

福马（叹了口气）：傻瓜啊，傻瓜……我甚至连《浮士德》里的偶然出现的一只鬈毛狗都没演过，更别提《狗心》或者《白牙》了……

罗曼：关于《狗心》我们只是在睡前争论过……（狂吠然后大笑）电影和戏剧，哪种形式更好？

福马：是书，书，我的朋友。文学意境并不总是能够移植到电影或戏剧中。请想一想《洛丽塔》。

罗曼：我会把沙里科夫[1]这个角色演绎得非常完美。

福马：我毫不怀疑。但是正如马车夫萨什卡所言，电影就拍不出效果来。

罗曼：拍得出！我会像旗舰那样用自己的演绎把一切穿起来！

福马：请问一下，我的朋友，弗拉格曼（旗舰的音译）是犹太姓吗？

罗曼恨恨地盯着福马。开始威胁般地龇起牙。福马赶紧举手求和。

福马：朋友，请不要向一个老弱病残的流浪汉发飙。我和您是一条船上的乘客，这船名叫"逃离屈辱的过去"。戏剧！戏剧于我们有什么用？电影于我们有什么用？还有比演员这一职业更荒唐更没有道德的吗？上了戏台，装腔作势，哭他人所哭，笑他人所笑。难怪我们的兄弟要被葬在墓地外面，这就是农奴演员的宿命，再说长得也猪头狗脸的——这简直……

罗曼（恶毒而气愤地说）：太恶心了！

福马：没错，简直恶心透顶。或者就像还留在那里的不幸的、优柔寡断的谢尔盖·叶夫列莫维奇所说，"这简直就是《白比姆黑耳朵》[2]"。

---

① 米哈伊尔·布尔加科夫中篇小说《狗心》的主人公。——译注

② 苏联小说名，作者特罗耶波利斯基，讲述了一条叫作"比姆"的黑耳朵白狗与其主人伊万相守、分离，最后死亡的悲惨故事。后被拍成同名电影。

罗曼：对。不知道为什么，每当发生可怕的事情，他都会这么说。（笑）白比姆！（叹气）谢尔盖……可怜的谢尔盖……他留下有个屁用？否则我们现在三个人一起走了。

福马：一只大猛犬魁梧的身体里却装了一颗脆弱的玻璃心。胆小鬼一个，有什么办法。

罗曼：小灵犬们原来比大猛犬更勇敢。

福马：谢天谢地，呸呸，请原谅，谢天谢地！（略有醉意地挠痒痒）总之，我的朋友，在我们到达碲钉国之前是不会有戏看的……到了那里，您的脑袋会被钉入一颗闪闪发光的碲钉，一分钟后您将会登上大海边的悬崖峭壁，而不是从前寒酸的戏剧舞台，您将向大洋朗诵自己的伟大的诗篇！

罗曼（朗诵道）：咆哮吧，我的海洋，像自由的野兽一般咆哮！

福马：古老的大洋被您的诗句所震慑，变得安静起来，匍匐在您的脚下，开始恭敬地舔您的脚。

罗曼：我来到这里，就是为了从此以后把你驾驭！

福马：而我会成为新的尼采，尼采第二，拿起登山杖便开始爬山，越爬越高，仿佛是为了迎接新千年的太阳。这是真正的新千年！我将对太阳说："请为我们发光吧，你将赋予生活全新的意义！"然后我进入自己的高山小木屋中，坐在书桌前，拿起钢笔，蘸着我左手上的血液书写新的、长着动物外形的查拉图斯特拉，精神贫乏的人类对他的话语期盼已久。

片刻沉默。

罗曼（叹气，略显疲惫）：我来到这里，就是为了从此以后把你驾驭……

福马：您累了，我的朋友。梦想不仅会激励人，也会折磨人。

罗曼：是啊……尤其是梦想已经触手可及的时候……我说得对吧？已经不远了吧？啊，对不对？

福马：已经很近了。但是朋友，需要保存体力，穿过艰难地段。夜间行进需要体能，梦想到此为止，我们睡觉吧。

罗曼疲倦地点点头，打了一个大哈欠，带着低沉的号叫声。看得出，他是吃饱喝足后犯困了。福马用被雨淋湿的青草将锅碗瓢盆擦净，细心地收入背包中。把三脚支架折叠收好。两个旅伴相拥躺在一棵小白桦下。入睡。开始下起毛毛细雨。在熄灭的篝火堆里，煤炭还冒着烟，发出轻微的噼啪声。

二十三

碲钉共和国总统让－弗朗索瓦·特罗卡尔在七月的早晨醒来。他的寝宫名为“黑色雪绒花”，坐落在位于阿尔泰山脉末端卡登－巴热山①的南坡。在这儿特罗卡尔一般都起得很晚，也许是因为，

① 卡登－巴热，阿尔泰山的最高点，海拔4509米。——译注

夏天的太阳要越过白雪皑皑的东部山峰，11点之后才能照到宫殿的窗口；也许还因为，深山中的睡眠总是那么沉静，一如白山上的冰川，实在不想从中醒来。

特罗卡尔闭着眼掀开了身上的驼绒被，双手伸到脑后，触到阿尔泰雪松木做的床头，他抓紧床头，做全身伸展，脑袋使劲向后抵到平坦的小枕头上。他弯曲伸展，把颈椎弄得嘎嘎作响。这个习惯始于在伊斯特拉上军校的时候，已经坚持30多年了。那时年方18的他抓着学员的塑料床头做拉伸，年轻的身体充满肌肉，渴望生活、飞行和冒险。

尽管现在他已经52岁了，但身体依然强健灵活。特罗卡尔很注意保持体形。

他喜欢裸睡。在宽大的床上坐了一会儿，他起身走过卧室暖和的大理石地板，进入浴室。浴室很大，面朝群山。洒满阳光的群山以其宁静向总统表示问候。天气好极了。

特罗卡尔在浴室里待了半个小时，先在带有冰川水和小冰块的游泳池里游了会儿泳，洗了冷热水浴，剃了胡须并用特制护肤药膏抹脸。镜中那张帅气刚毅的脸自信而淡定地看着总统：宽脸颊、鹰勾鼻、威严的嘴唇、厚重的眼睑、倔强的下巴（上面有一斜道疤痕）、微白的鬓角。脸上和身上是漂亮的古铜色。

特罗卡尔穿上黑色丝质睡袍，光脚走出浴室，进入一间窗户也是朝向群山的小餐厅。他刚在圆桌前坐下，从侧门悄无声息地进来一个穿灰色套装的阿尔泰女人，她走到总统身后，开始为他按摩脖子和肩膀。总统眯缝起沉重的眼皮。姑娘小眼睛高颧骨，面无笑容，但是却散发着内心的喜悦。她纤细而有力的手指按压得恰到好处，手上的力量注入总统体内。十分钟后她悄无声息地离开了，大门打开，响起了轻爵士乐，两个穿着考究、戴着白手套的阿尔泰小伙儿推着餐车进来。特罗卡尔的早餐始终是法式的，食物来自他的故乡诺曼底，定期空运到碲钉国。

铺着亚麻绣花桌布的餐桌摆上一个大理石托盘，里面有奶酪，点缀着葡萄和红醋栗，巴约纳火腿、一瓶橙汁、咖啡、凝乳、羊角面包、法式长棍面包、葵花子奶油、加新鲜草莓的酸奶酪、朗格多克产的白色纯净迷迭香味的蜂蜜——圣殿骑士团团长送给碲钉国总统的礼物。

两位仆人用纯正的法语祝总统用餐愉快后就退下了。碲钉国有三种官方语言：阿尔泰语、哈萨克语和法语。最后一种语言主要是精英和官员使用。在中小学和大学都是三语授课。总统基本不说阿尔泰语，但执政22年来他掌握了哈萨克语，一般用哈萨克语宣读总统国情咨文和告人民书，和下属以及精英交流时只用法语。

总统从容地吃完早饭，走到更衣室，两个年轻女佣帮他穿上周末居家服。今天是周六，不会有任何国务要处理。每个周六周日总统不受理报告、请求和建议。

让－弗朗索瓦·特罗卡尔身穿蓝色小黄点衬衫，浅蓝色西服，胸前口袋插一块黄色方巾。他乘电梯上了二楼，整层楼都是他巨大的办公室。办公室的窗户占据了半面墙，能看见白山的两座山峰，部分卡登山脉，两个冰川，一条河流，远处绿色山谷中火柴盒式的农家小屋。这样的景致让人叹为观止，但总统只是像看见老熟人一样瞟了一眼群山，径直走向自己的办公桌。办公桌的外形和尺寸像一个犀牛化石。曾几何时，在这里还没变成山的时候，这只犀牛在这里出没。他刚在自己舒适的皮椅上坐定，面前就出现了一个全息屏幕，上面播放着周六上午的世界新闻。他的目光在屏幕上扫了一遍，没有在任何一条上停留。然后收起屏幕，从烟灰缸上拿起细长的、已经填充好荷兰烟丝的阿尔泰骨质烟管，猛吸一口，吐出一缕青烟，习惯性地环视办公室一周。除了办公桌外办公室里还有一个不高的长条桌和与之相配的皮沙发，特罗卡尔鲁昂老家带来的旧式落地大座钟，几个中国花瓶，来自凡尔赛的一人高的水晶烛台，两个路易十四时期的戈比林双面挂毯，几个镶着象牙的宫廷抽屉柜，马格里特①、克利姆特②和马蒂斯③

① 勒内·弗朗索互·古兰·马格里特（1898—1967），比利时超现实主义画家。——译注

② 古斯塔夫·克利姆特（1862—1918），奥地利现代派画家，奥地利现代主义画派奠基人。——译注

③ 亨利·马蒂斯（1869—1954）：法国著名画家，野兽派的创始人和代表人物。

等画家的画，阿尔诺·布雷克[①]和罗丹的雕塑，法国古代武器的展柜，以及特罗卡尔身穿飞行军团上校制服的巨幅照片。这张照片是特罗卡尔率飞行军团攻克乌拉拉[②]之后照的，照片中特罗卡尔被将士们簇拥着，旁边盘旋着一只山鹰大小的蓝色大胡蜂。窗户旁边立着一个巨大的地球仪，仿佛深海刺鲀鱼一般上面扎着数十根碲钉。

总统的目光并没有在办公室的任何地方停留。他嘴里叼着烟管，用手指做了一个触摸动作，面前便出现了两个女人的全息影像。一个长着猞猁头，另一个长着扁角鹿头。

“您好，总统先生!”猞猁眯缝着眼，拖着腔调问候道。

“您好，总统先生!”扁角鹿微微点了点头。

“你们好，我的小兽，”总统发话，表情始终没变，“我们的见面改到今天，我八点以后等你们。”

猞猁和扁角鹿张开嘴准备道谢，但总统已经收了她们的全息图像。他在桌边坐了一会儿，把烟抽完，然后将烟管放回烟灰缸，站起身，走出办公室，上三楼。他把手掌放到锁上，进入一间类似书房的大房间。屋顶的灯亮起，这是总统收藏钱币的金库。这儿没有窗户——只有几个贴着四壁而立的一模一样的柜子。中间

---

① 阿尔诺·布雷克（1900—1991），德国雕塑家。——译注
② 碲钉国首都。——译注

有一个不大的桌子，上面放一盏旧式绿色台灯和三个木制小盒——这是新到的货。总统坐到桌边，按下旧式按钮开灯，把三个木盒全部打开。其中一个里面放着两枚古奥利维亚城①的银币，另一个盒子里面是中国梁代的铁币，第三个……第三个里面放着最令人期待的——古诺夫哥罗德时期的石制钱币，六枚中间有小孔的圆形钱币。这是来自诺夫哥罗德共和国的礼物。

“真漂亮……”特罗卡尔喃喃自语道，从桌子的抽屉里拿出放大镜，擦布，唤出参考资料的图像，开始研究起这六枚十世纪前用粉色页岩制成的古罗斯钱币来。他按了一下桌子顶端的一个按钮，从屋顶降下一块老式屏幕，上面的光线被挡住，只剩下台灯的光。音乐响起，屏幕上出现黑白法国电影的字幕。这是一部“二战”前拍的喜剧片。

总统在全神贯注地研究钱币，几乎没有抬眼看屏幕。这已经是一个习惯了。他的电影库里只有平面黑白电影，他只有在研究自己藏品的时候才看这些电影。这个习惯来自他曾祖父，一位炮兵少校。

让－弗朗索瓦来自一个古老的诺曼底军人家族。自一八七〇年普法战争开始，他的祖辈们参与了两次世界大战，还在巴尔干半岛、阿尔及利亚、海地和圭亚那等地打过仗。与让－弗朗索瓦

---

① 公元前6—公元前4世纪古城，在今乌克兰境内。——译注

不一样的是，他们主要是在地面作战。他则第一个向天空挑战，做了飞行员，后来成为当时著名的“蓝色大胡蜂”飞行军团的统帅。正是他让飞行军团蜚声世界。

一个多小时过去了，总统还在研究钱币，眼角余光瞟了一下屏幕。此时正好开始另一部喜剧片。突然“紧急要务通报”铃响起，桌子上方悬浮着三个红色的感叹号。总统用手指触碰了一下，感叹号变成了他第一助手、新闻发言人罗波尔·列鲁的脸部图像。

“总统先生，我本不该在您休息时打扰您，但一条非常重要的消息让我不得不这么做。”列鲁以他一贯的委婉向他报告。

“请讲，列鲁。”特罗卡尔说道，一只手关了电影的声音，另一只手上仍然拿着公元前五世纪奥利维亚产的一枚银币，上面画着丰饶女神得墨忒耳和一只站在海豚背上的鹰。

“贝加尔共和国正式承认我国。”

总统将银币放在桌上。

“什么时候的事？”

“就刚才，总统先生。”

列鲁展开了贝加尔共和国政府的决议书全文。特罗卡尔认真地读完，面无表情地缓缓说道：

“这是一个好消息，列鲁。”

“特别好的消息，总统先生。”

特罗卡尔从桌边起身，走了两步，伸了一个大懒腰，以至于颈椎咯咯作响。

“这……这简直是……特大喜讯啊，列鲁。”

“是特大喜讯，总统先生！昨晚科纳舍维奇签署了命令。今天一早他们就在议会进行了紧急表决，命令被一致通过。”

“这就是说，贝加尔的共产党获胜了。”

“是的，总统先生！索科洛夫和赫旺成功了。我们三年的援助见效了。如今贝加尔的自由派已经没法阻碍我们前进的车轮了。”

“阻碍……我们运碲钉列车前进的车轮。”总统补充完以后第一次露出了笑容。

“经西伯利亚大铁路开往东方的列车！”列鲁接了一句。

“没错……”总统双手插入裤兜，踮了踮脚尖。

“如果您准许，我现在去起草告国民书。”

“当然，罗波尔。我应该感谢你告诉我这个好消息。”

“总统先生，能有幸通知您这个消息，我感到无上幸福！”列鲁笑道。

“现在……不，晚上召开内阁紧急会议。”

“遵旨，总统先生。”

“一会儿见。”特罗卡尔微微颔首道。

第一助手的图像消失了。

总统在藏宝库的巨大镶木地板上走了几步，然后突然转身停住，双手交叉抱在胸前。他的目光停在屏幕上，那上面一个战士满脸堆笑，正准备亲吻一个姑娘。

“好极了。”总统说道。

然后他突然发出一声喉音，跳起来分开双腿，在空中用手掌拍腿，落地蹲下，双手分开。保持这一姿势不动，他发出一声压抑的低吼。

屏幕上姑娘推开战士。

总统站起身，吐了口气，整理了一下衣服，从容稳健地走出库房，回到办公室。在这一小时里太阳已经完全洒满了整个房间。总统拉开犀牛状办公桌的抽屉，取出一盒碲钉和一个小榔头，从盒子里拿出一颗钉子，走到地球仪前，转到太阳下，立刻便找到了贝加尔共和国首都——伊尔库茨克，将钉子对准这个地方，轻轻一下就钉了进去。这颗钉子的钉头在太阳的照耀下开始闪闪发光。总统把小榔头放在大理石窗台上，走到地球仪前，用手转动它。地球仪转动着，上面的钉头闪耀着光芒。

“通向东方的道路……”特罗卡尔喃喃自语，全神贯注地看着转动的地球仪。

如今这条道路通畅了。这意味着碲钉不仅可以出口到远东共和国，而且可以出口到日本、朝鲜、越南，而且不再需要绕道空中走廊，走远路，危险的山路了。再也不必躲躲藏藏了。横跨西伯利亚大铁路！铁路上将运行我们的火车，挂着碲钉国国徽的铁甲列车，运载着碲钉的列车。没有人能够阻挡它们前进，没有人！

这一天头开得不错。应该记住它：七月十五日，星期六。美好的日子！在这样的日子完全不想坐在办公室，或者研究钱币，或者进行什么愚蠢的谈话。和部长们的会见安排在晚上。现在就想去飞行。飞行！总统回到办公桌前，召唤总管的全息图像：

“勒内，我现在要去飞行，给我准备好一切。”

“遵命，总统先生。”

总统走向门口。但突然想起自己承诺要感谢带来好消息的第一助手，于是又召回了总管的全息图像：

“勒内，请从我的地窖给列鲁先生拿一箱拉菲酒庄一九八二年产的罗斯柴尔德红酒，就现在。”

“马上就办，总统先生。”

一刻钟后特罗卡尔乘坐直升机从总统官邸的停机坪起飞。他身穿一件带着复杂背包的黑色飞行服，头上是带氧气呼吸器的头盔，脚上穿着高山滑雪靴。直升机开始攀升，四周卡登－巴热山的山坡尽收眼底，变得越发白净。太阳在山脊闪耀着光芒，湛蓝的天空一碧如洗。

总统官邸的高度是海拔2000米，直升机一直向上攀升，一直升到西面那座山峰上空，然后悬停在空中。机门打开，随从协助总统下到山顶，递给他滑雪板和滑雪杆。他对着直升机做了一个挥别的手势，侧面画有蓝色大胡蜂标识的铁蜻蜓飞向远方。特罗卡尔穿好滑雪板，握住舒适的橡胶制的滑雪杆手柄，将杆插入坚硬的雪中然后停住不动。他站在高山之巅，强劲的北风吹着后背，手腕上的温度计显示零下12摄氏度。但总统并没有看温度计，他的目光投向周围无比壮丽的景观。群山汇集，白雪皑皑，下面是云雾缭绕的灰蓝色深渊，四条冰川像白蛇一样从深渊流向山谷，那里郁郁葱葱，绿松石一样的湖泊星罗棋布。他向左边望去，那儿卡登－巴热山的东侧山峰壁立千仞，一小片云悬在山峰前面，仿佛向它寻求庇护。他看了看右边，那里高耸着卡登山的山脊，东西绵延150多公里。日光从东南方刺入眼睛，如此强烈，以至于让人觉得山脊被阳光照得冒烟了。

总统站在山顶。这是无与伦比的时刻。他一个人。整个世界匍匐在他脚下。而且这是一个美好的世界。不远处被风吹硬的雪地上依稀看得见靴子和滑雪杆的印记，那是他两周前留下的。

一阵风吹过后背，这似乎成了发令枪。总统猛地撑了一下滑雪杆，然后不断挥臂——于是冲向了他向往的深渊。风在头盔中呼啸着，刚下的雪在滑板下沙沙作响，雪面上的冰层嘎吱嘎吱。滑雪者的黑色身影左腾右挪地向下飞去。

就高山滑雪和高山速降而言，让－弗朗索瓦·特罗卡尔是一流高手，就像驾驭自己的“大胡蜂”一样自如，甚至可能更好。自从他16岁迷上速降以后就一直酷爱此项运动，这是强者的运动。

他熟悉路线，以专业运动员的迅猛滑过一个个凶险地段。飞越深沟，沿冰的断裂带滑行，跳过雪地中的大块岩石，在积雪的平地上转弯，他用两片滑雪板丈量着深渊。所过之处，雪花飞溅，身后扬起滚滚雪尘。

两块塌陷的暗冰从眼前闪过，他在平滑的山坡上疾驰，山脊起起伏伏，突然前面空旷一片，几乎一公里高的绝壁深渊，远处下方那个像用花岗岩雕出的黑色小花的地方，是总统的宫殿。从这里看过去它仿佛只有雪绒花般大小。生长在深渊中的黑色雪绒花，是天赐的宜居地，权力的象征和人类温暖的源泉……

最困难的行程开始了。冰墙挑衅般地陡然直下，它要求人为难为之事。但特罗卡尔对这不可为之事早已胸有成竹。冰在滑雪板下面发出可怕的碎裂声，滑雪杆的尖头刺入冰中，黑衣人似乎陷入冰墙里。滑雪板在裸露的山岩上发出刺耳的咯吱声，滑出不可思议的“之”字形。脚下的冰墙像海浪一样起伏，闪耀着冰的反光，昭示着自己的威力。他踉踉跄跄地向下滑去，随机应变地观察着，仿佛在寻找合适的摔倒地点。冰墙似乎没有终点，但突然间变得平顺起来，出现了几个分支，向下延伸。他离自己的宫殿只有300米的距离了，纵身一跳，飞行了一段，然后落地，滑行至一处又长又宽的积雪深厚的山口。他解开了氧气呼吸器，寒冷的山风灌入他的肺部。这个山口像波浪一样弯了下去，上面的积雪松散，摇摇欲坠。他扔掉了滑雪杆，按了手腕上的按钮。背包弹开，均匀地伸展出两条黑色窄翼，双翼一拍，两个固体燃料发动机启动。他双手抓住两翼的支架，脚一蹬地，踢掉滑雪板，在引力的拉拽下腾空而起。他飞得很及时，因为山口的尽头是峡谷。他向前下方飞去，那里没有皑皑白雪，取而代之的是青草地，云杉雪松，蓝色的湖泊。寂静无声的冰雪世界已在身后，前面是人类的世界，等待着他的降临。发动机载着他在空中穿行，能感到空气的温度渐渐变暖。飞过两条冰川带之后他直奔山谷而去。山上的河流从冰川下流出，蜿蜒而行，积聚水势。山谷中出现了农民的小屋，袅袅的炊烟，那就意味着：我们在等你，我们爱你。人们的确在那里等他，人们也爱戴他。几百道炊烟就意味着几百个篝火。这是很尊贵的欢迎仪式。这些炊烟无与伦比，无论是人们的欢呼声，还是世界精英的头衔，无论是仪仗队，还是财富与权力，都无法和这些青烟相提并论。所以每次飞进山谷的时候，他都喜笑颜开。

农民们在等他。他只在休息日而且是天气好的时候才飞行，住在山附近的人都知道。他们还知道，总统在飞行之后喜欢喝一碗篝火炖的阿尔泰羊肉汤。所以数百个牧民一大早就手搭凉棚，看天是否晴好。如果晴天，那么就劈柴点火，篝火上架一大锅清澈的山泉水，然后去羊圈挑一只最年轻漂亮的羊羔，宰杀剥皮开膛，放入锅中清炖，然后等待总统大驾光临。由于总统总是一袭黑色飞行服和黑色窄翼，所以人们都称他为“黑鹤”。“黑鹤”从白山飞来，在哪家停留，哪家便得幸福。

他飞入山谷。河水流入一条淡白色的湖中，另一条湖是蓝宝石色的，第三条是黑色的。他飞过青草地，长青雪松林和落叶松林。绿意渐浓，变得青翠欲滴。炊烟仿佛看不见的“民爱”教堂的廊柱，离得越来越近了。发动机的燃料已经耗尽，燃料壳弹射出去，坠下。他靠惯性继续飞翔。现在是选择降落地点的时候了。每一次他都选择不同的家庭。他向右倾斜，飞向蓝宝石色的那条湖，飞过湖面，开始下降。靠近青色的山坡和农家小屋，已经可以闻到篝火的味道，同时传来小孩的叫声：

“黑鹤！黑鹤！”

他打算再往右一点儿，飞过一片树林，在两个山坡上方他看见前面几排云杉树后面冒出一股青烟。这儿他从未来过。于是他从云杉树梢上方滑翔过去，落在一个小山坡上，这里绿草如茵，有一个小木屋和一个羊圈。木屋边上正燃着一团篝火，旁边有人。看见他后，那些人开始尖叫并挥舞着双手。他盘旋了一圈，降落，非常漂亮地降落在离篝火不远的一片草地上。

人们朝他跑来。他不紧不慢地解开双翼，脱下头盔和手套，扔到草地上，然后拉开飞行服的拉链。回到地面的感觉很特别，不过他作为一个职业飞行者对此早已习惯了，但不管怎么说，在如此刺激的飞行之后站在高山之巅的翠绿草地上心情特别愉悦。

来到他面前的是一家阿尔泰人——老头，老太太，一对年轻男女，一个少年和两个小男孩。他们无比激动地望着他，仿佛神明降临。他的确可以算是神明——一位向世界供应碲钉的共和国总统，一位住在“黑色雪绒花宫殿”的“黑鹤”，刚从阿尔泰山的最高峰飞到这堆篝火前。

“愿你们家和平安康。”总统用阿尔泰语祝福道。

一家人激动不已，一边鞠躬一边兴高采烈地问候总统。这时传来直升机的马达声，两架银色直升机降落在山坡附近，上面陆续下来总统的警卫人员。

总统与家庭所有成员一一握手。所有的人，不仅是小孩，包括老头老太太都难以抑制心中的喜悦，他们摇头晃脑地笑着，喃喃自语着，大呼小叫着。总统和他们握手的时候，他们一一自我介绍。当走到年轻女人面前的时候，她用不太流利的法语自我介绍并问候总统。特罗卡尔回应了问候并问她的孩子是否说法语。她回答说，孩子说法语，而且比自己好很多。大儿子说，他们学校有法国女外教。总统听了很高兴，碲钉国的年青一代有很好的机遇和前景。他问他们上学远吗？回答是不远，非常近，骑自行车只要半个小时。总统说，好极了！在当今复杂的社会形势下，学习比以往任何时候都显得重要。孩子们是否帮父母干活？当然了，必须帮忙，总统先生。很好！父母对孩子的成绩满意吗？非常满意！好极了！老头和老太太虽然听不懂他们的法语对话，但还是高兴地点着头。总统用哈萨克语和他们交流，因为阿尔泰人都懂哈萨克语：

“牲畜都好吧？”

“都好！都好！”他们更加用力地点着头。

“牲畜好就一切都好。牲畜健康就意味着你们的子孙健康。碲钉国洁净的空气，它的土壤和生态是我们所有人健康的保障。但是现在我们该喝羊肉汤了吧？你们的总统有点饿了。”

一家人欢快地忙碌起来，很快总统已经和他们全家坐在桌旁，喝着羊羔汤，吃着刚烤出来的酸奶肉饼。这在篝火上炖出来的扁豆羊肉汤，其甘美的味道对让-弗朗索瓦·特罗卡尔已经具有了特殊的意义，就像他今天经历的高山滑雪和高空飞行一样特别。这已经成为一种例行的传统：坐在草地上的木桌边与牧民家庭一起分享他们的家常便饭，呼吸夹杂着篝火烟味的新鲜空气，与他们一起谈生态环境，谈粮食价格，谈新的穿山隧道——在头晕目眩的高山滑雪之后有什么能比这件事更让人惬意呢？甚至他刚刚又一次征服了的大山也用终年积雪的光芒证明：没有什么比这更惬意的事了。

吃完饭，总统从衣服兜里拿出一块沙漏计时器（这计时器里面装着碲沙，外面印着碲钉国国徽），送给了一家之主。这件礼物他送给到过的每一家，沙漏的计时时间正好是一分钟。

总统和一家人热情告别后，乘坐直升机回到自己的行宫。简单冲了个澡，喝了点安神茶，他进入卧室，一直睡到六点多。高山速降之后的睡眠特别深特别沉。

醒来后，特罗卡尔沐浴更衣，喝了一小杯不太浓的咖啡，抽了一支埃及烟，然后走进自己的办公室。太阳已经落到西山之后，余晖均匀地洒满整个办公室，令人心情愉悦。群山笼罩着雾气，灰蒙蒙的一片。地球仪通电亮了起来，在办公室的一角散发着蓝绿色的光。总统做了一个手势，办公室里出现了碲钉国所有12位部长的全息影像。他们已经得知了今天的喜讯，个个面带微笑地看着总统。

“祝贺你们，先生们，”总统说道，“通往东方的道路畅通无阻。”

办公室里响起一片祝贺声和欢呼声，然后开始了持续三个多小时的紧急内阁会议。会议结束时总统特意命人拿来香槟，他举杯起身，走到每个部长的影像面前和他们一一碰杯。碲钉国的领导者们一起为自己的国家干杯。

当全息影像都消失后，总统离开办公室，下到地下一层。两位身着晚装身材傲人的美女早已等候在摩洛哥风格的大客厅里。一个长着猞猁头，一个长着扁角鹿头。扁角鹿手拿烟斗，吸着一根细长的烟。猞猁正在玻璃小桌上用刀把可卡因分成一道一道。看到总统进来，两个美女起身迎了过去。

“让－弗朗索瓦！”扁角鹿嗲声道，拥吻了他的右脸颊。

“让－弗朗索瓦！”猞猁柔声问候，拥吻了他的左脸颊。

“你们好，我的好姑娘们，”他微微一笑，问道，“等着急了吧？”

“等得好心焦!”

“等着急了!”

他们拥抱后，走向矮沙发，坐定仰身靠在大花枕头上。扁角鹿递给总统一杯香槟，猞猁将一瓷勺可卡因送到总统鼻子前。总统用一只鼻孔吸入白粉，紧接着另一只鼻孔又吸了一剂。这是他晚上的定量。扁角鹿用细棉布手绢擦了擦他那只举世闻名的大鼻子。

“妙极了……”总统喃喃自语着，喝了一口香槟。

“听说，通向东方的道路畅通无阻了?”猞猁柔声问道。

“再也没有障碍了，对吗?”扁角鹿斜眼问道。

“没有了。”他答道。

“我国将会变得更富裕?”

“更强大?”

“对。”

“我们今天要庆祝一下吗?”

“对。”

可卡因也没能让特罗卡尔变得健谈。他瞥了一眼香烟盒，猞猁抽出一支烟，放到他嘴上，扁角鹿打着了火。总统抽了一口，又喝了一口香槟。他们都没有说话，当香烟抽完，猞猁从总统的嘴中拿掉烟头，在烟灰缸里摁灭。

总统喝完香槟，放下酒杯。看了看两位美女，拍拍她们的膝盖，说："该去我们的窝里了，小动物们。"

两位美女会心一笑，扶他起来。他们三个搂着走过客厅，来到门前。总统把手放在锁上，门开了。他们进入一间昏暗的圆形房间，门自动关上。房间中央有一个低矮的方榻，发着粉红色的光。方榻四角站着四个美少年，两男两女，戴着裹头巾，身穿碎条小短裙。他们手拿棕榈叶做的扇子，均匀地向方榻扇着风。房间里十分炎热，外面知了在叫，带来南方的感觉。总统走到方榻前，躺上去。方榻很柔软。总统伸展两手两脚，做出字母 X 状。他看着粉色的屋顶。他坚毅的面庞洋溢着自信和激情。猞猁和扁角鹿快速除去了身上的衣服。扁角鹿胸大腰细，腹部上有精美的花草文身。猞猁略显丰满，胸大肤白，长着棕红色毛。两位美女坐在总统身边，开始慢慢地解他的鞋带。

"让－弗朗索瓦做好狩猎准备了吗？"扁角鹿嗲声问道。

"让－弗朗索瓦子弹上膛了吗？"猞猁嗲嗲地问。

"准备好了！！"总统冲着粉色屋顶大喊一声，响亮地拍了一下双手。

二十四

孔科沃的马市实在是太棒了！

来自世界各地的马贩子带着自己的马云集此地。

这些马来自莫斯科近郊，来自雅罗斯拉夫尔，来自萨拉托夫育种基地，来自沃罗涅日和巴什基尔大马厂；还有的马从遥远的国度成群结队地来到莫斯科河南岸地区，甚至还有让莫斯科美女们欢欣鼓舞的来自西班牙科尔多瓦的蓝色女士坐骑，以及让人惊叹的来自中国的胸肌发达的小马。它们五个站成一排，时不时地晃动着长满马鬃的脑袋，等待着买主的光顾。这些著名的巴甫洛达尔马、切尔克斯马、蒙古马、鞑靼马、伊万诺沃马、普罗旺斯马、巴伐利亚马多得不可计数，把一个六平方俄里的市场占得满满当当，可是马贩子们仍然抱怨不迭，说地方太小，没地方好好遛马，展示它们的力量与美。

天光大亮的时候，万尼亚带着一匹全身黄褐色黑鬃黑尾的迷你小马驹来到马市。他走出地铁，把装马驹的篮子背到身上，开始逛马市。他边走边看，心花怒放。到处都是马，看得他眼花缭乱、目不暇接！有各种毛色的普通马，也有小型马和巨型马；有肥滚滚的小马驹，也有弱不禁风的大洋马；有性格暴烈的马，也有平静安详的马。马圈里关着成群的小马，各种尺寸都有。它们挤在一起，发出可笑的嘶鸣声。

万尼亚大笑起来，看着马圈里那些花斑点的小小马，非常可笑！本身是白色的，点缀着黑色的斑点，仿佛有人在它们身上喷过漆。四十多匹小马挤在马圈里，嗷嗷叫着，瞪着黑醋栗一般的小眼睛，龇着小牙望向主人。而卖主是个壮实的大胖子，双手抱在胸前像煞有介事地抽着烟，仿佛这些不是他的牲口。

“你的小马怎么卖，叔叔?”万尼亚问道。

“150。”马贩子答道，都没看问话人。

万尼亚惊得弹了一下舌头。

这群花斑小马值这个价钱。万尼亚继续往前走。尽管时间还早，但集市已经热闹非凡。讨价还价，打赌，钉马掌声。周围全是马的海洋！走过小马区就看到了大马。比丘格大马！一个赛一个地高大，有的有两人高，有的更高。它们平静而漠然地站着，周围是忙忙碌碌的买卖者。比丘格大马根本无所谓人在干什么，仿佛人们的讨价还价和它们无关——你们在拿我们做交易，我们正眼都不瞧你们。

万尼亚往远处一瞧，呆住了——他见到了马市上最大的一匹马。有三层楼高的淡黄色比丘格马。它恰似一幢楼，纹丝不动地站着。棕色马鬃，毛茸茸的巨腿，蹄腕骨有两个人合抱那么粗，鸽子和乌鸦站在它的背上，就像站在楼顶。万尼亚张大嘴巴走到近前，头一抬，帽子从头上跌落。

比丘格马打了一个大大的响鼻，惊得一群麻雀从它耳朵里飞出。宽厚的胸腔发出闷响，放出的屁仿佛一声炮响，拉出的粪便五个小推车一次都运不完。

万尼亚捡起自己的帽子，向比丘格马深鞠一躬道：

“荣誉属于你，英勇的马！”

这时背上篮子里的小马叫起来："别忘了还有我呢。"没错，先干正事。万尼亚很快找到了买卖小马的地方。他给了管理市场的吉尔吉斯人 20 戈比，占了一个位置，打开篮子，暗自祈祷："圣徒弗洛尔和拉夫尔①，请你们快为我送来一位买主。"

万尼亚果真走运——半小时还没过，就来了一位有钱的买家。此人镶金带银，身穿丝绸锦缎，带着三个小精灵，脑袋上嵌着一颗碲钉。最后买家以十卢布的价钱连小马带篮子一起买走。万尼亚画了个十字，将十卢布藏进帽子里。他寻思着现在就去给媳妇儿买个时髦头巾，给孩子们买糖果，给妈妈买一块水果软糕，然后就回自己所在的阿普列夫卡小城。他走过市场去地铁站，顺路正好有一家小饭馆。新开的，豪华漂亮。台阶上方挂着一幅栩栩如生的招牌画——红脸膛儿的店小二用手指着餐桌，招徕顾客："干完活——放心玩!"桌子上……哎哟，口水都流出来了：火腿、馅饼、黄瓜、克瓦斯、伏特加摆满桌子，中间放着热气腾腾的烤鹅!

万尼亚不由自主地进了小饭馆，坐到小桌前，点了半俄升的斯米尔诺夫牌伏特加，一个馅饼当下酒菜。刚喝了两杯，对面大桌子上的人招呼他：老乡，过来和我们一起吃吧！他仔细打量——是一帮马贩子。他坐了过去，他们一起喝酒，聊天。一开始是他们请万尼亚吃喝，后来是万尼亚请他们。中间唱歌的人过

① 圣徒弗洛尔和拉夫尔在罗斯时期被认为是马的庇护神。——译注

来，唱了一首万尼亚最爱的《亲爱的，别骂我》。万尼亚玩得太嗨了，直到半夜才醒过酒来，被守门的鞑靼人推搡着赶出了集市大门。万尼亚坐在路灯下，脑袋嗡嗡作响，什么都想不起来了。站起来走到水龙头前，狂饮一阵。记起来自己来马市卖小马，卖了十卢布。翻遍了所有口袋，空空如也。他思忖道：我怎么能空着手回家呢？这钱是打算用来建一个小澡堂的。为了筹钱养了这匹小马，全家人整整喂了一年，精心照料它，喂它燕麦和三叶草。妻子辛辛苦苦地用桦树皮给它编了个笼子，女儿们编了五彩的花带挂在马鬃上，妈妈给它的蹄子上涂了银白色。结果现在竹篮打水一场空，笼子和小马没了，十卢布也没了……

我们的万尼亚难过地号啕大哭起来。

二十五

亲爱的小姑娘：

我深爱的你最清楚我的一切弱点和过错。与阿里有关的一切都是我犯下的大错。我愧对于他吗？毫无疑问。我后悔吗？不，我只后悔为你带来了伤痛。发生的一切本来可以避免给你带来伤痛的。这只是我一个人的原因，和纯洁善良的阿里无关，他是愿意解开我们痛苦的死结的。和我们俩不同，阿里是一个完整的、勇敢的人，他不仅善于全身心地投入强烈的情感，而且勇于及时地终结它。所以我亲爱的，我的过错在于，当阿里知道一切的时候，适时地撤回了对我的情感，而我则开始用自己的眼泪和哭诉逼迫他，我像一只巨鸟在他上方飞行，震颤着情感的羽翼，逼得他奄奄一息，最近两个月一直徘徊在绝望的深渊前。我和阿里的情感之桥已经被火烧焦，它给你的内心带来极大的痛苦。我也痛苦不堪。现在，当这座桥彻底坍塌的时候，我的痛苦增加了一倍，为当时没让这座桥即刻坍塌而追悔莫及。我愿意为此赎罪。明天我去买一根远方深山里出产的银色金属，希望它能帮助我们追回失去的东西。你知道，我会在你童年的小城见谁，我会为你祈求什么。如果我不幸死掉，请记住，你曾经、现在和将来都是我在这个世界上最亲的人。对我来说，没有人比你更珍贵。

爱你！

永远是你的

法季玛

又及：不管我发生什么，我求你别在心里怨恨阿里。他不仅内心高尚，而且还从十字军骑士中解放了我们的家乡格罗宁根。他年轻的身体被野蛮的基督徒的枪弹打得遍体鳞伤，左肩被凝固汽油烧伤。我们比任何人更应该希望他生活平和幸福。请牢记这一点。

二十六

东正教徒们!

同志们!

公民们!

篡权者霸占了我们家乡波多利斯克，喝着我们的血，像莫洛赫[①]一般盘踞在原本属于我们斯坦尼斯拉夫·鲍里索维奇公爵的皇位上。篡权者的双脚踩在劳动人民的脊背上，双手死死抓住公爵的皇位宝座。篡权者依靠的是残暴的禁卫军，正是他们发动了秘密政变，把他送上皇位。只有上帝知道，这些人类的败类为扫清篡权者上位的道路让东正教徒流了多少血，这些直立行走的野兽们双手沾满了人民的鲜血。篡权者和他们沆瀣一气，欺骗我们的索夫罗尼都主教，献媚寡居的索菲亚公爵夫人，卑劣地蛊惑继位者谢尔盖·斯坦尼斯拉沃维奇，用碲钉收买州委员会，无耻地清洗了市委机构，然后于十二月二日在市杜马组织了秘密投票，以这种卑劣的方式攫取了我们家乡波多利斯克的政权。我们的教会、政党、贵族阶层和市杜马都无法抗衡篡权者及其走狗们的重

---

① 古代闪米特人神话中的天神、太阳神、火神和战争之神，祭祀莫洛赫时以大量的人为牺牲，喻指吞噬大量牺牲品的残暴力量。——译注

压。这次可以说是恶魔撒旦助纣为虐，用十字架和党票庇护这帮恶棍。我们的领导人斯坦尼斯拉夫·鲍里索维奇刚一去世，篡权者及其忠实走狗们就开始了在波多利斯克的篡权行动。以莫须有的罪名逮捕了市长助理斯捷潘诺夫、弗里德曼、波伊科夫、张莫文、科兹洛夫斯基、别尔库托维奇，安全部门中校斯米尔诺夫，杜马书记沃尔科夫和帕克，把企业家拉希莫夫、宋伟、拉宾德尔、赫洛泊宁夫妇、商人扎列斯基、波波夫、阿里汉诺夫、伊万诺夫兄弟投入监狱。积极反对篡权的市杜马代表阿赫梅季耶夫在打猎时离奇死亡。篡权者及其走狗在市委机关“清洗”的结果是将一些功勋党员开除出党，他们有莫克雷同志、沃洛布耶夫同志、赫利左普拉吉斯同志。撤销了市委和州委 19 名党员的领导职务，向共产党员沃洛特纽克提起刑事诉讼，因为后者在州委“清洗”会议上割脉示威，将血抹在新任市委书记科威特科夫斯基伯爵脸上；把人民的庇护者尼古拉·阿卜杜洛耶夫神父监禁在修道院，因为他勇敢而诚实地揭露了篡权者及其帮凶们的狼子野心；这帮匪徒们受不了神父揭露言辞的慷慨激烈。尼古拉神父的妻子，祖丽菲亚·拉希莫夫娜为丈夫悲伤过度，在悲愤中病倒，生下一个死婴。篡权者及其走狗夺得波多利斯克的政权后，开始攫取我们的矿藏和工业资源。今年九月他们把“波多利斯克工业总公司”62% 的股份卖给了马特维·诺尔施泰德的公司，而此人与波多利斯克的人民公敌、前杜马主席阿列克谢耶夫过从甚密。杜马书记沃洛金用卑劣的诡计让“莫斯戈姆萨尔克”公司获得了瓷土产地的控制权，而这一权利原先属于私营畜牧业主、波多利斯克人摩柯舍夫。那么问题来了：为什么摩柯舍夫先生匆忙地卖掉了自己在海狸湾的庄园，并于今年八月离开波多利斯克？摩柯舍夫先生现在在哪里？篡权者及其走狗们在我们故乡无法无天的行径令人发指，莫斯科近郊的土地在呻吟，恶棍们却依然踩着鲜血横行。我们这些波多利斯克人要忍到什么时候？劳动人民向法西斯篡权者卑躬屈膝的日子要持续到什么时候？东正教徒们目睹暴力集团们纵欲、吸毒、堕落的日子何时结束？歪门邪道要肆虐到什么时候？诚实的共产党员们到什么时候才能不用违心地为篡权者集团把持的市委投赞成票？

兄弟姐妹们！该是结束家乡混乱局面的时候了！

让篡权者及其走狗们滚蛋！

请所有人参加十二月十五日的集会！

14 点整在教堂前集合。

二十七

碲（Tellurium）——元素周期表第五周期第 16 族的准金属化学元素，原子序号为 52。银白色脆金属，稀土金属的一种，天然碲矿非常罕见，世界上只有四个地方有。碲金属最早是一七八二年在特兰西瓦尼亚一个金矿里被发现，现已探明约120种含碲的矿物，最常见的有铅、铜、锡、金、银等碲化物。碲及其合金用于电子技术和无线电技术，用于生产耐热橡胶、硫族化合物玻璃以及生产半导体和超导材料。天然碲的特殊属性不久前才被发现。二〇二二年中国考古学家在阿尔泰山区靠近图罗恰克村的地方发现了一个古代拜火教徒的寺庙，它建于公元前4世纪，位置正好在一个天然碲矿的上方。寺庙是一个深藏不露的洞窟。这个洞窟后来被称作马克图鲁（以此闻名），里面装饰着岩石壁画和用纯碲金属刻出来的太阳图案。根据判断，拜火教徒们跪拜的正是这一太阳图案。在马克图鲁洞窟中还发现了48具骨架，全部躺成双手抱胸的姿势。所有的头骨上同一位置都钉着一颗不大的（42毫米）天然碲钉。在祭坛壁龛上太阳图案的下方找到几把铜锤和摆成半圆形的碲钉。正是这几把铜锤将碲钉钉入48人的脑袋中。洞窟寺庙的入口被从里面砌死。北京大脑学院与斯坦福大学的学者们联手进行了一系列实验，得出了一些惊人的结果：拜火教徒们在脑袋某个位置被钉入的碲钉会引起人持久的欣悦和失去时间的感觉，但是致人死亡的概率比较大。二〇二六年联合国通过一项公约，禁止进行碲钉实验，天然碲制成的碲钉被认为是重度毒品，生产和销售将受到法律制裁。自从诺曼底飞行军团“蓝色大胡蜂”在阿尔泰的巴拉宾省发动军事政变后，在全省进行了公投，大部分居民选择脱离巴拉宾共和国。于是在二〇二八年一月十七日一个新的国家——民主碲钉共和国宣告成立。第一任总统由飞行军团“蓝色大胡蜂”的团长让－弗朗索瓦·特罗卡尔中校担任。碲钉国得到国际社会24个国家的承认。碲钉国的主要收入除了畜牧业、碲及其他稀土金属出口外，还有所谓的碲疗法，即按照古代拜火教徒的方法环锯颅骨，利用天然碲治疗各类疾病，其中包括脑癌、精神分裂症、多发性硬化、阿尔茨海默症等。碲钉国是世界上唯一不承认碲钉是毒品的国家。国际社会试图对碲钉国政府进行制裁，但一直未见成效。很多国家（澳大利亚、英国、伊朗、加利福尼亚、普鲁士、巴伐利亚、诺曼底、阿尔巴尼亚、塞尔维亚、瓦拉几亚、加利齐纳、莫斯科国、白海国、乌拉尔共和国、梁赞国、鞑靼国、巴拉宾、贝加尔共和国）至今未与碲钉国建立外交关系。这些国家的公民被禁止进入碲钉国的领土。

二十八

“我们是不是该停下休息一会儿?”米基托克揉搓着白皙娇嫩的双手，拖着慵懒的腔调问道。他的手上戴着两只戒指——一只白金的，镶着刻有“幸福”字样的蓝宝石；一只金戒指，镶着钻石图案“M”。

躺在皮椅中打盹的队员们动了动。上一次停靠休息是正午时分，在博布鲁伊斯克附近，正好赶上午饭。午饭是队里的厨师杜传做的，很丰盛，有七个菜，还有甜点、白兰地、水烟袋。饭后大家在春意盎然的树林里散了会儿步。现在老式钟表上显示的时间是六点差一刻。

“吃晚饭还早。”拉艾尔特伸了个懒腰说道。他身材瘦小，满身都是刺青。

“需要喝口茶。”阿诺尔德·康斯坦丁诺维奇狠狠地拍打着自己深陷的双颊说道。

“先生们，我其实就是为了这个提议停歇的。”米基托克疲惫地双手按在胸口，昂着头（一头漂亮鬈发和精心修理的络腮胡）发出轻微的呻吟：“啊——啊——啊——啊哈……我的痛苦如此致命……”

“要叫醒队长吗？”长着鹰钩鼻，脸瘦削的拉基夫问道。他把小精灵折成一本书的形状收起来。

“叫他起来。”谢尔什点点头。他比较瘦弱，宽颧骨，小眼睛。解开安全带，按下呼叫乘务员的按钮。

拉基夫以高加索式的虔敬用自己漂亮的略带黑茸毛的手碰了碰邻座打盹的队长。队长韦杰那张高尚睿智的大脸始终显露着自信和镇定，甚至在睡觉的时候也是如此——现在正是这种表情。他的眼睛眯缝着。

“有意愿吗？”队长眯缝着眼睛问，他的声音透着自信，令人舒服。

这一自信的声音让所有人——除了正在打呼噜的伊万·伊里奇——坐起身来，解开安全带。

“是的，队长。”拉基夫谄媚地笑道，轻轻按了一下韦杰的胳膊肘。

“这一愿望非常之强烈。”米基托克拿出镜子，看了一眼，正了正桃色蝴蝶结，“腿都麻了！”

“必须活动一下腿脚！”阿诺尔德·康斯坦丁诺维奇用命令的口吻向所有人宣布。

谢尔什看了一眼窗外说：

“嗯，地方也合适。”

窗外两个多小时以来都是同样的风景——右边是春色萌动的混合林带，左边是俄罗斯长城的废墟。

乘务员安东尼端着饮料和湿巾走了进来。

“停靠休息。”队长说道，睁开了棕绿色的眼睛。

车厢轻微颠簸了一下，马车开始减速，然后停住。

“好极了！”阿诺尔德·康斯坦丁诺维奇立即站起身。他身材矮小，精瘦，一贯的精力充沛。他戴上夹鼻眼镜，开始忙活起来，从小衣柜里取出麂皮上衣，快速穿上。

米基托克把热的湿巾蒙在脸上，惬意地用双手捂住：

“死神，我的死神！”

“茶歇安排在户外。”韦杰喝了一口柠檬水，吩咐乘务员。

“好的。”安东尼点头答应，露出迷人的媚笑。

车内传来轻柔的交响乐。大家都准备出去喝茶。只有伊万·伊里奇还在酣睡，粗壮的身体深陷在最大限度后仰的座椅中。

“真是幸福的人儿！”米基托克带着羡慕的微笑从伊万身边走过，去向洗手间。

“伊万·伊里奇，醒醒。”谢尔什拍了拍他肥胖的肩膀。

伊万毫无反应。

“让他睡会儿，别叫醒狮子。”拉艾尔特走到椭圆形车门前，扭动门把手，门向一边打开，眼前出现鸟声啁啾的五月森林画面。下车的梯子向下展开。

“叫醒他，一定要叫醒！”阿诺尔德·康斯坦丁诺维奇坚决地晃动着脑袋说，“他醒来会生气的，会埋怨我们。”

“我们会像犹太人一样洗白自己。”拉艾尔特冷笑道，用湿巾擦着亮晶晶的前额。

谢尔什走到伊万跟前，俯身对着他的粉嫩的大耳朵说：

“伊万·伊里奇，起来，我们要去喝茶了。”

但是伊万·伊里奇又大又圆又粉的脸上展现的是极度幸福和放松的表情，他丰满的双颊令人艳羡地颤动着，丰满的双唇肆意地呼着臭气，于是谢尔什摇了摇头，转身向车门走去。

拉基夫向韦杰笑了笑。安东尼正在帮着他穿芥末黄色的毛料西服，深色翻领上绣着橡树叶和橡树果。拉基夫说：

“队长，现在就看您的了。”

队长宽厚地笑了笑，走到伊万跟前，快速俯下身，响亮地亲了一口他的脸颊。这一招神奇地唤醒了伊万·伊里奇。他吧嗒着嘴，发出一声悠长的鼻音，睁开伶俐的小眼睛，懵懂地看了看车厢。

“怎么……已经到了?”他的声音响亮饱满，尽管刚从熟睡中醒来。

“还没。”队长答道。

“我们去喝茶，伊万·伊里奇。”拉基夫笑道。

“休——息——休——息!”米基托克用高音唱道，披上淡黄色的外衣。

伊万·伊里奇肥大的胸部立了起来，他深深地吸了一口气，仿佛不仅要吸入经过车厢空调过滤的空气，而且要把正在从车门涌入的春天的新鲜空气也吸进体内。

“这……真是太好了!”

所有人都大笑着走向出口，依次抓着扶手从梯子下到车外。梯子轻轻地晃动着，仿佛乘客们不是下到地上，而是从靠岸的船上下到码头。谢尔什第一个踏上经年未割的枯草地，这枯草下面已经有嫩草冒了出来。他看见四个警卫已经用自己的绳索先行下到地面。他折了一根白芷秆，用它拨开野草，走向长城的废墟。米基托克、阿诺尔德·康斯坦丁诺维奇和拉艾尔特跳进了野草丛中。

梯子又开始晃动起来，仿佛被春风迷醉。这迫使队长、伊万·伊里奇和拉基夫抓紧扶手。上面突然传来野蛮粗暴的、由于生气而拖长的喊声：

“你给我站好了，毛——腿——鬼！”

三个下来的人回头观瞧，他们看见肩隆高 8.5 米、短马鬃、短尾巴、毛腿粗壮的枣红色大马杜奈在不停地前腿交替站立，打着响鼻，晃动着自己七座车般大小的脑袋。他们乘坐的车厢是固定在这匹马的马背上，与餐车、行李车和警卫室一起占据了整个宽阔的马背，在马脖子和身体的交界处是赶车人的可折叠车篷，里面坐着外号叫“树条”的车夫，他的一双大手正抓着缰绳。与马相比，三米高的“树条”看起来像个侏儒。

“春天让枣红马骚动不安。”阿诺尔德·康斯坦丁诺维奇朝马点点头，掏出烟盒。

“火热的心又开始躁动！”米基托克唱起了男高音。

“不管躁动不躁动，杜奈在这里不可能找到母马……”拉艾尔特环顾四周，往草丛吐了口痰。

马仿佛听懂了这句话，用蹄子使劲踢了一下地面。大地发出轰响，惊起草丛中一只雌黑琴鸡，扑棱着翅膀飞向树林。马晃了晃脑袋，震得笼头上的钢圈发出巨大的响声，它龇着黄牙，发出雷鸣般的嘶吼声。

“普鲁——鲁——鲁！！”“树条”威严地低吼一声，习惯性地抓起座位边上鞭套里的长鞭。

杜奈打着响鼻，无声地咧开嘴，仿佛在嘲笑这位侏儒马车夫。

梯子停止晃动后，其余队员都顺利下到了地面，最后下来的是拎着篮子的安东尼和厨师杜传。

“清理出一片空地来。”队长低声下达了命令。

一个警卫跑过来，拿起射线切割刀，蹲下身子，三下五除二就在草丛中清理出一块野餐场地。韦杰的队伍中所有的警卫都是克隆人，完全一模一样：高个儿，宽肩，光头，穿着迷彩服，配备有最完善的发现识别并歼灭敌人的武器。

警卫本来准备把割了的草收成一堆，但伊万·伊里奇一伸腿制止了他：

“不用，不用，好人儿，放下。我们要在干草堆上躺一会儿。”

警卫扔下草，回到自己的位置。

安东尼和厨师在割过的草地上铺了几个薄花地毯，扔了几个坐垫在上面。他们跪在地毯上，开始从篮子里取出用于茶歇的东西，包括糖果、蜜饯和一些东方甜食。

“啊，真是太棒了！”肥胖的伊万·伊里奇躺倒在坐垫上，侧身用一只手支撑着大圆脑袋，“这个主意妙极了，队长！否则我们四处颠簸，据点失守……哦！先生们，听着！我刚做了一个非常好的梦！”

“很显然与那些亚美尼亚小宠物有关。”拉艾尔特眨巴了一下眼，轻盈地坐到地毯上。

“不对，不对!”伊万·伊里奇向他摆摆手，“我梦见我在坐飞机!”

大家大笑起来。

“美梦，伊万·伊里奇，”韦杰坐到地毯上，“您往哪儿飞?”

“去埃里温。”拉艾尔特插了一句，向所有人眨了眨眼。

“去什么埃里温啊……不是，我飞往那个……阿根廷，带着满满一旅行袋的……你们猜什么东西?”

“钉子?”

“这个我经常梦见，但今天没有。不是！一旅行袋的小精灵，而且是烘干的！它们专门被烘干，以便少占地方。等到达目的地之后，我把它们放入特制的精灵溶液里，它们就会膨大，变成正常尺寸。”

“像亚美尼亚的羊奶干酪那么大……”拉艾尔特坏笑道。

伊万·伊里奇用自己的大手重重地拍了一下膝盖，怒道：

“哎！朋友！您亚美尼亚说个没完了！没错，我在那儿钉碲钉失手过两次，但这不应该成为鄙视我的理由啊，真见鬼!”

“拉艾尔特，您老拿一个东西说事。”阿诺尔德·康斯坦丁诺维奇坐在坐垫上，嘴里叼着烟说道。

“我只是在开玩笑，先生们!”拉艾尔特双手一摊，一副无辜的样子。

“您的玩笑很伤人，”拉基夫批评道，“我们的职业需要礼貌客气。”

“您把小精灵放进溶液后怎么样了？”米基托克问。他敞胸露怀地站着，大口呼吸春天的空气。

“梦还没做到这一步，很遗憾！”伊万·伊里奇仰面躺下，打了个哈欠，“啊——啊——啊——啊……春困啊。安东尼，你最好把茶泡浓一点，否则我们会像黄鼠一样一路睡过去。”

“如果你们不反对，我可以泡铁观音。”安东尼答道。

“没人反对。”队长说。

谢尔什走过来，手里拿着一把生锈的三角铲，一声不响地向大家展示。

“我靠，什么东西……”拉艾尔特叹道。

“三角铲！”伊万·伊里奇戴上夹鼻眼镜。

“好东西啊！”米基托克举起双手轻轻一拍，走了过来。

“生产工具，”谢尔什点点头，“那儿还有别的，滑车组轮，木头……”

“这是修长城的物证。”队长从谢尔什那里拿过三角铲，看了看，扔到背后，“这里干活的都是犯人，按我已故祖父的话来说，这块是长城欧洲段最薄弱的部分。”

“天哪！没日没夜地干，痛苦不堪，吃不饱睡不足！”米基托克摇晃着鬈发头，“可是图什么呢？”

“为了伟大的俄罗斯，”阿诺尔德·康斯坦丁诺维奇一口接一口地吸着烟，说了句：“这是最后的帝国梦。”

“这些人是他们的禁卫军吗？”谢尔什问道。

“小伙子，您连这些词都没听说过！”

“他为什么要听说过？谢尔什又不是莫斯科国的，”拉艾尔特打了个哈欠，“他们贝加尔共和国可是民主国家。”

“所以请原谅我的无知。”谢尔什微笑着坐到地毯上。

“好吧，俄罗斯长城最终没有建成。”伊万·伊里奇躺着看天，“但是有过理想。”

“非常乌托邦的理想。”阿诺尔德·康斯坦丁诺维奇嘀咕了一句，眯眼望天。

“怎么没建成呢？”谢尔什问道，“难道是砖块不够吗？”

“砖都被偷光了。”阿诺尔德·康斯坦丁诺维奇解释道。

“这太令人忧伤，太荒诞不经了！”米基托克看着城墙，拍了拍手，“数百万的人在一起拼命干活，为了实现某种崇高而美好的理想……”

“复兴俄罗斯帝国的伟大梦想被砖头击碎，”伊万·伊里奇伸了个懒腰，非常满足地说道，“听着，先生们，什么时候上茶啊？”

“马上准备好。”安东尼答道。

队中厨师杜传在抛光的茶桌上娴熟地摆弄着茶碗。

一动不动地站着的巨马杜奈突然放了一个屁，这相当于火箭喷气式发动机的试射。队员们在一周多的西行旅途中已经对此见惯不惊，他们称这种现象为“塔甘罗格市的空中阅兵”。车夫“树条”在座位上嚼着什么，听到马放屁后放下绳梯，麻利地下到地面。他伸伸腰，甩甩手，然后走到大伙儿面前摘下帽子深鞠一躬。

“什么事，壮士？”韦杰问道。

“老爷，该喂马了。”车夫瓮声瓮气地说。

“喂吧，趁我们喝茶的工夫。”

“得要一个小时，老爷。”

“一个小时就一个小时，我们不着急。”

“感谢您，老爷。”

车夫鞠了一躬，转身去喂马。他敏捷地爬上火车，扔下一团草，然后下来用喷雾剂对着草喷洒，草团开始膨大，很快变成一大堆草。巨马杜奈竖起了耳朵，伸头靠向草垛。车夫跑过去，抓住马的笼头，叫了一声，用力把沉重的马嚼子从马嘴里拽出来。杜奈一摇头，车夫“树条”直接飞了起来摔倒在草丛里。马看都不看车夫，径自用嘴卷起一大抱干草，大嚼起来，嘴里发出磨盘般的声音。车夫站起身，一点都不生气，拍拍身上的灰，又拍了拍马嘴，然后走进树林，脱下裤子，蹲在一片小橡树丛中。

“他好像总是用干草喂马。”拉基夫眯眼看着大嚼的马说。

"燕麦太贵了，"阿诺尔德·康斯坦丁诺维奇解释道，"在白罗斯尤其如此，已经第二年歉收了。"

"他们这儿什么都贵。可恶的欧洲人。"拉艾尔特伸出手，杜传递过一杯茶来。

"非常感谢。"拉艾尔特口齿不清地用法语道谢。

躺着的伊万·伊里奇伸出了手。厨师递给他一杯茶。

"谢谢你，"伊万·伊里奇用汉语表达了谢意。他接着用汉语说，"杜传，你知道吗，你的名字让人想起著名的花花公子唐璜？"

"知道，先生，"杜传平静地答道，倒满一杯茶递给别人。"不止一个人对我说起过。"

"你喜欢女人吗？"

"年轻的时候我更喜欢男人。"

"你有女朋友吗？"

"没有，先生。"

"为什么？"

"中国有句俗语：要想一日不得闲，请客；要想一生不得闲，娶妻。"

"这可不单是中国的俗语！"拉艾尔特大笑道。

"那就是说，你现在对男人不再感兴趣了？"

"我的兴趣仅限于他是我的美食的享用者。"

“杜传，你是一个坚强的人。”伊万·伊里奇大口地喝着茶。

“这不是坚强，而是精明，”阿诺尔德·康斯坦丁诺维奇用蹩脚的汉语说道，“金钱比满足更重要?”

杜传没有说话。

“金钱和满足是同义词，”队长操着流利的南方口音的汉语替杜传回答，“职业和满足也是同义词。”

“我不同意。”阿诺尔德·康斯坦丁诺维奇摇头道。

“我等之职业，盖金钱与满足可兼而得之。”拉基夫用古汉语说道。

“还有特强的责任心。”谢尔什用北京年轻人的口气补充道。

“责任心——这可是最高层次的满足。”伊万·伊里奇把空茶碗递给厨师，“好茶。”

“美极了，美极了!”米基托克津津有味地品着茶，嗲声嗲气地赞叹道，“在大自然中喝茶，哦，天哪，真是棒极了，对胃，对心都大有裨益……”

“现在比较适合谈心，”队长看了看表，“我们需要打发时间，等杜奈吃饱。”

“散步得取消了。”拉艾尔特看着从林子里一路披荆斩棘回来的车夫，闷闷不乐地说道，“那里杂草丛生，没法散步。”

“可以在这里小睡片刻，任微风吹拂，做香甜美梦。”米基托克半闭着眼睛，陶醉地说。

“喝完铁观音就别想睡觉了。”阿诺尔德·康斯坦丁诺维奇幽幽地说。

“可以玩会儿托尔卡牌。”谢尔什建议道。

“时间不够。”韦杰反对。

“那玩抽傻瓜牌?”

“没意思。”

“先生们，要不讲讲拔钉器的故事?”阿诺尔德·康斯坦丁诺维奇似乎想起了什么，“上次我们当中有人没讲完。”

“没错，拔钉器，”伊万·伊里奇也想起此事，大笑道，“拉艾尔特，您上次讲得太有趣了……哈哈哈……怎么说的来着：快从我身体里取出我妈?”

“快从我身体里取出我妈!”谢尔什想起来了。

“哎，听着，快从我身体里取出我妈!”拉基夫用手指做了一个典型的高加索式的搓捻动作。

“这也太扯了，”阿诺尔德·康斯坦丁诺维奇摇了摇头，“荒唐得令人难以置信。”

“我一点儿也没瞎编。”拉艾尔特喝了口茶。

“上次谁最后一个讲的?”拉基夫问道。

“我，”阿诺尔德·康斯坦丁诺维奇答道，“我的故事太一般了，你们肯定都忘了。”

“在萨拉托夫吗?一个带着狗肉的小伙子?对，没错……”

伊万·伊里奇费力地回忆着，“如果你是最后一个讲的，那么下一个该轮到米基托克了，再下来是我，然后是队长。”

“哦，拔钉器……”米基托克故意做出皱眉状，在坐垫上摇晃起来，“这东西太敏感，太痛苦……”

“酷毙了！”谢尔什击掌赞叹，调整了坐姿，“很乐意在捞外快前听听拔钉器的故事。”

“你说的外快是什么意思？”阿诺尔德·康斯坦丁诺维奇问道，似乎没听清。

“哦，我们是合作工作队，可以说，现在正坐车去欧洲捞外快。”谢尔什微笑道。

大家面面相觑。

“我……去捞外快？”米基托克把手掌放在胸前，怯怯地问。

阿诺尔德·康斯坦丁诺维奇从瞬间严肃的脸上摘下夹鼻眼镜。

“年轻人，请注意您的用词。”

拉基夫一反常态地哼唧了一声，神经兮兮地微笑着，摇摇头，眉毛一扬：“捞——外——快！我们是捞外快的？那队长呢？”

韦杰没说话，安然地喝着茶。

“我是捞外快的，亲爱的兄弟们！我去欧洲是捞外快，捞外快，捞外快！”米基托克用右手做了个钉钉子的手势，“伊万·伊里奇！您赞同捞外快吧？”

伊万·伊里奇略带责备地看了谢尔什一眼，转身去拿杜传刚添满的茶碗。

“没有的事，先生们，我只不过开了个玩笑……一时兴起……玩笑而已……”

“这不是玩笑，”拉艾尔特说，“这样的玩笑在‘二战’时期是要被法办的。”

“是应该啊……捞外快……捞外快！”拉基夫摇头晃脑地说。

“年轻人，我可不是什么捞外快的！”阿诺尔德·康斯坦丁诺维奇戴上眼镜瞪了谢尔什一眼，后者脸上的笑容突然僵住了。

气氛顿时尴尬起来。巨马杜奈咀嚼的声音让气氛变得更为凝重。

队长把空茶碗放到桌子上，掏出烟盒，抽出一支香烟，不紧不慢地抽了起来。

“您知道吗，谢尔什，”他开口说话，“我们是专业人士，是有经验有故事有权威的人。但这还不是全部。世界上的专业人士多了去了，也许现在，经过这么多战争，他们甚至比业余人士还多……”

他停顿了一下，吐出一口烟，继续道：

“我们是诚实的木匠。这让我们区别于很多专业人士。我们凑在一起部分是因为我们的权威、经验和专业性，但更多是因为我们都是诚实的人，是诚实组合。谢尔什，您能够进到我们这个队伍不仅仅是因为您成功钉了 300 枚磅钉，只失误过 12 次。有很多木匠比你钉得更多更好，可是我们接纳了您恰恰是因为您的诚实。您是一个负责任守道德的人，否则您不可能出现在这里。”

队长停住了。谢尔什低头沉默着。全队人都沉默不语。

“我们是木匠合作队。我们去往欧洲，”韦杰继续道，“欧洲是文明的摇篮，如今已垂垂老矣。现在它的日子不好过。瓦哈比分子的铁锤砸向了它，残酷无情地打击它。但欧洲经受住了这场打击，它的脊梁没断。尽管很多骨头碎裂了，它四分五裂，死气沉沉，但是还顽强地活着。它在疗伤，身上包扎着绷带，正在复原之中。它需要很好的护理和饮食，还有很好的睡眠。我的先辈们说过，睡眠是最好的药物，他们说得对。甚至健康的人也需要好的、正确的睡眠，更别说残疾者了。所以，亲爱的谢尔什，欧洲这位老者邀请我们这些东方的木匠去治疗它的睡眠问题，用我们的双手，我们的小锤，我们的诚实来保证它好的睡眠。”

米基托克似乎想形象地表现一下队长的话，从自己燕尾服的内兜里掏出一把印有礴钉国国徽的金色小锤，握在胖胖的手中，然后把手伸向前方。金色小锤在太阳的照耀下熠熠生辉。

“我们去欧洲不是为了捞外快，而是诚实地做活，”队长结束了自己的独白，“我们不能容忍置疑我们道德的玩笑，您明白吗，谢尔什？”

“我明白。”谢尔什紧张地答道。

“不，您没明白，我的朋友。您刚说‘我明白’只是为了敷衍，我能感觉到。您从来都没有以捞外快的心态对待我们的工作，您早就意识到并理解我们的道德准则。您认同这些准则，因为您是个诚实的木匠。您没有明白另外一点：为什么我们这么严肃地对待你的笑话。我说得对吗？”

“对，队长。”谢尔什点头。

“作为一个有道德的德国人，我的缺点在于过于严谨。”队长在安东尼递过的烟灰缸里熄灭了烟头，“要不，你们谁给谢尔什解释一下？”

大家面带难色地对视了一下，显然没有人愿意解释。

“没人能解释吗？”队长环视一圈。

全队沉默不语。

“我愿意解释。”拉基夫突然说道。

他拉开自己皮衣的拉链，脱掉，露出一件绿灰色的小衬衫。他不慌不忙地解开衬衫扣子，脱掉，剩下一件白色的网格背心。他又脱掉背心，然后转身背向谢尔什。在他黝黑的肌肉发达的背上可以看见一个占据了几乎整个背部的烙印——碲钉国的国徽，是三年前在奥木斯克监狱被刑侦人员烙上去的。从疤痕来看，烙印是在几天的审讯过程中一点一点地烙上去的。谢尔什盯着脊背看。由不同厚度的疤痕组成的国徽是他所熟悉的：旭日初升的群山，两只手掌托起的马克图鲁洞窟，火绒草上的胡蜂以及用阿尔泰语书写的字迹：“和平与力量的统一。”在官方的国徽上胡蜂是浅蓝色的。这种停在山花上的浅蓝色昆虫一直是谢尔什喜欢的，他在其中感受到某种即将显现的强劲而辽阔的东西。米基托克举着的小锤上的闪光映入谢尔什的眼中，他不由自主地把目光投向锤子上的小版国徽。正是这个国家给了他职业和生存的意义。

除了拉基夫，所有人都看着谢尔什。他苍白的双颊瞬间染上了绯红，双唇裂开，露出无助的、孩童般的微笑。

“我……全明白了。”他长叹一声说。

拉基夫转过身，看着他的眼睛。

“我明白了。”谢尔什坚定地重复了一句。

“好极了。”队长点头道，伸手握住谢尔什的细手腕。

拉基夫开始穿衣。米基托克收起了自己的小锤。

“现在可以聊聊拔钉器了。”队长大声说道。

队员们都松了一口气。

“米基托克，该您了。”

米基托克搓了搓一双保养得很好的手，仿佛准备吃饭，然后十指相扣，弄出关节的响声：

“对，拔钉器……先生们，我不能说自己非常乐意回忆这些，但这是游戏规则，对吧？经过十年的实践，我们似乎应该适应了，可以坦然面对，视其为司空见惯之事，对吧？举个例子，这就像在春天的冰上跌跤！一个体面的、聪明的、漂亮的、魅力四射的、穿着有品位的人，甚至可以说是时尚先生在路上走着，突然一个小水坑，结着薄冰，他滑了一下，啪的一声摔倒在水坑里。怎么着？号哭？咒骂？不会！他只会骂两句，然后站起来，大笑着拍拍衣服继续前行。可是我们……准确地说是我，不会这样。完全不是这样。对于自己的失误不可能这么潇洒。潇洒！不可能像他那样站起来拍拍衣服继续前行。做不到这么洒脱。而且一点办法都没有！我做好准备，调整心态，冥想，祷告，说服自己，和自己讲好，万一出现失误，要在心中高唱某种积极乐观的歌剧咏叹调，或者更轻松的——轻歌剧的抒情曲，类似于‘我们要去瓦拉兹丁，我是那儿所有猪猡的主人，我要像养猪人一样精心照料你们！’① 以这种方式来解脱自己……但是行不通。无论歌剧还是轻歌剧都无济于事。拔钉器！这是每个木匠实践中最敏感的时刻，是一个坑，是并发症，是场噩梦，让它见鬼去吧！我们不是机器人，不是神经如钢缆般坚强的木头人，不是寡廉鲜耻的毒贩子，这是不言自明的事情，我的先生们！木匠活要求的不仅是敏锐和精准，而且还有道德，可是这也无法保证一切顺利！没有人能做到万无一失，即便你是最诚实的木匠，手艺精湛，但早晚会有那么一天，你手一滑，钉歪了，悲剧了。你的劫数到了！没错！好吧，我的开场白到此结束，现在进入正题。半年前我应邀去一个

---

① 匈牙利作曲家卡尔曼的轻歌剧《玛丽扎伯爵夫人》（1924）中的歌词。——译注

小村子钉两颗碲钉。路途可以说并不近，甚至非常远！你们也知道，这种活经常遇到，必须去。我从来都不怠慢这种远途的活计。这是我的原则，先生们，这是原则！教养如此，而且这个村子比较富裕，价钱相当不错。我们套上车，我收拾好工具，装上车。告诉车夫安德烈：出发。走了大约八个小时，中途有休息，吃饭喝茶……路况非常好，布良斯克地区，未被战火波及，干净，友好，新型机器人，健康的拜兽教。傍晚时分我们到达目的地，风景如画的田畦，长势正旺的荞麦，蜜蜂飞舞，一片富足景象。你们明白吗？落日晚霞，清风拂面，气候宜人。邀请方的主管出门迎接我的到来，这位先生彬彬有礼，带着警卫，会说英语，一直把我护送到村庄。我们到了住处，我的老天爷！奢华的木制庄园，不是罗斯时期的那种，而是木制平房，带附属建筑，马厩、花园、菜园、射击场、小型机场、三个游泳池、瀑布。我被带到主人面前。父子俩，而且父亲是美国人，儿子是加利福尼亚人。他们春天和夏天在布良斯克共和国过。为什么不呢？看得出他们非常喜欢这里，也不掩饰这种喜爱，再说了，为什么要掩饰？儿子是如画美男，加利福尼亚的阿波罗，高个头、灰眼睛、鬈发，身材一流。父亲也不丑，友善、率真，一副笑眯眯的样子：‘您路上饿了吧，是否先吃点东西？’‘乐意之至，先生！’我们坐到桌边，吃了素餐，喝了黄瓜水，然后准备干活。这是第一次，所以说酒香不怕巷子深，好木匠多远都会有人请。真是棒极了！我吃完饭，问明情况，着手工作。我们进了房间，换上工作服，他们开始拥抱，亲吻对方的手，柔情蜜意，挥泪祝福告别，场景十分感人。当然大家都非常紧张。我安慰了大家，然后一切准备就绪。父亲的碲钉钉得很顺利，活干得干净漂亮，大家很高兴，钉子分毫不差地进入大脑。给儿子钉的时候出现了差错，钉歪了。那片区域迅速变黑，情况很糟。父亲就躺在旁边：喜悦，成功，祝福，可是儿子却身陷深渊。我对车夫安德烈说：拔钉器，快！车夫把拔钉器推了过来，把美男子放进拔钉器中，那时候我的拔钉器还不够大，而且老旧，是上海产的。我们费劲地把他推到拔钉器中，小伙子块头大，两只光脚还露在外面。而他父亲开始大谈电子轨道、海森堡的不确定性理论，他变成了物理学家，变成了自由粒子、光子，飞出轨道，渴望遇见儿子来一场能量融合。结果呢，他和儿子是一对复杂的光子，来自同一个量子家族。父亲骄傲地说，他们属于同一个量子家族，由同一个光源发射，现在只需要超越时间……可是先生们，我哪儿顾得上核物理：他儿子危在旦夕。我开始拔钉子，非常不顺，情况不断恶化。我谨小慎微地往外拽着，突然出现濒死状态，两腿蹬动，心跳停止，我马上进行了心脏注射，然后降低压力，把他的脑袋放进一个专用的抢救头盔，打开感应器。总而言之，先生们，他的心脏正好在我拔出钉子后恢复了跳动。我们把美男子从拔钉器中拉出来，在伤口部位涂上碘酒，然后摇醒他。父亲躺了一会儿，高兴地起来说：儿子，我在光子流中等你。说完就走了出去。亲爱的朋友们，这就是我的拔钉器的故事。”

“这么快心脏就恢复跳动了?”拉艾尔特问道，“真走运。”

“这种情况我经历过两次，”阿诺尔德·康斯坦丁诺维奇伸了个懒腰，站了起来，“钉子周边区域变黑，然后立马心跳停止……悲剧。”

“失去意识并不意味着心跳停止，”韦杰反对道，“如果钉子周边立即变黑，这还不是坏区。”

“同意，队长，我完全赞同，但确实有一些人天生比较弱，”阿诺尔德·康斯坦丁诺维奇两手一摊，做出无奈的样子，然后转身去向树林。“停止心跳可能没那么容易，但是失语可是很容易。很容易！天生缺陷，有什么办法，尽管如您所说，他是美男子阿波罗。”

“阿波罗，美男子!”米基托克也站起身，双手按在胸前。“阿诺尔德·康斯坦丁诺维奇，亲爱的，您好像要去撒尿?”

“不是撒尿，而是释放多余的东西……”阿诺尔德头也不回，边走边嘟囔了一句。

“我和您一起，我和您一起!”米基托克急忙跟了上去。

“嗯，我们现在用的是新式拔钉器，丹麦产的。”拉基夫点了点头。

“用新式拔钉器双脚就不会露在外面了。”拉艾尔特讥笑道。

“新式的好，又大，但要占行李箱更多地方！”米基托克向正在咀嚼食物的杜奈挥了挥手。

巨马竖起了耳朵，并没有停止咀嚼。满是黑色皱皮的阴茎抖动了一下，一股强劲的、圆木粗细的尿柱一泻而出，伴着巨大的声响冲击着地面。

“别人的例子是可以传染的！”阿诺尔德·康斯坦丁诺维奇大喊了一声，进到林子里面。

全队人都听到了树林的回声。

“我的那个感应器早就破旧不堪了，”伊万·伊里奇回忆着，“如果钉歪了，还得想别的办法……”

“也可以不用感应器，”谢尔什说，“压力加感应场。”

“对，对……”伊万·伊里奇伸了个懒腰，打了个哈欠，唱了起来，“所有的希望都寄托在田野，田野，田野！”

“光凭感应场不可能把钉子钉直的。”拉艾尔特站起来，伸伸懒腰，弄得骨节直响。

“白泵总是管用。”谢尔什反对道。

“对，是管用！”拉艾尔特嘲讽地点点头，“一旦停止抽气，就麻烦了，需要的不是拔钉器，而是棺材了。”

“白泵取决于木匠的场力。”队长慢慢地喝着茶，嘣一嘣口中甘草味的冰糖。

“如果场力够强，感应器可以不需要。”拉基夫非常肯定地点头赞同。

“并不是所有人天生强大。”拉艾尔特做了几个轻盈的舞蹈动作。

当米基托克和阿诺尔德·康斯坦丁诺维奇回来后，队长示意伊万·伊里奇：

“该您了，我的同事。”

“好的。”伊万把空茶碗放到桌上，费力地按土耳其人的方式坐下，将双手放到肥大滚圆的膝盖上，“我的故事也是不久前才发生的。”

他停住，在记忆中搜寻着。他宽大的、长满髭须的脸（孩童般粉嫩的、胖嘟嘟的脸颊，小而敏感、倔强又自信的嘴唇，生动而睿智的眼睛）似乎突然之间僵住了，变成了大理石雕像，换上一副冷酷凝重的表情，就像我们常常在国家高官或者军队统帅的脸上见到的那种。“找我办事的那个地方非常不发达。”仿佛这张脸在说话，“这是一个混乱的地方，充满了负能量，低级情趣和自私自利。为了让这个地方变好，变得文明而有秩序，对人类和世界文明史做出有意识有意义的贡献，需要善于和这个地方的人打交道，善于教化他们。而这么做首先必须对他们一视同仁，要把他们当成一个统一的个体，要理解并接受这一真理：人类只不过是一个群体。”

韦杰的团队成员们早已熟悉了伊万·伊里奇的这副表情，他们读出了完全不同的意思，这层意思是从事这一艰难而危险职业的人都懂的：木匠任何时候都不应该先入为主地看问题。

伊万·伊里奇僵硬的脸上仿佛写着这句格言。

“我们都深信，自己明确知道自己想要什么。”伊万·伊里奇继续发表长篇大论，他脸上那副冷酷表情突然消失不见，变成了普通人的表情，“不管怎么说，我们学会了让自己相信这点。我们想要幸福，也正是为了幸福而选择自己的道路，常常是一场艰难的荆棘路。没有也不可能有两个完全相同的人，没有也不可能有两条完全相同的幸福之路。每个人都有自己的路，每个人都有自己的幸福。好了，开始讲我的故事，一个和女人有关的故事。单身中年女性，非常漂亮迷人，她预订了我这个有经验的、要价不菲的木匠。我去了，乌法市郊的一个简朴的住宅，看得出是被迫独居的，寡妇。屋里挂着死去丈夫的照片，还有一个摆着丈夫遗物的祭坛。房间的陈设很有品位，有很多旧书，几幅带有民族神秘色彩和宗教元素的画。房屋的主人是个文化人，但受制于或者说迷醉于丈夫强大的个性。我自然是直奔主题，问了三个重要问题，原来她已经是第三次钉碲钉了，都是当地木匠给钉的。我问她为什么要从远处花高价雇用木匠师傅？她说，上一次是五年前钉的，当时她丈夫还活着。他们俩一起选的碲钉。但是那时候，据她说，和丈夫一起完全是另一种情形。仿佛是另一种碲元素，为了别的目的。现在她的目的很特别，很重要，所以要求大师来做。没错，女士，我正是大师。我给她报了一个远途出工的标准价，她甚至都没有和我讲价。我感觉，这些钱她筹得并不容易。但是正如阿尔泰的谚语所说，别人的鸡眼并不能让你疼痛。所以我没再问问题，直接准备干活。但她阻止我说：‘木匠先生，请您等等，我想先给您谈谈我自己。’我说：‘女士，我们的职业道德要求我们不问客人的身世。’但她继续坚持，我断然拒绝：我不能也不想让自己的场超负荷。她开始流泪。我说：‘不行，不可能，这是行规。’她给我跪下。痛哭流涕，几乎歇斯底里。嗯，我说过是女人的故事，先生们，我警告过你们！”

“这似曾相识……”拉基夫苦笑着点点头。

“哦，何其熟悉！”阿诺尔德·康斯坦丁诺维奇赞叹道。

“对，对，熟悉！我的膝盖被一个迷人的、痛哭流涕的女士抱住。这是一幅让人揪心的画面，先生们。尽管我外表看起来柔弱，但在职业上我是一个原则性很强的人。我推开了抱着我膝盖的手。告诉她如果不是真的请我来干活，那么会被罚款，会受到整个行业的抵制和制裁。说完我拿起旅行袋，拖着拔钉器向门口走去。这时她急忙跑到丈夫画像的祭坛前，从桌子底下拿出一个黑丝绒的匣子，然后又跑过来跪倒在我面前。她打开了匣子，里面放着一块天然黄金，尺寸不小，那种很容易拉长的形状，大约有一点五俄磅①重。不过天然金块又如何？我对金子并不感冒，你们知

① 一俄磅等于 4095 克。——译注

道的。我说，女士，这块金子并不能动摇我的职业原则。她说：‘求您听一听我的故事。这可不是什么天然金块，这是我们的暴君下令浇铸成我丈夫喉咙形状的金子，是我丈夫留给我的唯一东西。’”

伊万·伊里奇突然停住。他没有看听众，而是将自己睿智灵动的目光投向树林外废弃长城边上一棵孤零零的小松树。

队员们都沉默不语。

“金块，”他继续说道，“喉咙形状的金块，而不是什么模塑品。嗯……总而言之，总而言之，同事们，我没法拒绝她。请不要指责我，我确实没法拒绝她。这是人之常情！没法拒绝。事实上，我也因此而付出了代价……她的故事非常感人。她死去的丈夫是一个民间即兴诗人和歌手。他演唱自己创作的歌曲，用三弦琴伴奏，在他们国家享有盛名，被誉为‘金嗓子’。他的歌曲不仅带有神秘哲学意味，而且揭露上流社会的习气。渐渐地这一主题开始流行，腐化的独裁国家为讽刺提供了丰富的素材。人民非常喜爱这位诗人歌手，送给他无数的鲜花、赞美和礼物。但是突然有一天夜里他被国安局的人抓走了，几天后他的妻子收到了这个装着金块的丝绒匣子。诗人歌手的尸体被秘密火化，骨灰被丢弃。在无耻而又无情的政府的指使下，诗人歌手被浇铸成金嗓子的模样。听完这个悲情的故事，我问寡妇：‘您为什么要把这一切告诉我？’原来，她想钉上钉子和自己的亡夫见面。如果这次会面成功的话，她会攒钱再买一颗钉子，为下一次见面而做准备。万一这次她死了，那么我要为她做证，证明她是为寻求和丈夫的永恒之爱而死，否则她的内心不会安宁。这就是这位美妇人的逻辑。我同意了。那次我去的时候没带助手，只有一个车夫。我做好准备工作，让她躺倒，开始钉钉子。结果钉歪了，女人丧失了意识，情况越来越糟，拔钉器也没管用。24 分钟后她死了。”

伊万 · 伊里奇从上衣口袋了掏出一个细长烟盒，点上烟，吐出一口气味芳香的烟。

“房子，我自然是烧毁了。拔钉器也不得不扔了。我是搭乘驿车绕远路回到哈巴罗夫斯克的，非常曲折，为的是行踪不被发现，多花了不少钱。这就是我的拔钉器的故事，先生们。”

他叹了口气。

“当我离开烧着的房子，回头望了一眼。我不是一个多愁善感的人，但是我记住了烟雾中照片上诗人歌手的目光。那目光仿佛告诉我，寡妇已经和他见面了。”

伊万 · 伊里奇抽了一口烟，不再说话。

“不破坏规矩太重要了。”谢尔什非常肯定地说道。

“死亡的原因是什么？是心还是脑的问题？”拉艾尔特问。

“脑。”伊万 · 伊里奇答道。

“女人的问题容易出在大脑。”拉基夫点点头。

“男人的心脏要弱一些，这也是常识。”阿诺尔德 · 康斯坦丁诺维奇伸手去摸烟，“嗯，伊万·伊里奇，很不错的故事。可以说，木匠的生活是非常凶险的。”

“拔钉器也烧掉了吗?”拉艾尔特大幅度地伸着懒腰，问道。

“拔钉器烧毁了。”伊万·伊里奇点头道。

“那块金锭您自然不会拿。”拉艾尔特坏笑道。

伊万·伊里奇恼怒地瞪了他一眼。拉艾尔特举手做投降状：

“对不起，愚蠢的玩笑。”

“傻子才开这样的玩笑。”拉基夫严肃地批评道。

“没错……”拉艾尔特又做了几个漂亮的舞蹈滑步。

“先生们，这是一个非常可怕的故事!”米基托克轻拍双手。“可以想象，房间里烟火缭绕，然后一个没有气息的美妇人躺在那里，而她爱人的照片挂在祭坛上，目光透过烟火，这种无声的指责……太恐怖了！这种景象任何人都很难坦然面对……你们知道吗，先生们，尽管我实践经验丰富，经历过无数鲜血和痛苦的呻吟，但每一次当有人死在我的小锤下的时候，我就感觉自己是刽子手。而且这种感觉无法消除！我明白你们会说我愚蠢，说我矫情，但我就是有这种感觉！理智上我明白，但这里……”

他用手指戳了戳胸口，不再说话，摇晃着漂亮的脑袋。

“亲爱的米基托克，那天我也感觉自己是刽子手。”伊万·伊里奇眯眼看着那棵小松树，不断地喷出散发着樱桃香味的烟雾。他丰满的双颊变得通红，看得出，他正经历着回忆的痛苦。

“伙计，当您对这个妇人说‘同意’的时候，您就应该感觉自己是刽子手了。”队长说道。

谢尔什和阿诺尔德·康斯坦丁诺维奇默默点头。伊万·伊里奇一言不发地抽着烟。

“您履行了你们之间的约定吗？”拉基夫问。

“当然。”伊万·伊里奇扔掉香烟，迅速从上衣内兜里掏出折叠的小精灵，展开并将其激活。

小精灵上方出现了全息图像——一个漂亮的巴什基尔女播音员用母语讲述着寡妇的故事。讲故事的过程中浮现出碲钉、诗人歌手、“金嗓子”、燃烧的房子、神社等图像。

“如今她丈夫的崇拜者们都知道，他寡妻的最后遗愿是与丈夫在阴间重续前缘。”伊万·伊里奇给大家翻译，尽管谢尔什、韦杰和阿诺尔德·康斯坦丁诺维奇都知晓巴什基尔语，甚至有时候他们会用业界名句相互调侃：“他完全能用巴什基尔语说话写字。”拉艾尔特和米基托克也多少懂一点这种语言。

“伊万·伊里奇的故事给我们大家上了严肃的一课，”阿诺尔德·康斯坦丁诺维奇说道，“尤其是现在，当我们要进入欧洲干活的时候，意识到这一点非常重要。应该在任何情况下保持专业精神，牢记木匠行规。队长，您怎么看？”

韦杰双手抱胸，说道：

“我要说的是，完全同意您的意见，阿诺尔德·康斯坦丁诺维奇。但这和欧洲没有关系。行规就是行规，它在任何地方对我们来说都是一样的，不管是巴什基尔，还是巴伐利亚。”

“木匠在任何地方都应该是木匠，”拉基夫点头道，“有 12 次我的客人想要我，而且这些顾客都非常好，有身份又漂亮，受人尊敬，有男有女……但我每次都严词拒绝。有人因此生气，甚至痛哭，其中一个格鲁吉亚男人还亲我的膝盖，但是我还是严词拒绝了他。如果用语言不管用，我就会动粗。他们就会明白。”

“欲望——是另一个主题，”伊万·伊里奇躺着说，双手放在后脑勺上，“战胜欲望要比战胜这种情况容易，容易多了。”

“这里不需要任何道德律令。”队长站起来，双手抱胸在地毯上来回走着，“逻辑很简单：亲爱的先生或女士，您的要求无法满足，因为这首先对您不利。”

“假如我是机器人，我就会这么回答她。”

“在工作中我们就应该是机器人。”谢尔什插话道。

“不是所有人都能如此。”

“木匠不应该是机器人。”

“有时候必须是!”

“不同意，机器人没有自由意志。白泵要求绝对的自由意志。”

“在遵守行规方面应该是机器人，白泵是人制造的。”

“机器人和人的区别在于有无灵魂。”

“如果不喜欢机器人这个说法，可以换一个词：外科医生。”

“有时候这管用。但仅仅是有时候。”

“外科医生不应该对自己的病人心软。”

“我们不是外科医生，我们的客人也不是病人。”

“我们不是外科医生，这没错。”队长在躺着的伊万·伊里奇对面停住，“我们不是给人们治病，而是带给他们幸福。这比切除穷流浪汉肿瘤的开腹手术要强一百倍，因为切除肿瘤并不能保证他幸福。切除只不过让他感到轻松而已，但这不是幸福。幸福不是药，也不是毒品。幸福是一种内心状态，而碲恰恰能营造这种状态。”

“没错，给流浪汉脑袋上钉一颗碲钉，他就会变得幸福，”伊万·伊里奇看着渐渐放晴的天空，喃喃自语，“所以根本无须关注他的肿瘤。”

“正确！”韦杰站在伊万·伊里奇上方说道。

伊万则没看队长，而是望着春日万里无云的天空。这天空里已经显现出落日的征兆。

“我们不应该把别人的因果搬到自己身上，甚至一点细节都不行，”队长继续说道，“尤其是在如今这个战后的新世界里。请看看我们的欧亚大陆：在意识形态乌托邦、地缘政治乌托邦和技术乌托邦相继崩溃后，它终于陷入美好而开明的中世纪。世界变成了人的舞台，民族找到自我，人不再是技术的总和，大规模生产已经穷途末路。我们钉到人脑袋里的钉子没有任何两颗是一模一样的。人们重新找回了原初的物质感，开始吃健康食物，重新坐回马背，基因工程帮助人们感知自己真正的大小，人们重新开始信仰超验的东西，重新找回时间感，我们再也不四处奔忙，最重要的是，我们明白，世界上不可能有技术天堂，甚至天堂都不存在。地球对我们而言就是一个需要不断征服的岛屿，每个人都必须自己选择征服什么和如何征服。”

“对。我们不该剥夺人选择的权利。”阿诺尔德·康斯坦丁诺维奇说。

“这是罪过。”拉基夫说。

“虚伪的同情也是这样的罪过。”队长做了总结陈词。

杜奈吃完了一大堆干草，悠闲地站着，半闭着眼睛静静呼吸。快要落山的太阳照在它暗褐色的背上和远处那棵松树的树干上。车夫在自己的驾辕位上打盹。

“是的，我有要克服的东西，”伊万·伊里奇坐在地毯上叹道，“另外，队长，我的故事已经讲完，现在该您了？”

“该我了。”韦杰非常淡定地答道，仿佛早就等待这一刻了。

“我们洗耳恭听。”

“我的故事很简单。黑山共和国。一个上年纪的人。并不富有，普通的退休人员。攒足了钉钉子的钱，邀请我去。我给他钉，结果钉歪了。开始上拔钉器，还不错，成功拔出钉子。老头苏醒过来，用塞尔维亚语对我说了两个词：‘没有上帝’。故事到此结束。”

队长大声咳嗽了一下，走向那棵小松树。

队员们目送着他，眼光里透着满足。

“简洁是天才的姐妹……”阿诺尔德·康斯坦丁诺维奇笑道，突然打了个冷战，“不过天凉了。”

“凉意来自废墟。”拉艾尔特捡起一根干草，不满地放入口中嚼起来。

“我去睡觉了。”米基托克费劲地从地毯上起来，朝杜奈走去。

伊万·伊里奇更加费力地、喘着粗气站起身，跟着米基托克。

队长走到小松树前，开始对着树干撒尿。城墙的废墟上面飞过三只乌鸦，之后又飞过去两只。

拉基夫轻松地站起身，来了个前空翻。他口袋里的小精灵发出唧唧的响声。

“细节在哪里？”谢尔什看着正在撒尿的队长，悄声问道。

“在哪里？”拉艾尔特眉毛一扬，说道，“在钉子里。”

二十九

木匠尤列克叔叔一大早给我钉了碲钉我躺了一会儿喝了点草茶叫醒彼拉特检查了携带的武器然后跳窗而出坐地铁到目的地出

站卡济米什在空中向我报告说包围了大楼里的7号房间我隐藏起来用导航仪测出了那畜生的位置立即向它飞奔过去我想它会走下面的供热系统于是准备了雷电枪但是它似乎感觉到我和彼拉特的围剿于是顺着废墟快速爬到上面以至于尘灰飞扬我把雷电枪背到肩上从枪套里掏出霰弹枪并放开彼拉特让它去嗅嗅气味以免那畜生向上逃窜但是我们知道它要去哪里它要冲到车展那儿有缺口可以通过它们进入公园到公园就谁也抓不住它了我们就要半路拦截它并切断它的退路它于是绕圈乱跑上面有卡济米什后面有围堵的人它无处可逃彼拉特狂吠一声开始抓捕那畜生硬往上闯所到之处噼啪作响我在下面飞奔彼拉特狂吠着跑在前面而那个畜生突然右转从四楼的洗衣房跳到下面的超市然后继续狂奔我追赶中连发两枪都没有打中然后看见它的影子一晃是一个大约一吨半重的大家伙那大爪子让你看着就会大便失禁我和彼拉特从窗户里钻进超市我立即向四面扫射打出六发子弹可是它在超市另一头那边都是罐头它正在轻松地破墙而逃彼拉特紧追上去我大喊回来不行自己紧跟上去刚看清那畜生就一闪而过遁入地下室没办法它是母狗能感知哪里有洞这时候我突然灵机一动往洞里扔了颗炸弹自己往外跳开从右面绕过去炸弹响了我和彼拉特正从右边绕过我掏出雷电枪对着炸裂的口子连发三枪听到地下的哀嚎声说明打中那畜生了我看见售烟亭后面的柏油路向上翘起来就明白那畜生要从地下蹿上来我掏出霰弹枪压入一弹夹子弹将彼拉特拉回身边它正在向前冲

我命令它蹲下等那畜生出来你再追这时候柏油路面突然裂开那畜生跳了出来正好位于大街中央我用尽全力射它运动路线的前面其中一枪打中了它只听见一声狗吠然后是楼内玻璃碎裂的脆响我放开彼拉特它直奔街角我紧紧跟随看见那畜生又爬上楼去顺着阳台逃窜我又开了三枪又打中了它翻身进了房间没了声息我准备好枪榴弹彼拉特对着那畜生不停地叫着我从正门进去上了六楼对着它所在房间发射榴弹一声巨响它飞了出去我听见阳台有动静彼拉特停止了吠叫我跳到角落里看见它从锅炉房穿过几家小商店到了麦当劳沿着林荫道向前速度已经没那么快这母狗块头太大从未遇到过这么大块头的可能是在炸毁的电影院里吃尸体吃肥的我立即向它开枪射击但是尘土太大而且有树挡着子弹全部泥牛入海彼拉特刚赶上它它跳窗进了时装店我喝住彼拉特不让它跟进去我跑到近前看见窗台上有血迹明白它伤得不轻彼拉特在狂吠我从左边绕过去用枪榴弹对准窗户打出一发榴弹紧接着又一发它从跳进去的窗口又跳了出来我紧紧追着它看见它跑得已经不那么快了贱货估计体力快不支了它开始跑向住宅区我从门洞绕过去堵截它彼拉特跟着我我看见导航仪上显示它正向我们这边跑来我们将会在门洞这里遭遇彼拉特要向前冲我按住它的嘴说别叫别动它一口就把你吞了我单腿蹲下为了方便射击那畜生向我冲过来我等它走近对着它胸部开了一枪居然爆炸弹都没将它击退它怒吼着冲过来我等它的头过了门洞瞄准它的眉心放了一枪没打响又开了两枪都没打响它

离我只有三米远了我伸手掏手枪它已经举起自己的大手指甲有半米长我掏枪的时候绊了一下仰面跌倒我想这下完了你的末日到了这时彼拉特跳起来咬住它的手它转向彼拉特我站了起来跑上前对着它的头用手枪啪啪啪啪啪啪啪啪啪打完一弹夹的子弹我的脸上溅满了脑浆它轰然倒地彼拉特在它身下尖叫着我抓住这个畜生的头想把它拉起来但根本无法移动这个大块头我气喘吁吁地对彼拉特说亲爱的彼拉特你忍耐一下然后环顾四周看到地上有一根管子我抓过来撑起那畜生费了九牛二虎之力把它推到一边彼拉特躺在下面哀嚎不止我看见它的肠子从肚子里露了出来这个畜生还是抓破了它的肚子我叫着亲爱的彼拉特解开自己的密闭飞行服拽出自己的衬衣撕开把彼拉特的肠子装回肚子里用衬衣给它包扎好抱起彼拉特感觉它的肋骨也断了这个畜生居然把它压伤了我对空中的卡济米什大喊救援自己抱着彼拉特沿街狂奔这时我听见卡济米什飞了过来彼拉特哀嚎不止我在想把它送进医院缝了针就会好的我跳上卡济米什的背大喊着快向东南飞那儿有一家德国马丁路德医院卡济米什飞过门洞看了一眼大叫一声说你怎么把这个家伙干掉的就是这样干掉的我说米哈希欠我一瓶酒和一根半磅钉现在卡济米什你全力往医院飞吧彼拉特需要缝合伤口彼拉特喘着气看着下面的城市我们很快飞到地方卡济米什落地我抱着彼拉特下来没有再跳着跑以免晃动当我稳稳地把它送进医院的时候我亲爱的彼拉特张了一下嘴然后头一歪再也没了气息完了我的彼拉特没了。

三十

“我亲爱的，您怎么能记得您出生前的那些时代呢?！而我打小就记得首都莫斯科，记得烧汽油的汽车。唉，那时候车太多，莫斯科市内根本开不动车，到处都堵车，您明白吗，而且所有的车总是脏兮兮的，对，不知为什么总是脏兮兮的！”

“为什么呢?”

“这是个谜，我也不明白！不过我记得很清楚，当时我们住在列宁大街，每天早晨我带着我家的西班牙犬博恩卡出去遛弯的时候，都要穿行在这些肮脏的汽车之间，走过‘莫斯科’百货商店，进入少年宫公园。”

“名字真好听。少年宫里真的住着少年吗?”

“听我说，我根本不知道谁住在那里，可是我清楚地记得公园里的草坪，混凝土石碑和遛狗的人。我还记得当时的商店，里面的东西琳琅满目。那种带小棍的吮吸甜食有个可笑的名字——棒棒糖。您知道吗，我甚至记得俄罗斯的最后几位领导人，他们都很矮小，说话比较怪，好像小学生，一个个精神抖擞，血气方刚。其中一个会演奏乐器，好像是电子曼陀林琴，另一个喜欢运动，这在当时很时髦，甚至有一次还和大雁一起飞了一会儿。”

“和大雁一起?”

“没错，和大雁，就是和大雁，您想不到吧！”

“他那时就有专业的飞翼吗？”

“没有，瞧您说的，那时候谁都没有专业飞翼，他是驾驶某种飞行器，似乎摔断了……腿还是手，记不清了。”

“有点奇怪。”

“那时候怪事还真不少。接收器被称作电视，上面整天放的不是杀人就是搞笑的东西。我记得有个胖子叫博艾特·博艾托维奇·格拉日丹尼诺夫，是个小型文艺节目演员，特逗，他出场的时候永远穿一条花条女式泳衣，扎一个蝴蝶结，拖长声调朗读自己写的打油诗，而后做芭蕾舞中的跳跃动作，拍得两只肥腿噼啪作响。这种拍腿法不知为什么被称作‘对立’。而此时，他的无腿搭档在舞台上，您知道吗，板着一张饱经风霜的脸坐在马车上，对着瓶嘴吹伏特加，大骂所有的人。”

“老实说，的确有点怪……”

“还有，我记得那时候有许多各种各样的节日，而且都很奇怪，比如说极地工作者节，或者棕熊节，而且必须庆祝，召集客人来家，做俄式沙拉，喝伏特加，给狗熊穿上盛装，唱这首歌：‘我住在自己的熊窝，我有毛茸茸的双腿……’我记得一个很大的标语牌，上面写着：‘斯大林霍乱战胜希特勒鼠疫的伟大胜利万岁！’”

“我知道，那时候人们并不互相鞠躬致意，也不尊敬上级。”

“没错，没错！夏天也不戴帽子！”

“据说，这么做就是为了不鞠躬致意的。很荒唐，对吧？女人穿得也不像话，不仅露肚脐，而且还在上面打钉。您记得有这样的美女吗？”

“肚脐上打钉的女人？有什么奇怪的？我们白海共和国夏天女人们也是穿着很暴露的。我们可不是你们的莫斯科国……亲爱的，扶我站起来……就这样……谢谢，谢谢……我最好这么站一会儿……这样呼吸顺畅些……”

“那莫斯科究竟是什么样的？”

“您知道吗，我觉得它很大，名声很响，有点土气，忙乱。我婶子住市郊，我和父母开车去看她，要走很长的路，一路上到处都是这种脏兮兮的车，车海，您懂吗，像大海一般涌动，我们差不多要开一天车……”

“那时候有马吗？”

“一匹马都没有！”

“不可能！”

“相信我，亲爱的，一匹都没有！那时候人们只开烧汽油的车。如今你们的莫斯科散发着粪臭味，那会儿散发的都是汽油味。”

“所有人都开汽油车？”

“对，所有人。”

“太腐败了……接着说莫斯科吧。”

“对，莫斯科……您知道，这个城市人口密集，人太多。”

“没有围墙吗？”

“没有任何围墙，哪儿都没有。”

“每个人想住哪儿住哪儿？”

“能住哪儿住哪儿。每个人只要有钱，想买哪儿的房子都可以。没有阶层，只有富人和穷人。”

“您记得莫斯科大饥荒吗？”

“我运气好，混乱刚开始我们就去了哈尔科夫的奶奶家。如果当时我父亲没做这个决定，我现在就能给你讲大饥荒！毫无隐瞒！也许，没人能讲大饥荒的故事了！”

“后来你们回来了，但没有回莫斯科。”

“第一次战争刚结束，白海国成为民主共和国之后，我们就从哈尔科夫到了那里。”

“为什么不去莫斯科呢？”

“当时你们正在举行国君加冕礼。”

“您害怕君主立宪制？”

“和君主制没关系……我父母总是有点担心莫斯科。害怕。毕竟那时候发生了很多事情，有传言说那儿发生了人吃人的事情，您明白吗，大家都见过这些可怕的场景……”

“但这一切都过去了，国君完全控制了局势。吃人的人和趁火打劫的人都被吊死在广场上了。”

“没错，当然一切都恢复正常了。但总是……我父母不知为什么不想回来，您明白吗。有很多议论涉及禁卫军暴行以及他们驾驶的红色带扫帚的车……”

“这些东西更多的是流言，而非事实。没有特别的暴行。”

“这些绞刑可是铁证，还有鞭刑……”

“这是必需的。否则怎么稳定局势？”

“我也不知道……在我们白海国就没有禁卫军。”

“那是有德国人和芬兰人帮你们，莫斯科国是靠自己崛起的。”

“对，是他们帮了忙，能不帮忙吗……这是‘诺伊伯特—马礼年计划’。这计划很见成效……这么说吧……摩尔曼斯克从灰烬中重生，从阿尔汉格尔斯克赶走了伊斯兰分子……”

“那您的婶子呢？还在莫斯科吗？”

“婶子……她音信全无……我不记得了……我从儿时那次拜访后再也没有见过她。我妈说，婶子从莫斯科打过一两次电话，之后就没有联系了。永远消失了。”

“那您从那时起一次也没去过莫斯科国？”

“一次都没有！如果我现在到莫斯科，我会分辨不出……”

“莫斯科河南岸区和莫斯科郊区？”

“对，对！什么都分辨不出了，认不出……亲爱的……现在帮帮我……就坐在这儿……”

“没问题。”

“谢谢您。好极了……坦白说，我很满意你们现在的国君。他访问白海国的时候我听过他的演讲。他是个认真的人，您知道吗……我感觉是个聪明人。”

“我们的国君是个睿智的领导人。我们非常爱戴他。您不知道，在他的治理下莫斯科繁荣发达，整个莫斯科国都是如此，莫斯科郊区也大变样了，一切都令人赏心悦目。”

“我听说了，你们再也没有城市供给的问题了。”

“早就没了！市场繁荣，集市热闹。这种景象在你们白海国见不到。”

“可是我们有鱼，莫斯科人可是爱吃我们的小鲱鱼！”

“那可不是白吃的啊？”

“那倒是！您知道吗，亲爱的，我听说你们那儿欺负小孩子？”

“胡说！诽谤，造谣。”

“可是所有小孩同时从莫斯科和莫斯科河南岸区被迁到莫斯科郊区。有好几千人，不是吗？用特制的渔网抓捕流浪儿？”

“一切都应该井然有序。城市里必须消除疾病传播的风险和卫生隐患，再说了这些流浪儿中有多少入室窃贼？太可怕了！国君保证给所有人提供同样的便利和同等的权利，但法律就是法律。”

“对，对……王法无情……但我发现你们国君确实不喜欢小孩。据说他有某种情结……和他妻子有关……”

“无稽之谈。这都是欧洲人、乌克兰人和你们白海国人在造我们国君的谣。他是一个非常仁慈的人。”

“还有人说，他没有拔出脑袋里的碲钉。”

“哦，关于这个我都不屑于评论！”

“这是谣言，对吗？”

“您想想，脑袋里有钉子的人怎么能够统治一个国家？！”

“但是现在很多人都这么活着……这是一个碲钉的时代，可以说……”

“都是些瘾君子，神经病。他们有什么可称道的地方？怎么能和我们的国君相提并论？他脑袋里装的不是钉子，而是对国家和臣民的关心。您知道吗，我妻子是一个比较无耻和功利的人，就连她也常常说：‘亲爱的，我们总归还是幸福的，因为我们有这样一位国君。’”

“我正好相反，我会说：‘我们没有这样的国君，真是我们之大幸！’”

三十一

“你先给我拿酒来，让我喝饱了，然后我就去把这事给你办了。”外号叫“斑鸠”的大个子挠了挠自己的大手，这手有点像橡树露出地表的根。

“我们正在给你拿酒，这就给你送过来!”索夫龙将大檐帽按在胸口，不耐烦地说道。

“你们哪儿有酒，能让我喝饱?”大个子提高的声调，仿佛快要哭出来了。

“这不正在给你推过来吗，已经到了!”索夫龙也提高了嗓门，挥挥帽子指向仓房敞开的大门。

“斑鸠”坐在仓房的一角，紧盯着大门，似乎在红棕色头发的索夫龙说话之后，将有重要的东西从7月满是尘灰的空气中闪亮登场。可是从大门处看见的还是那块正在成熟的黑麦地，树丛，然后是马铃薯地，再远处是一片林带和正在西沉的夕阳。大个子用怨恨的眼神看着傍晚的风景。

“您的酒到底在哪儿?!”

仿佛变魔术般地，大门口出现了三个推着大木桶的小伙子。其中一个小伙儿手里拿着一个空桶。

大个子不说话了。他那张让人想起超大马铃薯块茎的脸上依然保持着愤怒的表情。

“这不来了吗!”索夫龙恶狠狠地用大檐帽拍了一下自己皱巴巴的靴筒，长出了一口气。

小伙子们把大木桶滚到仓房坑坑洼洼的地面上。大个子在角落里迫不及待地站了起来，整整四米的身高。“斑鸠”穿着一件绳子编织的偏领长衬衫，毛纺裤，光脚穿着麻绳编的草鞋。他的腰带上挂着一个带小锁的塑料腰包和一个耙子形状的木梳子。看见大酒桶，大个子立即变得和颜悦色。

“这不是吗，你还不相信。”索夫龙用靴子头踢了踢酒桶。

“你们真行……”“斑鸠”向酒桶竖起了大拇指。

“现在就打开。”一个小伙子立即明白了情况，拿出刀开始去除桶箍。

另外两个小伙也掏出自己的小刀上前帮忙。索夫龙平静地戴上大檐帽，掏出烟卷，开始抽起来。

“我要这一桶都是我的。”大个子的脑袋都快碰到仓房房檐的椽子了，他霸气十足地走向酒桶。

“整桶都是你的，这是我们说好的。”索夫龙抽着烟，点头道。

小伙子们从酒桶上取下桶箍，揭开桶盖。桶里装满了自酿酒。

“赶紧，谢雷，舀一桶。”索夫龙命令道。

小伙子小心地把小桶放进了大桶，舀了满满一桶，端出来。“斑鸠”的大手立马伸过来，像抓杯子一样接过小桶。

“放开整吧。”索夫龙甩了甩红棕色的刘海儿。

“斑鸠”小心翼翼地把小桶凑到嘴边，一饮而尽。他仰脖的时候后脑勺碰断了一根房檐的板条。他的头仰了一会儿，仿佛在思索某种高深的东西。然后他叹了口气，叫了一声，把空桶递给小伙子们，后者连忙继续盛酒。

“斑鸠”喝了三桶之后心满意足，噘着嘴唇吹起了口哨，一股上等好酒的香甜气味从三个小伙的头上飘过。

“这就完了吗?”“斑鸠”问。

他的脸颊通红。

“上小吃。”索夫龙对小伙子们说。

他们从上衣口袋里掏出大片的面包和装在纸袋里的腌猪油。“斑鸠”把小桶扔到角落，两手伸向小伙子们。小伙子们把面包片和腌猪油全部放进他的手中。“斑鸠”将食物放到嘴里开始贪婪地大嚼，吃完后用粉白的大舌头遍舔两个手掌，然后在裤子上擦干双手，打了个响嗝，震得酒桶里自酿酒的表面都起了波纹。

远处传来一架手风琴的声音，接着是第二架和第三架手风琴的声音。

“哇哦!”索夫龙竖起大拇指，“你听见了吗?”

“斑鸠”点点头。他的眼睛黯然下来。

“你可不能害了我们，斑鸠。”索夫龙用手掬一捧酒喝尽，摘下帽子，把手在后脑勺上抹了抹。

“我……”“斑鸠”信心满满地点点头。

“别骗我们啊!”索夫龙笑着对“斑鸠”做了一个威胁的手势。

“走吧，伙计们。”索夫龙甩了甩头，消失在门外。

小伙子们尾随而出。

“斑鸠”看了一眼落日，咧嘴一笑。他从腰带上取下梳子，开始梳起自己淡褐色的长发。

晚上在大索罗乌赫村的新俱乐部里正在进行第三场竞舞晚会。这最后一场晚会是两个村子舞林高手的较量——大索罗乌赫村和小索罗乌赫村。两个村子相距三俄里多一点，隔着一条小河茹尔纳，河里有鲈鱼和鮈鱼。大索罗乌赫村有 105 栋房子，小索罗乌赫村有 62 栋房子。大索罗乌赫村里住着木匠，小索罗乌赫村里住着细木工。大索罗乌赫村里酒鬼很多，小索罗乌赫村里的酒鬼相对较少。大索罗乌赫村里富农有尼基塔·沃洛霍夫和彼得·萨姆索内奇·古博特依，小索罗乌赫村里几乎半个村子都是富农。大索罗乌赫村只有一辆车，而小索罗乌赫村有七辆！小索罗乌赫村的人在农忙时节雇用大索罗乌赫村的人割草垛草，收割黑麦并脱粒，秋天的时候挖马铃薯，就连小索罗乌赫村的姑娘们都更漂亮更会打扮，身材也更好。至于竞赛舞蹈——还是老奶奶阿加菲娅说得中肯：“每年都在斯帕斯·雅布洛奇内举办舞蹈比赛，两个村哪个会赢却不好说。”大索罗乌赫村人曾有过三连胜的纪录，而小索罗乌赫村人也曾经有过辉煌的战绩。奖杯在两个村之间流转。在这决定胜负的第三场竞舞晚会上奖杯里倒满了至醇的自酿酒，这酒属于获胜的一方。小索罗乌赫村的人厌倦了诚实比赛，去年夏天他们决定弄虚作假：他们在弗拉基米尔的集市上雇用了一个矫捷的舞者，给他脸上贴了一张真皮面具，冒充小索罗乌赫村最有名的舞者——霍赫拉乔夫兄弟——的弟弟。这个冒充者来参加比赛，跳了三个晚上，赢得了盛有自酿酒的奖杯。来自莫克雷村的几个老头裁判根本没看出来。小索罗乌赫村人在自己村的酒馆里庆贺了三天。但是纸包不住火——一个瘸腿运水工萨什卡在车站啤酒馆说漏了嘴，大索罗乌赫村人才知道被骗了。于是他们决定报仇雪恨。

风琴手停止了演奏，甩了甩汗津津的刘海儿和废碲钉做的耳坠，汗滴在拥挤的俱乐部浑浊的空气中四处飞溅。大索罗乌赫村的最后一位舞者尼基塔·斯拉姆诺依正在做舞蹈的结束动作，把食指伸进口中，猛弹脸颊，做出开瓶子的声响，然后双手摊开：舞蹈结束。穿着完全湿透的丝绸衬衫，他在观众们的掌声和口哨声中大摇大摆地走向自己的伙伴们。

姑娘们急忙给舞者递上克瓦斯。

坐在圣像下面的来自莫克雷的六位老者颔首赞许，相互交流意见。过了不大一会儿，最年长的一位挥了挥白手巾：小索罗乌赫村的最后一支舞。

风琴手拉开风箱，音乐声骤起。小索罗乌赫村的人让出一条路来，谢廖恩卡·霍赫拉乔夫跳到了俱乐部中央。他打了一个响亮的口哨，飞快地来了一个剪刀腿，在空中完成了两次碰腿，落下，旋即又跳起落下，然后跳起来，两腿像圆规一般分开，双手背后，撅起屁股，像公鸡追母鸡一样绕圈跑，小碎步直奔大索罗乌赫村人，冷笑着，挤眉弄眼，整个表情仿佛在说：我们现在就要把盛满酒的奖杯拿走。

可是还没等他转完两圈，突然他脚下的云杉木制的新地板震动起来。舞者一慌之下，跳错了步子。

地板又震动了一下。小窗也叮当作响，圣像被震落。

姑娘们发出尖叫。

紧接着又开始震动起来。

木墙发出断裂声，开始摇晃，倾斜。

莫克雷的裁判老头们坐在椅子上滑动，仿佛滑冰。

人群发出尖叫和哭号。

惊慌失措的舞者被倾斜的地板带向大索罗乌赫村人的那一边。索夫龙抓住了他，一言不发地往他脸上涂抹着什么东西，然后大家就看见索夫龙手中拿着一个真皮面具。而除去面具的那个人正是弗拉基米尔的舞者。

这时候地板停止了震动，仿佛一切都没有发生过。

“这就是在你们面前跳了三天舞的谢廖恩卡！”索夫龙一只手抓着舞者的后脖领子，将其推到裁判跟前。

另一只手里拿着面具。

所有的人都发出了惊叹。老头们瞪大了眼睛。小索罗乌赫村人很快从惊慌中回过神来，匆忙地鱼贯夺门而出……

为小索罗乌赫村人送行的场面十分嘈杂，整个大索罗乌赫村的人都出来了，一直送到小河边。有的人用棍棒，有的人用拳头，有的人甚至拿着门轴。人声和巴掌声响彻整个夜晚。

而立了大功的“斑鸠”喝完了剩下的半桶酒，醉卧在老仓房后面的低洼处，扯着震天响的呼噜，吹得荨麻乱晃，吓得夜晚的动物和鸟儿四处逃窜。

三十二

“真品！快把真品拿来，见鬼！”施泰因大叫着，用啤酒杯敲着桌子，杯中的啤酒四溅，一如巨人之精液。“腐烂的沃洛霍夫！沃洛霍夫——秘密黑暗世界和光明世界的联结者！沃洛霍夫——美德的撕裂者！真品！快点把真品拿过来，否则我像撕鱼一样撕了你！”

气质忧郁的沃洛霍夫挥了挥双手，像一只被野人剥了皮又放归丛林的猩猩：

“真品在您的记忆里，施泰因，努力回忆一下吧！”

施泰因吼叫着把啤酒倒向他：

“真品——品——品!!!”

纳斯坚卡尖叫一声，两手一拍道：

“沃洛霍夫，你妈的自来水笔！别破坏了层次！”

然后大笑着，仿佛渴望变成一个偷笑的大理石雕像，留在沃洛霍夫的画室里。最近一个月她特别喜欢恶魔般地尖叫和文雅地骂人。

“安德烈，我们都渴望看到真品，”普利斯奇拉一本正经地说道。她坐在虚胖的满身是汗的阿普杰卡里腿上，而后者的脑袋里钉着一颗碲钉。“不能相信记忆，尤其是在我们这个时代。”

从厕所里出来的科涅奇内依向所有人做了一个嘲弄的手势，为自己倒了一杯烈性甜酒，一饮而尽。

“真品——品——品！”施泰因咆哮着。

“真品！”纳斯坚卡尖叫着。

“真品……”普利斯奇拉翻着白眼，抚弄着阿普杰卡里巨大的生殖器。

沃洛霍夫不耐烦地说：

“你们是一群可怜的柏拉图信徒，在洞穴里对着影子自慰！影子，影子就是你们的真品！去抓影子啊！”

他跑到小精灵跟前，用瘦骨嶙峋的手指戳了一下它。画室变得昏暗起来。中间出现了爱德华·蒙克①著名画作《克里斯蒂安尼亚的波希米亚人》的全息图像。没错，这是皮亚特内什科在诗

---

① 爱德华·蒙克（1863—1944）：挪威表现主义画家和版画复制匠，现代表现主义绘画的先驱。

人葬礼前说出的最后一个想法。葬礼非常混乱，恍若进入地狱，大家都很迷狂又孤独。但是皮亚特内什科这个满脑子奇思妙想并跃跃欲试的家伙提醒了大伙儿，也让大家因此而不安。现在总算到了实现这个想法的时刻了。沃洛霍夫不大痛快地支持了这一想法，纳斯坚卡招来了自己的长臂偶像，普利斯奇拉不无嫉妒地加入进来，而施泰因总是很好说话。人员确定后，选定在夜里。黑夜来临了，这是一个静谧到无感、疯狂到失忆的夜晚。

蒙克的画占据了画室的整个空间：六个波希米亚人坐在一个长条桌两边，顶头是一个面露微笑的妓女。皮亚特内什科看到自己挚爱的画作血液突然凝结在血管里，他一下子晕倒在画室洒了啤酒的木地板上。

“你不能，甚至没有权利晕倒！”施泰因大叫起来，用脚踢皮亚特内什科。

“他是因为有可能实现梦想而晕倒，因为有绝好的暂时失去自我的机会而晕倒！”纳斯坚卡尖叫道，拍了拍手，“吼吼，真他妈棒极了！”

普利斯奇拉往嘴里吞了口酒，然后喷在了皮亚特内什科的脸上。他慢慢清醒过来。

“我的痛苦，请你明智些，请多多忍耐①。”普利斯奇拉大声

---

① 出自波德莱尔的诗集《恶之花》。

朗诵道。

“我自幼不喜椭圆，我自幼只爱杀戮，”躺在地板上的皮亚特内什科带着得偿所愿的微笑答道，“扶我起来。”

施泰因和沃洛霍夫粗鲁地把他拽起来，故意摇晃他的身体，仿佛希望把皮亚特内什科期待梦想实现的甜蜜从他心里抖搂出来。

“我们来分一下位置。”皮亚特内什科发白的嘴唇间含混地冒出几个词。

“我在这儿，在这儿！”纳斯坚卡尖叫着站到妓女的位置上，双手叉腰，“这是我的位置，可恶的杂种们！”

“这位置非你莫属！”科涅奇内依打了个响嗝，坏笑道。

“阿普杰卡里！这是你的位置！”施泰因指着画中那位眼白特多的先生的位置。

阿普杰卡里不大情愿地坐到那个位置上。

“我坐这儿。”普利斯奇拉给自己选了一个看不太清楚性别的角色，这个人在画中斜眼看着端坐身边的忧郁大胡子。

“我坐你旁边，聪明的普利斯奇拉！尽管我没有大胡子！”施泰因闷声说着，坐到大胡子的位置上。

“沃洛霍夫，您的位置在第一排！”皮亚特内什科奸笑道。“啊，您和他多么像！啊，这一对空洞的深陷的眼窝！啊，这张病态的瘾君子的脸！”

“我无所谓。”沃洛霍夫以视死如归的架势走进画面，坐到瘾君子的位置上。

科涅奇内依扮演的角色是一位长着翘鼻子小胡子的圆脸先生，皮亚特内什科带着梦想即将实现的激动，坐到桌角的位置，在画里那位先生看着妓女旁边的某个地方。

“准备拍照。”皮亚特内什科兴奋地宣布。

所有人屏住呼吸。小精灵按下快门定影。

“解散！”施泰因喊道。

大家散开。只有不幸的皮亚特内什科不愿意离开梦想实现的地方。他一直坐在原位，把头缩进双肩，紧紧地盯着远处的角落，仿佛那儿，在蜘蛛网和露出底色的软管之间裂开了一道黑色的缝隙，向他送来死亡的空虚，或者是美好新世界的景象……

“给我们展示一下两幅画！”沃洛霍夫命令小精灵。

画室里出现了两幅画的全息投影——19 世纪末的克里斯蒂安尼亚和 21 世纪中叶的圣彼得堡。

所有人，除了呆坐着的皮亚特内什科，都把目光投向影像。

“我没发现有什么大的差别。”沃洛霍夫确认道。

“完全一样！”施泰因哈哈笑道，把啤酒泼向投影，“我的精神被欲望的大火无情地烧尽！”

“感谢陨落的流星，我们是一样的！”科涅奇内依打了一个嗝，咽下一口苦艾酒。

“我更可恨！我更真实！”纳斯坚卡尖叫起来，把一杯红酒扔进了挪威名画的投影里，“靠，我在画里多漂亮!”

“可我想去那里……”普利斯奇拉对着酒杯悄声说道，“梦幻般的彼岸，难以想象……”

“我来到这个世界，是为了看见太阳。”阿普杰卡里大声引用着诗句，放了个响屁。

“现在开始狂欢!”施泰因扔掉酒杯，拍手提议。

“狂欢！狂欢！狂欢!”纳斯坚卡大叫着附和。

“狂——欢……”科涅奇内依敞开了自己的黄衬衫。

“狂欢就狂欢……”普利斯奇拉对着酒杯笑道。

“狂欢——狂欢。”阿普杰卡里放着屁，拉开自己的裤子拉链。

“狂欢……”沃洛霍夫点了点秃头。

只有皮亚特内什科仍然一动不动地坐在原处，把头缩进双肩，死死盯着那个黑暗的角落，泪水顺着他未剃的脸颊流下。他在那片黑暗的角落里看见了什么？也许，他自己都不知道。

三十三

维克多·奥列格维奇醒来，钻出被窝，戴上窄框墨镜，站到镜子前，往脑袋里钉入碲钉，穿上蒙古袍，走进冥想室，冥想了69秒。之后进入厨房，打开冰箱，取出一个装有红色液体的纸盒，倒入杯中慢慢啜饮，透过紫色的窗户看着白天的莫斯科。喝完饮料他转到健身室，脱掉袍子，跳上自行车健身器，在雨滴音乐的伴奏下蹬脚踏69分钟。然后去淋浴房洗了冷热浴，洗完澡他套上钢色皮制飞行服，走上阳台，锁了阳台的门，展开双翼，翱翔在莫斯科上空。当飞过沃兹德维仁卡大街和果戈里街心花园后，他开始向左滑翔，迅猛而惊险地穿过耶稣救世主大教堂顶上的十字架林，惊起两只乌鸦，朝着莫斯科河俯冲过去，常规性地用一翼划过水面，然后再拉升高度，长久地停在“沼泽”广场上空，滑翔，盘旋，再升高，滑翔。他发现，抗议人群于莫斯科时间15：35开始会集。早先在突破铁丝网时受到打压的人群，被软化的人群以及各种抗议人群都涌向“沼泽”广场，汇成一个统一的群体，占据了几乎整个广场。抗议人群群情骚动，时而聚集，时而散开，时而涌动。在这关键时刻从克里姆林宫方向开始不断闯入分散力量，抑制抗议人群的蓬勃壮大。在卢比扬卡[①]实验室里培养和锻炼出来的抗议人群稀释剂一直潜藏在抗议人群当中，他们现在接到稀释的命令，立即开始了积极的行动。抗议人群的啤酒软化剂都站在抗议者的周围，他们开始使用自己的软化手段。抗议者们感觉到了力量的削弱，开始消极反抗那些稀释者、软化

① 卢比扬卡：莫斯科的大街和广场的名称，在非正式场合常用来指代苏联和俄罗斯的国家安全机关，著名的克格勃大楼就坐落在卢比扬卡广场附近，现今为俄罗斯联邦国家安全局所在地。——译注

者和分散者。只有前面部分抗议者进行了积极的对抗。对于这帮人使用了快转速的金属螺旋送料机，它们将积极反抗的人分成肉饼半成品和饺子半成品，然后将这些半成品快速输送到冷冻室进一步加工。清除了积极反抗的抗议者之后，这些送料机将工作模式从快转速换成慢转速，开始逐步从“沼泽”广场往亚基曼卡大街、河边以及附近街巷方向碾压示威人群。抗议人群渐渐失去了进一步壮大的力量，开始溃退。分散分子和软化分子们为螺旋送料机提供了不为人知却非常有效的帮助。16：45，抗议人群已经被完全清除出“沼泽”广场，被肢解，软化，稀释，成功地分散到莫斯科地铁的各个站点中。

“抗议失败。”维克多·奥列格维奇大声说道。

在“沼泽”广场上空又盘旋了一会儿之后，他向凯旋广场飞去，滑翔到“北京”饭店的露台上，进入一个昏暗的包间。和平常一样，他问服务员要了一个绘有红金龙图案的盘子，然后将自己的尾巴放入盘子里，不紧不慢地吃了起来，边吃边思索着刚刚看见的一切。突然他的思绪被雪白桌布上的一颗小芝麻粒打断了。这颗芝麻粒突然让他想起一个多星期以来他一直不是一个人睡觉。被窝里还有一个吸血的虫子。每到夜晚，它都从缝隙里爬出来吸维克多·奥列格维奇的血。作为一个佛教徒他对此并不反感，相反他很享受梦幻中虫子的叮咬和失血的感觉。“这个东西吃饱了，我也因此变得更加完善……”他在睡梦中想，“我让弱者吸我的血，这可不是一般人能做到的……”白天他有时候甚至会为自己新结识的“血缘”兄弟小小地祈祷一下。但有一点他没弄明白：这只虫子在吸完维克多·奥列格维奇的血之后，每次都会发出某种断断续续的唧唧声，而且在节奏和声调上都具有一定的规律性，每天夜里必然出现。这是满足的声音，也许还是感激的声音。“它感激我，我感激它，但我们都必须感激‘轮回之轮’，因为目前我们都依赖它，必须做它的轴承。而谦卑是轴承上钢珠的润滑油……”维克多·奥列格维奇暗自思忖着。但是这只虫子的声音始终在脑海里挥之不去，实在想搞懂它的意思。恰恰在这一刻，当他嚼着自己冰冷的尾巴、盯着一颗孤零零的芝麻粒的时候，似乎受到佛的点拨，他突然记起了什么，明白了这些难以分辨的唧唧声的意思。在他的脑海中浮现出一个长句子：

“Vbelomvenchikeizrozvperediuroboros.”①

---

① 俄语句子为：В белом венчике из роз впереди уроборос. 意为戴着白色玫瑰花冠，前面是衔尾蛇。这句话的原句为：戴着白玫瑰花环，前面是耶稣基督。出自白银时代著名象征主义诗人布洛克的长诗《十二个》。作者将耶稣基督改为具有佛教轮回意义的衔尾蛇，也许是理解本章的关键。下面列出百度百科的解释：衔尾蛇（οὑροβόρος，亦作咬尾蛇），是一个自古代流传至今的符号，大致形象为一条蛇（或龙）正在吞食自己的尾巴，结果形成一个圆环（有时亦会展示成扭纹形，即阿拉伯数字“8”的形状），其名字含义为“自我吞食者”(Self – devourer)。这个符号一直都有很多不同的象征意义，而其中最为人接受的是“无限大”“循环”等意义。另外，衔尾蛇亦是宗教及神话中的常见符号，在炼金术中更是重要的徽记。近代，有些心理学家（如卡尔·荣格）认为，衔尾蛇其实反映了人类心理的原型。——译注

这是非常意外的发现。但是冷静的维克多·奥列格维奇没有把正在咀嚼的尾巴吐出来。“我明白这句话的字母意思，但它的含义是什么?”他凝视着芝麻粒，怔怔地想，“在能指和所指之间的确隔着一条鸿沟，不仅是文字上的，常常是本体论意义上的。这就像‘技术的年轻化’和‘年轻化的技术’一样，中间横亘着巨大的鸿沟！只有真正的走钢丝高手才能越过这条鸿沟，因为他是规约的阐释者，掌握着订立语法规则的工具，只有他能让所指的骗子手摔下钢丝，摔到鸿沟的最深处。”

突然他又发现了一颗芝麻粒，这颗芝麻粒在桌布的边沿，所以并不容易发现。这是第二个意外，但尽管如此他仍然没有吐出嘴里的尾巴。

“第二颗芝麻粒，”他想，“这几乎改变了整个世界图景。就是说，有两颗?那为什么只有一颗感激我?而且如果有两颗的话，那么必然会有第三颗……”

维克多·奥列格维奇想思考一下这第三颗，但及时地打住了。“不，我不要去想第三颗。这将是我今天的谦卑。”

三十四

爸爸在集市上买了一个小精灵。

这一天瓦利卡盼了很久很久，自打记事起就开始了。总是和女伴们说起这事儿，满怀憧憬地向圣母祈祷，求她送一个小精灵。这种事少不了祈祷，憧憬，少不了躲在角落里偷偷谈论自己的梦想。因为全村只有两个小精灵—— 一个是富农马尔克·费多蒂奇的，另一个是书记的。两个人都把小精灵紧紧攥在自己手里，概不外借。第一个贪婪，第二个无聊。

波林卡·索科洛娃曾经希望书记能让小精灵去参加世界玩偶展，可是书记却对她说：

“你在电视上看自己的玩偶吧，小精灵可不是用来展览的。”

他说得没错——现在每家都有电视，只要有电，可以一天到晚地看。但是电视只有三个节目，关于玩偶展只播了一星半点的消息，这有什么看头？刚看了一点儿，就没有了，倒是把胃口吊起来了……

小姑娘们就这样坐在电视机前，等着周日的重播。等到了那刻，看到了活生生的玩偶们，然后闷闷不乐地各回各家：看着眼馋，可是吃不到嘴……

但是瓦利卡天天祈祷的努力并没有白费：夏天的时候瓦利卡的爸爸遇到了好事。他和谢苗·马卡洛夫打算在一片低湿林地里烧炭，刚开始干，砍了很多枯白桦树，锯好，开始挖坑。刚挖两下，碰到了一块铁。挖开后发现，是一辆完整的奔驰车，车里有三具无头枯骨。原来，60 年前一帮强盗杀了这几个人，抢了东西，把头割掉，车开到林子里，挖了一个坑把车埋了，藏尸灭迹。

这是第二次混乱时期发生的事，当时三指大盗驾坦克踏平了莫斯科。那个时候瓦利卡的爸爸还没有出生，她的爷爷马特维也才只有十岁。

车本身已经锈迹斑斑，里面的发动机却完好无损——爸爸和谢苗把发动机弄了出来，用小推车运到村里。拆卸重装，用自酿酒冲洗干净，跟新的一样。他们把发动机拉到什洛沃镇，卖了165 卢布。这是很大一笔钱。爸爸和谢苗平分了这笔钱，谢苗拿了钱马上开始建新房，爸爸则买了一头母牛和一个一岁牛犊，每人一件衣服，制作自酿酒的器具和小精灵。小精灵是所有东西中最贵的，是母牛加牛犊价钱的六倍。瓦利卡的爸爸就是这么好。他回到家，从包装盒里拿出小精灵，递给瓦利卡：

“拿着，瓦利卡。”

瓦利卡看了一眼，惊呆了：小精灵！电视上看了多少次，和小朋友们谈论了多少次，又多少次去书记家的窗口偷窥——哪怕只是瞥一眼，而现在有了自己的小精灵。又软又好看，散发着城市的味道。别看瓦利卡只有十岁，可是她已经非常了解小精灵了。她用一根手指点了一下小精灵，小精灵对她说：

“您好，瓦尔瓦拉·彼得罗夫娜。”

“你也好，小精灵。”瓦利卡鞠躬致意。

“瓦尔瓦拉·彼得罗夫娜，您想让我变成什么形状：书，画，小圆面包，小方块，小圆筒，棍子，包，腰带，帽子，手套还是围巾?”

“小圆面包吧。”瓦利卡说。

于是瓦利卡的小精灵就变成了一个小圆面包，上面有一张笑脸，红扑扑的脸颊和友善的眼睛。

瓦利卡的生活中从此有了一个小圆面包。

瓦利卡的家里充满了欢乐，仿佛太阳住进了他们的家。每天早晨六点钟布谷鸟还没开始叫，小圆面包已经放出一段公鸡的影像（村子里早已没人养鸡了，因为商店里的鸡蛋比面包还便宜），公鸡拍拍翅膀，抖抖金色的鸡冠，和布谷鸟一起开始唱歌。很多时候它比布谷鸟还早，爷爷的布谷鸟已经老了，总是赶不上点儿。

全家人都醒了，妈妈开始生火做饭，然后大家开始吃早饭，小圆面包为他们放音乐，播报新闻，让他们看到世界各地发生的事件。马特维爷爷则喝着茶，不时地咳嗽几声。

早饭后瓦利卡亲亲小圆面包的头，背上书包去教区学校上学。学校禁止带入私人小精灵：那儿有学校的小精灵。它非常严厉，像床单一般挂在黑板上，不讲笑话，不放音乐。孩子们害怕学校的小精灵，它谁也不包庇，什么也逃不过它的眼睛。只要有人淘气或者抄袭，马上就能听见小精灵严厉的声音：

“帕斯杜霍夫——下课后去跪豌豆30分钟!”

“洛托什娜——下课后墙角罚站60分钟!”

在这个小精灵面前不能有半点的儿戏。晚上校长把它锁进铁柜子里。

瓦利卡上完三堂必修课，回到家里，吃了点东西——就直奔小圆面包：

“小圆面包—小圆面包，快让我看看遥远的国家，神奇的星球，活人玩偶和漂亮王子。”

女伴们来到她家，围坐在小圆面包跟前，它对她们有求必应。在她们周围放满泡沫——你就可以看到大海、沙漠、外国城市以及美丽森林。但是小圆面包放不出邪恶的东西。家里每个人的忙它都帮：告诉爸爸木炭的实际价格，在哪儿能卖出好价钱，告诉妈妈哪儿有卖上好的印花布，帮爷爷治疗痛风提供香烟。当瓦利卡家的母牛和牛群走散之后，小圆面包立即找到了它们的位置——在莫克拉雅小山谷吃嫩草呢。小圆面包还帮着种土豆，计算土豆的产量，帮着酿酒，计算配制比例，所以爸爸酿出的酒非常甘醇，可以烧出蓝色的火苗。爷爷想给瓦利卡的弟弟瓦尼亚编双新草鞋，小圆面包告诉他，去哪里剥树的内皮。这让爷爷很吃惊。他一辈子都在戈列雷林子里剥树皮，可是小圆面包却让他去帕尼诺谷。爷爷骂了一句，但还是去了——毕竟那儿近了一俄里，不过那儿不长椴树，只有柳树和榛树。爷爷到了帕尼诺谷，一看之下，连连惊叹：灌木中间长着一片小椴树林。爷爷高兴地剥了七捆，费劲地运回家。晚上喝多了，唱起了歌，与小圆面包碰杯。大家都被爷爷的举动逗乐了……

冬天小圆面包给大家放热带国家的电影，放开心的音乐，各种歌唱表演。特别开心！

就这样不知不觉小圆面包到瓦利卡家已经一年了。

后来发生一件不幸的事。一队过路的中国杂技演员在他们村作短暂停留。大家都跑到广场上去看表演。中国杂技演员的表演非常精彩，大家掌声不断。瓦利卡也跟着一起鼓掌。回家以后却发现小圆面包不见了。家里的锁都完好无损，窗户也是关着的，小圆面包却没有了。

爸爸打算去追那些中国人，可是哪儿追得上，他们开车走了。

瓦利卡哭了整整一夜。第二天一大早，布谷鸟还没叫她就起来收拾停当，拿了七卢布，切了一大块面包做干粮，离家去找小圆面包。她听说中国人往莫尔尚斯克方向去了，也许是故意骗她的，谁知道呢。但只能选择相信，必须找回小圆面包。瓦利卡打算抄小路从林子里直接上公路，然后搭车去莫尔尚斯克。小路走到一半的时候，她突然看见一个小人儿老头坐在树墩上抽着烟斗。瓦利卡很少见到小人儿，只在集市的杂耍节目里看过。于是她走到小老头面前，鞠躬致意：

“您好，爷爷。”

“你好，可怜的小瓦利卡。”老头回答道。

瓦利卡很吃惊，小老头居然知道她的名字。

“别吃惊，小瓦利卡。我知道很多东西，不只是关于你的，”

老头对她说，“你在找自己聪明的小圆面包?”

“是的，爷爷。”

“给我点面包吃，我就告诉你，在哪儿能找到你的小圆面包。”

瓦利卡拿出面包块递给小老头。

他闭上眼睛，狼吞虎咽地吃了起来。看得出很久没吃东西了。吃完后小老头对瓦利卡说：

“你走到公路上，坐上公交车到巴什马科沃，在那里你可以找到自己的小圆面包。”

“那些中国人去了巴什马科沃?”

“中国人现在正在一个路边的小酒馆里吃饭，待会儿就要把你的小圆面包卖给一个大磨坊主。他是巴什马科沃人，他在城郊有个磨坊。他将会在傍晚带着小圆面包回到那里。如果你想找回自己的小圆面包，就去那里吧。”

瓦利卡惊呆了：

“爷爷，您怎么知道还没发生的事情?难道您有一个超级精灵?”

“你看，这就是我的超级精灵。”爷爷摘下头上的小毡帽，低下头。

爷爷的脑袋里钉了一颗亮闪闪的钉子。太神奇了！瓦利卡什么也没说，向爷爷鞠了一躬，继续前行。她走到公路上，等到了去巴什马科沃的公车，上车买票，花了三卢布。坐了半天车到了地方。从车上下来，边上是个市场。她走到一个妇女面前，问怎么去磨坊，那女人告诉她怎么走。瓦利卡穿过整个小城，走过一片田地，小树林，看见了远处的磨坊。瓦利卡走了过去，那儿很多拉粮食的马车在排队，农夫们聚在一起。瓦利卡走到近前，磨坊很大，用非常粗的木头搭建的，听得见里面磨盘的转动和响声。瓦利卡觉得很奇怪：这里既没有小河和涡轮，没有风车，没有柴油机，但磨盘却在转。她透过缝隙一看，里面有一个身材高大的女人在推磨，个头和树差不多高，可是没看见大磨坊主。瓦利卡从农夫们的谈话中得知，磨坊主还没回来，这个女人是他的媳妇，磨坊女主人。于是瓦利卡决定趁女主人在推磨跑到他们家藏起来，夜里伺机偷回自己的小圆面包。于是她偷偷溜进磨坊主的房子，这房子非常大，里面所有东西都是木头做的——椅子、桌子、大衣柜和床。所有这些物件都奇大无比。瓦利卡在这间大房子里感到害怕，但她一想到自己的小圆面包，想到它的笑脸和可爱的小眼睛，就不再害怕了。她躲到床下面，开始等待。一小时，两小时，三小时过去了，磨盘不再转了，农夫们都赶着马车回家了。磨坊女主人进了家，喝了一大木桶水，开始摆桌子吃饭。不大一会儿地面开始震颤，房门大开，磨坊主走了进来。他亲吻了妻子，然后坐到桌前，开始吃饭。吃饱喝足之后，磨坊主打了个响嗝，放了个响屁，然后说：

“媳妇儿，我给你带了一个好东西。”

说着从兜里拿出了小圆面包，放在桌上。媳妇一声惊叹，拿起小圆面包，用手指戳了一下，小圆面包开始说话：

“我的女主人是瓦尔瓦拉·彼得罗夫娜，我只听她的话，只为她服务。”

磨坊主和他媳妇听完哈哈大笑，笑得房子都晃动了。磨坊主说道：

“明天我从城里请个师傅把这个小圆面包重新设置一下，它就会为你服务了。你将成为地球女皇!”

女磨坊主高兴地大笑起来。他们上了床，温存起来。瓦利卡头顶的床开始剧烈地晃动，吓得她差点要大喊“救命”。但她想到自己的小圆面包，便咬紧了牙关。磨坊主和媳妇温存完便呼呼大睡。瓦利卡从床底下钻了出来，跑到桌边，一把拿起自己的小圆面包，飞快地离开了这个恐怖的木屋。

外面已经漆黑一片，伸手不见五指，只听见猫头鹰的叫声。瓦利卡把小圆面包捂在胸前，亲了一口，用手指碰了一下。

“你好，瓦尔瓦拉·彼得罗夫娜。”小圆面包对她说。

“你好，我亲爱的小圆面包!”瓦利卡答道，“请帮我找到回家的路。”

“遵命。”小圆面包答道。

小圆面包闪亮起来，为瓦利卡指了路，直接就把她带到了公路上。那儿正好有一辆去谢尔多布斯克的夜车经过。瓦利卡坐上车，付了三卢布的车票钱。黎明时分到了谢尔多布斯克，然后从那里步行回家。

走在田野中的时候，她不停地往上抛着小圆面包，一路都在唱歌。小圆面包给她放伴奏曲，制造彩虹。回到村里的时候，发现大家都在找她，爸爸已经报了警。亲人们见她回来，高兴极了。她拿出小圆面包给大家看，骄傲地讲述了自己从巨人夫妇那儿夺回小精灵的整个过程。爸爸妈妈都很惊讶，没想到他们的女儿这么勇敢。

瓦利卡把小圆面包放到架子上，用缝好的布巾盖住，然后说道：

“小圆面包，从今往后我不把你给任何人，不管是大人还是小孩，不管是人还是机器人。”

瓦利卡一家从此过着幸福的生活。

三十五

一切都始于十字军骑士一大早三个骑士来到我们米滕瓦尔德镇和雇农们一起调查邻居被杀死的案件调查来调查去结果扣留了舒尔茨太太的21头牛犊一辆拖拉机和两车厢土豆好像是她杀死了他们拖拉机和土豆扣了就扣了可是我舍不得那些牛犊我想他们会

怎么处置这些牛犊是拉去屠宰还是送到富森镇或施万高镇的牧场不论怎样之后也难逃被屠宰的命运我不得不离开舒尔茨太太而十字军骑士们把被杀邻居的遗物判给了安格莉卡她得到了一个大冰箱三根生熏火腿一条长凳搅乳器一大堆衣服全都非常合身有件裙子和大衣甚至我穿都合身尽管有血迹但是洗干净就没事了一切都合身女上衣高腰套靴两只绿松石耳环印有巴黎风光的方巾可是裤子不合身战争期间我长胖了可气的是屁股长肉了在牧场喝牛奶吃面包还有蘸酱土豆团子所以上好的裤子穿不进去皮鞋不好跟太高我穿上不会走路高腰套靴更好还有罐子小钟表一台运行良好的旧电脑我给小牛犊们洗了澡也许不会宰杀它们而是养大再杀舒尔茨太太不愿意屠宰它们冲着十字军骑士们喊骑士们展开小精灵给她看了盖着教皇印的教令她号啕大哭她被赶出牧场领头的说你要感谢我们没有拘捕你 21 头牛犊一辆拖拉机和两拖车土豆我们运到天鹅堡我听后哭了可怜那些牛犊土豆拿走就拿走可是舍不得牛犊像对待自己的孩子一样喂养它们安格莉卡不说话傻瓜一个她倒是可以献身这些骑士们我长着两只驴耳朵满脸的毛他们不会喜欢而安格莉卡胸大年轻可以在旁边的干草房和他们干好事毕竟这些骑士们喜欢她把邻居的家具都给了她再说和三个十字军骑士发生关系又死不了人还能把牛犊保住真是个傻妞我给她使眼色做手势可她却毫不理会装不明白又不是小姑娘了战前就谈过好几个男朋友了舒尔茨太太还在哭说没钱把这些东西赎回来现在十字军骑士们并

不需要东西尽管夫人希望用自己的东西来赎回被扣的东西一件皮大衣就非常值钱还有六双靴子12双漂亮的鞋已故丈夫的皮鞋3双皮裤3顶带缨儿的帽子又好又新可是这帮浑蛋不屑一顾地说我们不需要东西当然不需要了你们一年抢的东西够十年用了他们反复地说这是教皇命令快把牛犊拖拉机和土豆交出来装上车这帮浑蛋就扬长而去乌尔邦说十字军骑士比萨拉菲派分子还坏那些人会因为下象棋剁右手因为喝酒抽烟在广场上行鞭刑但是吃肉总还是向居民掏钱买而十字军骑士却直接拿走打着新教皇手谕的幌子他们攻占了天鹅堡据说那里汇集了全欧洲的大量黄金只缺喷火翼龙史矛革也许他们没有宰杀那些牛犊而是直接运到富森镇那儿有三个大牧场也许直接把它们卖掉因为十字军骑士们也许并不需要肉食他们把牛犊卖掉换成钱也许运到施万高镇了那儿也有一个大的奶牛场甚至还有三匹大骟马整天运木头用来建畜栏要是那里需要我这样的红棕头发的人就好了因为我现在在舒尔茨太太这里无事可干了她对我说你看见了我破产的过程我现在不需要饲养员了那我怎么办你想去哪儿就去哪儿吧可我要去哪儿呢去你想去的地方去找那些十字军骑士们去他们那儿当饲养员没错没错他们没有自己的饲养员他们那儿雇农就有六千人可是有多少女饲养员呢估计都很漂亮吧不像我长着两只驴耳朵到底去哪儿我不知道舒尔茨太太也不知道只是一个劲地哭哭啼啼怎么办我问乌尔邦他说有一个地方有很大的牧场在瑞士阿斯科纳小镇叫作“真理之山”牧场那儿

住着多神教徒他们信奉月亮每晚赤身裸体朝拜月亮他们不从属于任何人有自己的军队和产业他们喝牛奶因为牛奶是月亮的馈赠他们需要很多牛奶而且必须是手工挤奶天主教徒不会去他们那儿做饲养员而你是拜兽教徒所以你去“真理之山”牧场应聘饲养员一定会有住有吃每天都可以吃到一块奶酪于是我就去了有什么办法需要填饱肚子谁也不会白白给你吃喝尽管我是头母驴但也不能靠乞讨过活啊当搬运工也不合适最好干本职工作我收拾了两箱子东西用一根棍子挑着它们就徒步上路了可是怎么坐车呢我没有钱给我付的工钱都是食物真正的钱我只在战前见过整个战争期间舒尔茨太太给我支付的工钱就是食物所以现金一直没见过可舒尔茨太太也没法给我路费她哭着说她没有任何多余的钱她给了我面包烤土豆苹果和大黄饼我只好向她鞠躬道别然后上路有什么办法地方远可是那里有不错的工作我去挤牛奶我很快就会熟悉每头母牛我走啊走啊走边走边想这样路上会好受些我尽量小心看路以免我的鞋子被磨破它们几乎是新的是乌尔邦付我的工钱而这是他没有回来的大儿子的鞋子在舒尔茨太太那里做工时我一直是光着脚的无论冬夏我的脚上长着毛所以不冷现在穿鞋是因为害怕被石子划伤害怕被别人笑话其实已经有很多人笑话我的驴耳朵和长毛脸淘气的男孩子们叫我母驴母驴边跑边冲我扔石子当我穿上鞋的时候这样的取笑会少一点尊重会多一点而且过边境的时候也会对我好点千真万确顺利过了边境我护照上就是这副嘴脸没问题然后我又走

啊走走到一个村子那儿有几个奥地利士兵于是发生了一件事他们大约刚吃过饭坐在那里抽烟我走过去的时候正好看见一个小喷泉我就上去喝水这时一个战士走过来问我从哪儿来我说从巴伐利亚的米滕瓦尔德镇他笑道你挑两个箱子不累吗我说不累你很强壮嘛我说是很强壮那你叫什么名字我说叫母驴你想叫什么就叫什么他笑了当我又准备低头喝水的时候他从后面过来抓住我的屁股叫道我还从来没有操过母驴我把他推开继续走我的路他们五个士兵跟着我在后面说各种下流话涉及我的屁股我的耳朵还说我两腿之间可能是一口深井那儿很凉爽然后就开始打赌我的腿是长毛的还是光腿其中一个说我现在就检验一下说着跑过来掀开我的裙子他们都看见我的腿上长着毛于是开始嬉笑起哄而我则毫不理会只顾走路后来他们突然停住不跟踪了我想太好了于是接着赶路从村子里出来沿着公路下行我心想这些当兵的和十字军骑士总是想不花钱的好事农民都比他们诚实他们如果用了你肯定会给点什么如果不给钱至少也会给吃的我走了不大一会儿听见身后有车开来我往路边上靠结果车停在我身边我一看是辆军用吉普里面正坐着那五个士兵他们跳下车抓住我把我拖到一片小树林所有人都不说话不嬉笑我开始推搡他们他们把我仰面放倒脱掉我的短裙两个人抓住我的一条腿两个人抓住我另一条腿因为我的腿非常有劲第五个人扑到我身上准备强奸我我脖子上挂着一颗碲钉这是我在城里捡的有一天在阿尔伯特·肖特大街上看到这颗钉子就躺在路面上我捡起

来想用它给自己掏耳朵因为我的耳朵大耳屎多苍蝇都会飞进来我在牧场工作的时候有时会在一天结束的时候用棉球缠在钉子上在醋里浸一下用来掏耳朵然后躺下睡觉后来我为了防止丢失就用一根小绳把它挂在脖子上当这个家伙准备强奸我的时候我一把抓过钉子用尽全力刺向他的脖子他大叫一声从我身上滚了下去钉子完全扎入他的脖子只剩钉子帽在外面其他奥地利士兵都围上去查看他的情况我趁机跑向林子深处他们喊叫着后来可能送受伤的士兵去了医院过了一会儿我回到原地穿上裙子拿了自己的箱子顺着坡往下走没有上公路而是直接穿过林子一直走到天黑然后转到路上又走了两天两夜到了瑞士边境在那里必须进行检疫检查我是否有病是否携带寄生虫每天给提供两顿饭后来才放我走正好遇上一辆货车司机是好人把我送到施维茨然后我坐货运货车到贝林佐纳之后又走啊走走到阿斯科纳在那里找到了这家“真理之山”牧场它坐落在山上他们不想放我进去那儿有牧场自己的界桩和铁丝网还有大炮和机枪他们与世隔绝我给他们看了自己的护照告诉他们我是一个职业饲养员我想在这里工作我来自巴伐利亚于是他们放我进来直接带到养畜场走过来一个白头发女人胸前挂着一个月亮形的银饰她一言不发地把我带到奶牛场这个畜栏很大有 120 头奶牛还有马小牛犊火鸡珠鸡母鸡池塘里有鸭子和鹅正好赶上晚上挤奶时间牧场的女饲养员们已经开始挤奶她们只用手挤奶这个白头发的女人对我说来让我们看看你挤奶的水平然后给了我一个小凳和

一个挤奶桶将我领到奶牛前我先洗了洗奶牛的乳房然后说给我点凡士林要涂抹在奶头上他们给了我牛油看来他们是真富啊我用牛油涂完奶头后就开始挤奶刚挤没多久挤奶桶就像教堂的钟声一样响了起来很快就挤满了白头发的女人说好我很满意你我叫乔桑娜我是你的领导你将在我们这儿生活和工作说完带我去了澡堂一个女人给我洗了澡并彻底消了毒然后带我去食堂让我饱餐了奶油玉米粥和蔬菜沙拉最后把我带到女饲养员住的公共宿舍给我安排好床位让我好好休息我说我还不累可以继续挤奶他们对我说睡吧睡吧今天不会再工作了然后就走了把我一个人留在宿舍这儿有 32 张床住的都是女饲养员不过牧场还有男饲养员我在畜栏那儿看见了三个长着狗熊脑袋的小伙子在那里清扫粪便还有长着马头的帅小伙子们一只野母猪和几只鹅还有人可是驴头人暂时还没看见我在床上坐了一会儿然后躺倒困意立即袭来睡着的时候还在想由于这几个奥地利混账士兵的恶行我现在晚上没有掏耳朵的东西了。

三十六

最后一滴，和第一滴一样，安菲萨是不会让它滴到地上的。她用勺子接着，舔净这温热的一滴，大声说道："真希望这不是最后一滴!"她这么说是为了让坐在被单围成的隔间里的丈夫和马尔斯听到，她内心却希望："滴吧，全滴到我们的口袋里。"说完拧紧了出酒的管子。这种习惯已经持续三年了——第一滴酒丈夫喝，最后一滴酒她来舔干净。第一滴酒是男人的酒，劲道而纯净——是自酿头锅酒，来自酿酒时产生的气，是莫斯科郊区居民的最爱；而最后一滴，不那么纯净，不那么有劲儿，是女人的酒，是神奇酿酒器结束六小时工作的收尾之作。

丈夫和马尔斯在下跳棋，他们把小精灵在餐桌上展开，弄成棋盘的形状。小精灵随着棋子的弹跳不时地发出唧唧声。两个人各有输赢。

“安菲萨，滴了多少酒?”丈夫问道，试图将棋子走到对方最后一排。

“整整 14 瓶。”安菲萨心满意足地答道，熟练地将最后一瓶酒封口。

“不错。”丈夫成功地将棋子走到对方最后一排，成为王棋，“我们要好好办一场!”

小精灵用《胡桃夹子》中糖果仙子的声音表示赞同，棋子发出蓝色。

“你们办吧，必须办……你们要办一场盛大的狂欢宴，甚至可以把神父们都叫来……”长着大胡子、有点秃顶的马尔斯挠着头，慢条斯理地说道。

“14 瓶。”安菲萨又说了一遍，仿佛在自我确认。

“14 瓶真够不少的，绝对不少……”马尔斯嘴里咕哝着，接连丢掉了第三颗棋子。

“现在我这么走。”丈夫用被烟熏黄的手指戳了一下发光的棋盘。

“那我该怎么走?”马尔斯弓起背，双手按在小腹上。

“我实在想不出你还有什么招数……”丈夫移动着到达底边的王棋，死死地封住了马尔斯的棋子。

“我该怎么走呢?”马尔斯像女人一样嗔叫起来。

“你想怎么走，就怎么走。”丈夫带着胜利的微笑站起来，捻了捻小胡子，“你只有乖乖投降，马尔斯·伊万内奇，你已经无路可走，只有献上你的额头。”

“嘀，你这个恐怖分子。”马尔斯弹了一个响舌，手掌一拍棋盘，说，“我投降，让塔利班分子收拾你!”

“哼——哼，”丈夫骄傲地昂首挺胸，右手的中指摆好了弹击的姿势，“请准备受罚吧，马尔斯·伊万内奇。”

“来吧。”

马尔斯皱着眉头，双手捂着脑袋两侧，把额头伸向前去。

丈夫在他的额头上狠狠地弹了一下。马尔斯强憋着没喊出声，那动静仿佛睡梦中用嘴巴在赶走苍蝇。

安菲萨手里拿着一瓶温热的自酿酒，从被单底下递给两个男人:

“两个大忙人，让我们喝酒庆贺一下吧?”

丈夫认真地打量着混浊的酒瓶，摸了摸：

“怎么又拿尾酒让我们喝？”

安菲萨生气地将酒瓶往桌上一掼，说：

“萨沙，头酒总共只有八瓶，发酵发少了！”

“嗯。也就是说你发酵发少了，我和马尔斯就活该喝不到头酒吗？真不明白你的逻辑，安菲萨·马尔科夫娜。”

“萨沙，如果你们俩把头酒喝光了，我们就挣不到钱了！”

“我们不会喝光的。”丈夫和马尔斯理智地对视了一下，“我们从头酒开始喝起。对吧，马尔斯·伊万内奇？”

“没错！”马尔斯坐直身子，捋了捋胡须。

“我可知道，你们是怎么开喝的！”安菲萨摆了摆手，仿佛在驱赶看不见的鬼魅。

“你别骂骂咧咧了，赶紧把下酒菜端上来。”丈夫把小精灵收成一根小细管，放到啤酒杯里，从餐具架上拿下三个小酒杯，开始用一个不太干净的布擦酒杯。

“萨沙，要不我们第一杯酒喝头酒，之后喝尾酒，怎么样？”安菲萨恳求道，背地里悄悄地说，“咒你们两个酒鬼以后只有水喝！”

“怎么那么多废话?!”丈夫不慌不忙地擦拭着酒杯，就像刽子手擦着斧子。他看着灯说：“成交！”

“也不是说非要喝头酒不可，”马尔斯通情达理，“但是要从头酒喝起。”

“必须从头酒喝起。”丈夫认真地响应道。

“好吧……”安菲萨打开冰箱，开始往桌子上扔下酒菜：腌黄瓜、酸白菜、脂油、豆腐、蘑菇。

然后非常不情愿地拿出头酒。

丈夫赞许道：

“这就对了嘛，媳妇儿！”

丈夫开始倒酒。

“给我倒尾酒！”安菲萨坚持道。

“安菲萨·马尔科夫娜，你别破坏规矩。”丈夫掐了一下安菲萨丰满的屁股，“干活有规矩，喝酒也有规矩，对吧，马尔斯·伊万内奇？”

“没错！”

“给我倒尾酒，尾酒……”安菲萨继续坚持。

“我决不能让这样一个女人喝尾酒。”他抓起安菲萨洗衣服洗糙了的手，看着她的眼睛说，“你不是那样的人，安菲萨·马尔科夫娜。”

“绝对不是！”马尔斯点头赞同。

“坐下！”丈夫用脚踢过来一把椅子，按着安菲萨的双肩令其坐下。

“去你的……”安菲萨大笑着，扑通一声坐到椅子上。

“为国君干杯。”丈夫举起酒杯。

“为国君干杯。”安菲萨和马尔斯附和道。

三人一饮而尽，开始吃菜。

“你，马尔斯·伊万内奇，别急着卖，”安菲萨又开始旧话重提，“我们现在有点钱，不着急，最好等价钱好的时候再卖，你去一趟布托沃①，卖给车站附近的残疾人……”

“我想怎么卖就怎么卖。”马尔斯打断了她。

丈夫给大家倒了第二杯，头酒。

“萨沙！”安菲萨噘起嘴不满地说，“你可是答应了的！”

“第二杯酒应该是纯净的，因为要为亲爱的共产党干杯，”丈夫说得振振有词，“你和马尔斯是无党派人士，而我是多年的东正教共产党员。这一杯不能不慎重对待。”

马尔斯和丈夫喝干了，安菲萨生气地只沾了沾嘴唇。

“这怎么回事?!”丈夫停止了咀嚼，用手指严厉地指着妻子的酒杯，“想搞意识形态颠覆活动？乌克兰富豪们的挑衅行为？好战无神论分子的奇袭?”

“恐怖活动!”马尔斯不胜酒力，不停地缠绕着他的山羊胡。

“我不要喝头酒。”安菲萨绷着脸，断然拒绝。

“安菲萨……”丈夫两手一摊，差点把酒瓶从桌子上碰倒。

---

① 布托沃，莫斯科环城公路以南的一片区域，包括莫斯科市的两个区：南布托沃和北布托沃，隶属莫斯科西南行政区。——译注

“你尊重我们吗?”

“萨沙，我们要攒钱换新炉子，你是知道我们的迫切需求的!”安菲萨气愤地说。

“会攒够的,”丈夫认真地许诺道，“这酒喝完以后我们就攒钱。”

说完用烟熏指弹了一下头酒的酒瓶。

安菲萨无力地叹了口气，拿起一根黄瓜，咬了一口。

“光荣属于我们敬爱的党!”丈夫左手端起斟满的酒杯，站起来，动作幅度很大地画了十字，然后一口喝干。

作为无党派人士，安菲萨和马尔斯坐着一饮而尽。

又开始吃菜。

“安菲萨·马尔科夫娜，你刚才说，车站附近，卖给残疾人。”马尔斯吃着黄瓜说道，“一年前在那里卖东西一点问题都没有，现在连逃难的人都不会去那里，更别提残疾人了。会把你像杀狗一样杀掉，他们会喝了你的自酿酒，用你当下酒菜。”

“为什么会这样?”

“因为你落后于生活了，除了自己的那点东西什么也看不到,”丈夫责备妻子，大口吃着酸白菜，“社会保障，公众自由，国家一直在治疗旧伤。国君和我们的党正在竭尽全力。但是目前还不尽如人意。”

“一年前那儿，在站台附近的都是什么人?”马尔斯开始说自己的理由，弯起手指头，“乌拉尔战争的伤残军人。用一般的武器就可以制服他们，还用了凝固汽油。现在涌向莫斯科的都是哪儿来的人？克拉斯纳达尔的老兵们。他们在那里被萨拉菲派分子们用新式的杀伤性武器打击。”

“真空麻痹弹。”丈夫提示道。

“被这种炮弹击伤后士兵会失去理智。照我看，失去双腿也比失去理智好。”

“那就是说，以后就没人再去车站附近了？”安菲萨更加气愤地咀嚼着。

“我会去，我不怕，只要他们给卢布就行。你不知道现在在车站附近都用什么结算？”马尔斯把手伸进口袋，拿出一排用橡皮筋扎紧的废碲钉，“用废碲钉付账，三颗钉子买一瓶自酿头酒。我要废碲钉干什么？你听说了新颁布的命令吗？”

“第 40 号令，”丈夫骄傲地挠挠头，“只能通过药店购买。”

“只能通过药店！”马尔斯张开双手，抓住床单，“一半上缴国家。”

“新政，有什么办法……”丈夫用手抓起一片酸白菜，仰头放入口中。

“那你现在打算在哪里卖酒？”安菲萨停下了咀嚼。

“去雅谢涅沃转转，去一趟比特查站台，去工厂兜售。”马尔斯把碲钉收了起来。

安菲萨不满地叹了口气。

“工厂的工人们现在很少买酒，因为他们自己也酿。”丈夫说。

“不同意。”马尔斯握着双拳从桌子上抬起，仿佛要打架似的，“只有农民酿酒，郊区的人都是买酒喝。所以我从来不去梅德维特科沃和索科利尼基等农民聚居的地方”。

“那你可不对了。”丈夫用教导的口吻说。

“怎么不对了?”马尔斯拽了下胡子。

“我们先干了，然后我跟你说为什么。”

酒杯倒满了头酒。

“为和平的天空。”丈夫端起酒杯，看了看灯，“都是泪啊!”

安菲萨绝望地吃着菜：头酒眼看就被喝光了。

“希望没有战争。”马尔斯补充道。

“希望战争的阴影永远不要遮蔽莫斯科的天空。”丈夫举着手指，庄重许愿。

一饮而尽，吃菜。

丈夫有些伤感，点上一支烟，嘴里叼着烟，俩胳膊肘支在桌子上。

“马尔斯·伊万内奇，现在我来给你讲讲，为什么你刚才说的不对。你是无党派人士吧?”

“是。”

“为什么不入党？”

“入党对我有什么用？”

“你看，”丈夫对妻子说，“听见没？入党对我有什么用！极其幼稚地不问政治。”

“萨沙，他说得对——入党对马尔斯·伊万内奇有什么用？”

“你的意思是说，如果我在车站卖酒的时候出示一下党证，那些残疾人就会多付我点酒钱？”马尔斯嘿嘿笑着，揉搓着胡子。“他们需要的是自酿酒，而不是党证。他们也不能用这张证件下酒，只能闻闻。”

安菲萨笑了起来。

丈夫叹了口气，看了一眼露顶的天花板说：

“嗯，对……都到了这地步：对我有什么用……”

“没错！这对我有个什么用？”

安菲萨插了一句：

“萨沙，你的党证是有用的，有了它没人敢开除你，可马尔斯·伊万内奇要它有什么用？他现在是体制外的人，以后也不依靠体制。”

“不会在体制内混。”马尔斯用叉子叉了一块豆腐，“所以，亲爱的萨沙，你的党对我没什么用。我不靠它也能挣钱养活自己。”

丈夫往他脸上喷了一口烟。

“那你，马尔斯·伊万内奇，到底是什么人？”

“自由人！我就是这样的人。”

“你的信仰是什么？”

“萨沙我只有一个信仰，——两卢布比一卢布要好。这就是我所有的信仰。”

“你尊重国君吗？”

“当然尊重。”

“那你尊重党吗？”

“你的党派对我没什么用。”马尔斯从桌边站起身，“算了，我该走了。安菲萨，把你的酒拿给我。”

“去哪？”丈夫抓住马尔斯的衣服。

“那儿！”马尔斯甩开丈夫的手。

“萨沙！”安菲萨抓住丈夫的肩。

“自由人？”丈夫抓住马尔斯的胸口摇晃着。

“你却不是！”马尔斯把丈夫推开。

“男人们！！”安菲萨拉开他们俩的手。

“党棍！”马尔斯冲着丈夫的耳朵大喊。

“男人们！！！”

马尔斯冲出床单围成的隔间，向门走去。

“站住！站住！”丈夫举着双手去追马尔斯，妻子抱住了他。

马尔斯在开门，往床单上吐了一口血。

“我再也不来了，恶棍，你们求我吧，只不过……”

“哎，你给我站住!!”

“萨沙！萨沙!!”

“你们等不到我了!”马尔斯大力摔门而出，以至于啤酒杯里的小精灵发出了红色警报：可能地震了!

“狗发誓不再吃屎了!!”丈夫竭力挣脱妻子，冲着门大喊道。

三十七

塔季扬娜在索科洛夫斯卡娅车站下了电气火车。站台上的钟指向正午 11 点，塔季扬娜看了看自己的手表——12：12。

“这是怎么回事……”她有些不解。

她发现最近看表的时候常常会碰到两个一样的数字。

“对称……所有数字的对称都很漂亮，跟我一样……”

“而月亮隐没了。”她说道，陶醉地呼吸着春天的空气。

站台上比较空旷，两三个人影晃动。潮湿的风吹动着塔季扬娜的浅色头发，摇曳着白杨树上光秃秃的枝丫。春天来得有些迟，已经四月底了，有些地方还覆盖着黑雪。

塔季扬娜顺着泥泞的台阶下了站台。车站广场上建起了斯托雷平纪念碑，零星几个摊贩在卖瓜子、酸白菜、甜饼、人造毡靴、软电池和蜡烛。广场上到处都是瓜子皮。

“闺女，看在上帝的面上给点饭钱吧。”一个驼背老太婆向塔季扬娜伸出手。

塔季扬娜给了她五个戈比，迅速走开，穿过广场，精神抖擞地走上列宁街。她穿一双蓝色长筒皮靴，黑色短上衣，肩挎一个蓝色小包，戴着蓝色手套。眼镜的边框也是蓝色的。

零星的几个路人基本都是老年人，四个工人模样的小青年嘴里叼着烟聚在零售酒摊前。

塔季扬娜走过食品店和五金店，对一条毛茸茸的流浪狗笑了一下，绕过两个不知道做什么用的混凝土砌块，然后转到米克鲁霍—马克拉雅街。

“好像不太远……”她环顾四周，看见前方，在街的尽头有一座水塔。

“很近嘛。”她大声说道，偶然一回头，发现后面跟着两个小伙子，就是刚才在零售酒摊边上抽烟的那两个人。

他们走得很快，太快了。

“唉，这可好……”她心里一惊，加快了步伐。

她的鞋跟踩着坑坑洼洼的结冰路面。前面阒无一人，只有水塔矗立在屋檐和光秃秃的树之间，几只寒鸦的叫声以及院子里的狗吠声。

塔季扬娜甩开膀子，大步流星地在街上疾行。

“我这是干什么？不就两个小伙子在后面吗，那又怎样？”她自我安慰着，“他们着急办自己的事，现在是大白天，周围亮着呢。”

她看了看天。在云的缝隙间透出淡蓝色的穹顶。

“那儿天空湛蓝，像是刚出院病人携带的内衣包袱……”① 她想起帕斯捷尔纳克的诗句。

后面一个小伙子咳嗽了一声。

“那儿夜晚空洞，像是被打断的故事……夜晚空洞……可现在是白天。”

塔季扬娜走到一个僻静的栅栏边，栅栏里传出了狗叫声。而且是两条狗，一条在近前，一条在对面。

“吉姆，把爪子伸给我祝福我吧……这样的爪子我还从未见过……”②

后面的小伙子口袋里发出钥匙的叮当声，打火机点着的声音。椴树的枝头落着四只寒鸦，与刚落到枞树树梢的乌鸦交相和鸣。

“傍晚的原野露水迷蒙……不对，是白雪皑皑……一群乌鸦盘旋上空……”

一个小伙子吐了口痰，清了清嗓子。

“真心祝福你，四面八方路路通畅……”③

---

① 出自帕斯捷尔纳克的组诗《春》，下面一句“那儿夜晚空洞……”也出自这首诗。——译注

② 出自叶赛宁的诗《致卡恰洛夫的狗》。——译注

③ 出自茨维塔耶娃的组诗《女友》第 15 首《我想在镜子前……》。——译注

两个小伙子加快了步伐。乌鸦从枞树上飞走了。几只寒鸦也叫着随它而去。

“他头上飞着鸦群……严寒的恐惧已深入鸦群……”①

塔季扬娜开始跑起来。

两个小伙子撒腿开追。她按住肩上晃动的包带，沿着米克鲁霍—马克拉雅街一路狂奔。奔跑中听到，其中一个小伙子滑了一跤，说了句骂娘话，另一个帮忙把他扶起来。

“四面八方，四面八方……”塔季扬娜喃喃自语，在奔跑中努力保持着平衡。

有一条道路直通水塔，但有点远，而且路很滑，崎岖不平，坑坑洼洼……

“来不及了！”

右面有一个通道，有点像胡同。塔季扬娜拐了进去，用眼角的余光看见两个小伙子又追了过来。摔倒的那个小伙子敞开短上衣奔跑着，像一双摆动的黑色翅膀。

“鸦群……”塔季扬娜低声说。

她沿着胡同往前跑，一条狗隔着栅栏向她狂吠，随着她一起往前跑。竟然是一条死胡同！！！塔季扬娜心里猛地一沉。突然左

① 改编自帕斯捷尔纳克的《在这一切之前有过冬天》（1917）一诗。——译注

边出现了一条救命通道，她跳了过去，落到一个脏雪堆里。她呻吟着，挥舞双手费力地从雪中走出来，沿着一条小路继续开跑，然后右转，撞到生锈的铁皮墙上。这时候她看到前面有一个门坏了的旧工棚，工棚的另一头是一扇通向邻街的门。透过半开的门可以看到街上刚立的一根电线杆。这根电线杆给了塔季扬娜希望。穿过工棚就可以到这条街上了。

塔季扬娜转向工棚，跑了进去，鞋跟踩踏着发霉的地板。她冲向另一扇半开的门。

门自动打开了，发出刺耳的声音。

门口站着那个上衣敞开的小伙子。

“往哪儿跑?”他沙哑着嗓子问。

他的脸色发黑，看着吓人。他的身上有某种类似林中乌鸦的东西。塔季扬娜倒吸一口凉气，后退了一步。

身后响起了脚步声和怒喝声：

“往哪儿跑?”

塔季扬娜转过头，看见身后站着一个黄头发大嘴巴的男人。他看着稍微面善一些。

塔季扬娜定了定神，吐了一口气，压低声音问道：

“你们想干什么，小伙子们?”

“乌鸦”没有说话，而是用力关上了门。“黄头发”关上自己这边的门。工棚里变得昏暗，只有墙上的洞眼和屋顶的窟窿里透出一点光。

“你这是要去哪儿啊?”“乌鸦”走近她，问道。

他黝黑不洁的脸上透着凶恶，眼睛闪着邪光。

“想和我们玩捉迷藏是吧?”“黄头发”讥笑道。

“你们想干什么?”

塔季扬娜觉得，仿佛问话的人不是她，而是一个遥远的大洋孤岛中的女人，那片大洋有神秘的海底，沉船，善良的海豚，聪明的鲸鱼，美丽的珊瑚礁和自由游弋的五彩鱼儿。

“乌鸦”掏出插在上衣兜里的手，手里弹出一把短匕首。他把刀逼近塔季扬娜的脸说道:

“你给我闭嘴，母狗!”

“黄头发”从后面逼近。

塔季扬娜把自己的小包递给“乌鸦”。“乌鸦”拿在手里，盯着塔季扬娜的眼睛，猛地一甩手把包扔到工棚一角。

“我们不要你的破玩意儿。”“乌鸦”从牙缝里挤出这几个字，走上前抓住塔季扬娜上衣的翻领。

“黄头发”从后面抱住她的双肩，贴了上来。一股烟酒和瓜子的味道。

“小姐，我们现在想要你!”

隔着衣服她就感觉到屁股被硬硬地顶着。一阵凉意袭上心头。她感到喉咙发涩。

“我怀……怀孕了……”她费劲地挤出几个字。

“怀孕了？”“乌鸦”恶毒地问道。

“我怎么看不出来……”“黄头发”的双手搂住她的肚子。

“求……求求你们，我什么都给你们……”她含混不清地说着，僵在原地。

“我们不动你的胎气。”“乌鸦”抓住她的脖子往下按。

“黄头发”抓着她的大腿把她往地上拉。

“求求你们！”她低声叫喊着，跪倒在地。

“黄头发”扯下她的短上衣，抓住她的内裤，用力撕扯。“乌鸦”一手拿着刀子，另一只手拉开自己的裤子拉链。

塔季扬娜使劲挣扎着要站起来，但刀锋抵住了她的脸颊。

“你再给我乱动试试。”

“黄头发”有力的双手抬起她的屁股，手指分开两臀：

“真棒啊，小屁屁美极了……”

他抵住了她。

“求求你！”她哀求。

“别佳，干她喉咙。”“黄头发”命令道。

“乌鸦”抓住她的脑袋。

“不要！不要！不要！”她拼命摇头。

“我一刀捅死你，贱货！”他俯身对她低吼了一句。

她明白，这家伙真的会捅死她。她的嘴无助地张开了。

“很爽吧，你怕个什么。”“黄头发”坏笑道。

“黄头发”抓着塔季扬娜的大腿，“乌鸦”抓着她的双手。塔季扬娜的蓝色鞋跟被动地敲击着发霉的地板，啪嗒，啪嗒，啪嗒，仿佛获得了超越于塔季扬娜身体的新生命。

“黄头发”敦实的身体一阵轻微的抖动，他的头颤了一下，仿佛被冷风打了个激灵。

“啊，婊子……”他长叹一声，无奈地笑了笑。

“乌鸦”弯着腰又动了一会儿，然后扔掉刀子，大声呻吟着，抓紧塔季扬娜，紧紧贴着她。

他们几乎同时从她身体里抽身。她无力地躺倒在地上。小伙子们一言不发地系好裤子。塔季扬娜躺着，大口地喘气，打嗝。

“不错……”“乌鸦”喘着粗气，捡起地上的刀子，收好，放进衣兜。

“黄头发”吐了口痰，转身，脚步不稳地走向门，一脚踹开，走了出去。

“休息一会儿……”“乌鸦”无力地嘟囔了一句，匆匆跟了出去。

塔季扬娜继续躺在工棚肮脏的地板上。过了几分钟，她翻身，双手支撑着地板抬起头。她的脸上发生了变化：不仅窄框眼镜被挤到了一边，似乎五官都移位了。她喘了口气，用手背擦了擦嘴，取下眼镜扔掉。然后爬向自己的小包，打开，取出折成信封状的小精灵，用三个手指点了一下它。小精灵发出光，分裂成若干个小铃铛。塔季扬娜又仰面躺倒。透过工棚的石板瓦房顶她看到了太阳。

塔季扬娜无力地笑了笑。她的嘴唇发出微弱的声音：

“谢谢明天的太阳……”

从邻街传来了汽车驶近的声音，关车门的声音，人们跑过来的声音。工棚的门被打开，进来两个魁梧强壮的黑衣人，一个人轻松地把塔季扬娜抱起来，另一个人捡起包和眼镜。又跑进来一个穿着棉袄戴着帽子的人，黑衣人把包和眼镜递给他。

塔季扬娜很快被抱到一辆黑色的商务车前，黑衣人把她放到车内宽敞的皮座椅上。几个黑衣人坐到前面的驾驶舱里，只有穿棉衣的那个人坐在塔季扬娜对面的那张座椅上。

“殿下，您自我感觉如何?”他问道。

他的脸上毫无表情。

“好极了。”她用虚弱而满足的声音答道。

他递给她一块消毒湿巾。她擦净双手，扔到地上。他又递给她一块。她将湿巾敷在自己被揉皱的脸上，往下一拽。有机塑料做的假面从她脸上脱落。穿棉袄的人接过假面，连同湿巾和眼镜一起扔进垃圾桶。然后递给塔季扬娜一块热毛巾。

她带着陶醉的表情将毛巾敷到脸上，躺倒在座椅靠背上，屏住呼吸。

“殿下，”穿棉袄的人说道，“我求您了，恳请您不要再偏离设定的路线了。为什么您走的是米克鲁霍—马克拉雅街，而不是太阳街？我们差点跟丢了您。为什么走那么快？不知道为什么您总是不按照既定方案行事。”

“你又在跟我老生常谈了……”塔季扬娜说道，脸上蒙着那条热毛巾。

“可是，殿下，我本人肩负着保护您的责任，是我……”

“而不是别的什么人，”她接着他的话说道，从脸上拿下毛巾，“够了，尼古拉·利沃维奇。我耳朵都磨出茧了。”

塔季扬娜的脸上现出红色。她双手插入自己浅色头发中，使劲一拉，取下了假发。假发下面是她漂亮的闻名整个莫斯科国的黑发。塔季扬娜从头发上扯下一层很薄的护膜，头发蓬松地披在肩上。她不紧不慢地脱掉衣服和脏靴子。穿棉袄的人服侍她穿上一条带头套的黑色丝质长衣，她立即把头套罩到脑袋上。男人打开车载吧台，倒了一小杯威士忌，加入冰块。塔季扬娜接过杯子，喝了一口，盘起腿蜷坐在座位一角，杯子放在膝盖上，沉默良久。

汽车在红色的公务车道上疾驰四十分钟后驶入克里姆林宫境内。车开到一座豪宅前，驶进车库。塔季扬娜头戴风帽跳下车，一路小跑进了由忠实的奶娘斯捷帕尼达提前打开的门中。胖胖的长着一张圆脸的斯捷帕尼达在塔季扬娜进屋后关上门并反锁。塔季扬娜右转，再右转，低头穿过一个拱形小门，开始沿着窄窄的石梯拾级而上。斯捷帕尼达锁上了另一个古旧的合页门，然后背靠着门，双手抱胸。

上了台阶，塔季扬娜进到一间不大的祷告屋，里面装饰着古圣像壁，点着蜡烛，两个长明油灯照耀着诸位镶着金边的圣像。塔季扬娜跪在圣像前，摘下头套，祷告，画十字，叩拜。

而后站起身，穿过一个昏暗的走廊，走过两个拱形房间，来到第三个拱形房间，里面有一个大的三角形浴缸，水面上撒满玫瑰花瓣。塔季扬娜从兜里掏出小精灵，扔到水里，随后除去外衣、内衣，躺进浴缸中。

浴缸的大理石边沿上放着一杯苹果西芹汁。她端起来喝了一口。

小精灵在水中变身为一艘小船。

塔季扬娜喝着果汁，左手触摸着肛门，中指插进去，从水里把手拿出来，仔细打量着手指。手指上什么也没有。

她想起"黄头发"强劲有力的双手，一开始抱着她的肚子，后来抓着她的屁股。

"欲望支配下的残暴无情。"她说道，皱了皱眉，又笑了，然后摇摇头。

"可是这个穿着破棉袄的黑小伙儿……破小伙儿……破乌鸦，黑乌鸦，黑骗子，你是偷还是骗……他多么用力地挤压我，多么用力地抓着我的手腕……刀子掉落，他的小刀从手中滑落，亲爱的，开始呻吟，仿佛在哭泣，怨恨瞬间消散殆尽，一切黑暗的东西都远去了，去到爪哇国了……”

“绝妙的无助体验。”她说道，把头靠在塑料靠板上。

拱形屋顶装饰着古俄罗斯的各种花鸟鱼虫的图案。

“他们在结冰的路面上奔跑，着急忙慌的，穿破棉袄的小伙子摔了一跤，可怜的家伙，他们急着去干坏事，干见不得人的坏事，犯罪的，却又是快乐的事情……”

“往哪儿跑?!”她模仿着“乌鸦”的语调大声地说。

她的声音在拱顶回响。

“往哪儿跑?”她又模仿“黄头发”的充满威胁的语调。

然后大笑起来，开心地直摇头，用手扬起浴缸的水。

船形小精灵发出汽笛的声音。塔季扬娜放下杯子，用两个手指碰了碰小精灵。小船上方出现了阿普拉克希娜公爵夫人的影像：剃光的头，漂亮的脸，碲钉，钉在略高于右耳的地方。

“你好，塔妞莎!”① 阿普拉克希娜笑着向她问好。

塔季扬娜不自然地点点头，蹙眉斜视道：

“马尔芬卡今天又干了这事……”

“唉……”阿普拉克希娜叹了口气，摇摇头说：“塔妞莎……”

塔季扬娜用手指按住阿普拉克希娜影像的嘴唇：

① 塔季扬娜的爱称。——译注

“一声别吭!”

“塔妞莎，我亲爱的……”

“你晚上还来吗?”

“一定来，但是塔妞莎，我亲爱的塔妞莎，你让我和你所有的朋友们每次为你揪心!”

阿普拉克希娜充满关切的声音在拱顶下回响。

“格拉莎，你不知道，现在一切都变好了。”塔季扬娜满足地眯缝起眼睛。

“塔妞莎，你每次都在冒险，而且不止自己冒险。”

“别吓唬我，女友。”

“塔涅奇卡，我不是吓唬你，只是弄不明白，我亲爱的好人儿，你怎么喜欢上这些莫斯科郊区的痞子们啊?!你身边就是克里姆林宫禁卫军团的小伙子们，全是帅哥，血统纯正，个个……”

“禁卫军官们是给女王准备的。我不能跟女王比。”

“你又在开玩笑了，塔妞莎，听我说……”

“啊哈，格拉莎，一切都太棒啦!”

塔季扬娜半闭着眼睛，靠在靠板上，用双手按住乳头小小的乳房。

“可万一出现点状况呢?”

“暂时什么状况也没出。”

“塔妞莎，你应该坚决戒掉这个坏习惯。”

“你也应该坚决放弃碲钉。”

阿普拉克希娜叹了口气，停了半晌说：

“塔妞莎，你让我们所有人为你忍受煎熬。”

“煎熬可以净化心灵，请记得费奥多尔·米哈伊洛维奇·陀思妥耶夫斯基的话。”

“塔妞莎，这可不是闹着玩儿的！我多么担心你，为你忍受煎熬！不知道该怎么办，真的！只能和你一起去了！”

塔季扬娜抬起头，睁开眼睛。

两个女人默默地看了对方一眼。突然都大笑起来。塔季扬娜朝着影像里女友的脸上泼水。水花穿过这张美丽的圆脸，一滴都没有溅到上面。

“下次一定带上你！”塔季扬娜哈哈大笑道，“我只求你别带碲钉，我的朋友。别把小伙子们刮着了。”

“说定了！”阿普拉克希娜抹去笑出的眼泪。

塔季扬娜又靠在靠板上，叹息道：

“啊，格拉申卡，这一点非常重要——献身自己的人民。这确实重要……”

“为了防止他们背叛吗？”阿普拉克希娜坏笑着问道。

塔季扬娜看着画满图案的屋顶，想了想，认真地答道：

“为了让他们爱戴。”

三十八

安杰伊·波莫拉茨，24岁，塞族波兰人，瓦哈比之春运动后离开索菲亚。早餐吃了牛奶燕麦片，羊角面包，喝了咖啡，然后走出自己位于巴黎郊区克里姆林—比赛特的小房间，经过两个街区，来到软脚哈塔卜的理发馆，用145战后法郎向他买了一颗碲钉，被哈塔卜的小儿子法鲁赫剃了头，安杰伊下到理发馆的地下室，躺到睡椅上。哈塔卜的大儿子纳斯鲁拉将碲钉钉入安杰伊的脑袋。安杰伊用200克智能面团表达了谢意，走出理发馆，在索拜尔的菜摊上买了苹果和木槿茶，回到自己的住所，在智能纸上写下了如下文字：

> “巴尔津古诺夫和儿子们”贸易公司的活性皮衣将在严寒的冬日为你的爱人送去温暖和欢乐。有什么比迷人的女性穿上活性皮衣更美妙的事情呢？几千年来，我们的美女们都穿着从动物身上剥下的死皮大衣。这种死皮含有动物们死前痛苦挣扎而产生的轻粒子和夸克粒子，它们将对穿衣者的健康与性格产生不良影响。新技术世界开启了独一无二的可能性，让大家能够为自己的妻子、姐妹和母亲馈赠我们生产的活性皮衣，从此远离动物皮毛中不良粒子的侵害。由“巴尔津古诺夫和儿子们”贸易公司实验室研制的原生活性皮衣在

本公司的各大实体店有售，价格低廉，50～450卢布不等。第一个冬天它们将会长出二至三厘米的上好皮毛。这种皮毛简直无与伦比，亲爱的女性朋友们！难道可以将它们与死毛皮相提并论吗？您之前穿的什么？北极狐皮、狐狸皮、黄鼬皮、剪短的水貂皮，最好也不过是黑貂皮。可是最好的西伯利亚黑貂能和我们的活性皮相比吗？我们的活性皮在生长的过程中不仅能改变颜色，而且可以改变纹理。本公司生产的貂皮可以是蓝色、紫色、火红色，可以在领子袖口等地方蓬勃生长，改变皮毛的纹理结构。这是真正的奇迹！而且请注意，小姐，您穿的可不是上个世纪的人造毛，而是活生生的、有趋光性的有机体，能够爱您并带给您温暖。它可以吸收光和水分，还可以吸收雪，将水分子转变为生长的能量。所以您的皮衣永远是干燥的。另外本公司的皮衣还有一个神奇的功能：它们喜欢被触摸。您用手掌抚摸您的皮衣，它将用细密的毛温柔地回应您。四年之后这种活性皮衣会脱毛，但是在脱毛后仍然能继续使用，因为毛会重新长出来。当然，生长的过程不是那么快捷高效，因此也有人把这种皮衣称为“胎生皮衣”。但是我们建议您进行基因再生处理。在我们贝加尔共和国做这样的处理只需要花40～80卢布，您的皮衣就又可以妥妥地再穿四年。

亲爱的女性朋友们！敬爱的骑士们！欢迎到我们公司来，购买“巴尔津古诺夫和儿子们”公司生产的活性皮衣！

写完后他将文本发送给贝加尔共和国，然后喝完茶，脱了衣服，涂了椰子油，躺到床上打开电视。

三十九

我们在高速路上行驶了大约两个小时，然后驶入一片林地。姥姥立即变得紧张不安：我们这是在哪儿？我向她作了解释，她放心了。总的来说，我们的姥姥以她的年龄而言算是内外都保养得很好的人喽。她的机敏和睿智简直没人能比！她是我和索尼娅的真正意义上的超级姥姥，而且和她的磅钉完全无关。

在林间道路行驶了约莫四俄里，我们停车下来。这是一片老林子，全是枞树，可以砍伐卖钱。姥姥立即发现，当年发生这一切的时候，这里的枞树只比我和妹妹高一点点。真棒啊！对于姥姥的这一发现小刺头儿索尼娅立即以一贯的无理取闹的方式加以反驳：姥姥，我们那时候比所有枞树都高，只不过你在林子里没发现我们这些来自未来的影像客人罢了。就是这么回事！

我往一只眼睛上装了导航仪，大家就上路了。林子很密，从未有人走过。在这种林子里非常容易迷路，没有导航仪更是寸步难行。我们根据设定的路线很轻松地在林中穿行，可是姥姥一直在叨叨：什么都认不出来了，全都忘了，糊涂了。

索尼娅一路上都在逗笑：一会儿装林妖，一会儿把小精灵戴在脑袋上，命令它变成红色，然后装成小红帽从树后面跳出来——大灰狼们，来吃我啊，慢点吃！我大笑起来，姥姥也乐了。

总的来说，我们一路开心地走了很久，姥姥表现很棒。

终于到地方了。林子稍微开阔起来，出现了一小片空地。空地上面有一块石头。一块巨大的圆石，有两人来高。只有在北方一些国家的森林里才能遇到这样的巨石。在冰川纪时期不知道从哪儿滚到这里的。姥姥举起两手，轻轻一拍道：孩子们，就是它！我们走到近前，围着巨石走了一圈，石头内部有个洞窟，洞窟里面有三座半身像，是在巨石上雕出来的。我和索尼娅惊得下巴都快掉下来了。三个半身雕像！直接在巨石上雕成，仿佛是洞窟壁上凸起的部分。而且这是一件非常精细的活儿，我不知为什么想起了埃及法老哈夫拉的雕像，这座雕像的精工细刻让我印象深刻，它也是从岩石上直接雕出来的，他双肩后部蹲着一只雄鹰，张开的羽翼保护着法老的后脑勺不受敌人攻击。我现在要是有这样一只鹰该多好！我和索尼娅呆呆地站在原地，而姥姥随即走到雕像前，鞠了一躬，大声说道：谢谢你们，三个伟人！我们才回过神来，也走到雕像前，开始触摸并细细打量。姥姥说：且慢，孩子们，且听我一一道来。我亲爱的孙儿们，这是俄罗斯三个决定历史命运的统治者，三个伟大的秃头，三个伟大的骑士，他们摧毁了恶龙之国。第一个，就这个长着胡子的滑头，摧毁了俄罗斯帝国；第二个戴眼镜的，秃顶上有块斑，摧毁了苏联；而这个尖下巴的人埋葬了那个叫作俄罗斯联邦的可怕国家。所有这三个雕像都是60年前我故去的丈夫刻的，他是一位民主派人士、和平主义者、素食主义者和职业雕塑家。雕刻的时间正好是俄罗斯这条恶龙彻底死去、不再鱼肉百姓的那个夏天。姥姥开始走到每个雕像前，并在雕像的肩部放上糖果和蜜饼。边放边喃喃自语：这是给你的，小沃洛佳；这个给你，小米沙；而这个给你，小沃瓦。[1]我和索尼娅站在边上看着，姥姥摆放着甜点，嘴里说着亲切的话语。少见！姥姥一直都是无神论者，从来不拜神鬼。而这里简直成了供着三尊神的寺庙。索尼娅很聪明，一直没言声。而我则问个不停：姥姥，这是什么？怎么回事？姥姥详细给我解说，后来好像做总结地说，俄罗斯一直都是一个反人类的可怕国家，尤其是20世纪，残暴专横，那时候这条恶龙弄得整个国家血流成河，尸横遍野。为了摧毁这只怪兽，上帝派了三个秃顶骑士。他们每个人都在自己的时代建立了功勋。大胡子摧毁了恶龙的第一个脑袋，戴眼镜的摧毁了龙的第二个脑袋，第三个，尖下巴的那个砍掉了龙的第三个脑袋。据说，大胡子成功是因为勇敢，眼镜是因为软弱，第三个人是因为手腕。而这三个人中姥姥应该是最喜欢第三个。她一直在他面前轻声细语地说着什么，抚

---

① 这是三个伟人的小名：第一个是列宁的小名沃洛佳，第二个是戈尔巴乔夫的小名米沙，第三个是普京的小名沃瓦。——译注

摸他，在他肩上放了很多糖果。不时地摇着头说：这第三个伟人如何不容易，比前两个人都艰难。因为他是暗自在做这件大事，很智慧，不惜牺牲自己的名誉和声望，招致人们的愤怒。姥姥说，你忍受了多少屈辱，蠢人的仇恨和愤怒，以及恶语中伤！她抚慰他，亲吻并拥抱，亲切地称他为小鹤，然后泪流满面。我和索尼娅都愣在原地，她对我们说：孩子们，他受了很多苦，才完成这件大事。

姥姥坚决反对我们用小精灵拍摄这个洞窟，她说——圣物不能拍照和复制。真遗憾！我们说好隔年再来此地。

返回途中我们去了一趟我们中意的“雪人”餐厅，吃了一顿极美的午餐。

四十

太悲催了！尽管都知道父母和亲戚是不能选择的，但是要接受这种命定论还是非常困难。我要说的不是姥姥丽莎，而是帕夫利克。上帝给了我一个非常棒的大礼——和我这哥哥分开两年。只有昨天，当我再次和他见面的时候，我才真正意识到这份大礼有多珍贵。昨天我们终于完成了近 30 年来一直谈论的世纪之行。在碲钉的作用下姥姥的意识，谢天谢地谢宇宙，终于恢复了，她记起了那个地方。帕夫利克用导航仪进行了勘探，在一片林子里发现了一块大小相符的巨石。老实说，我从孩提时代听到的这个故事，就像那块巨石，经历了30年的风风雨雨已经长满了传言和猜测的苔藓，让我们多尔玛托维奇家族陷入迷茫和困惑之中。这一切都怪姥姥丽莎记忆衰退。可是在碲钉的帮助下一切重新复原，记忆拼图顺利完成，导航仪开启了通向神话的道路。很难描述我踏上寻石之旅的感受：一方面很期待儿时的梦想变为现实；另一方面却又有一种破灭的预感，这种感觉就像对世界末日的预感一样，挥之不去。唉，我们每个人都有自己的末日预感。可是我在132分钟的旅途中所经历的一切，要比所有的恐惧、毁灭感和其他预感都要可怕和真切。那就是我哥哥的无聊。让人作呕的低俗至极的各种无聊。一般来说，恶魔是无聊的。一路上帕夫利克一刻不停地在说话。这个自恋的大脸鬼得偿所愿地叨叨了一路。他的无聊让我感觉像一只难看的绿粉色的逆向进化的肥大甲虫。这只凶猛的昆虫极富侵略性而且贪食——它爬进你的大脑，慢慢地将其蚕食。他一路上无所不谈，天气，税收，汽油发动机对比土豆发动机的优点，妻子的趣事，痔疮的治疗，上司的爱好，小猫瓦西里的第三次克隆。我哥哥几乎把我完美无瑕的大脑蚕食殆尽。我脑中一片空白地下了他那辆可恶的汽油车，浑身无力地踏上铺满树叶的枞树林地。只有森林，伟大的造物主创造出的生机盎然的鸟语花香的森林，才让我慢慢恢复了感觉。我们向目的地进发。我本想着帕夫利克在林中能消停一会儿，可是希望落空了。他粉绿色的大嘴在这里重新开动，满血复活。为了避免自己完全被吞噬，我决定用古老的狂欢化手段进行防御，跟他说笑，不断地插科打诨。这种对付无赖的利器屡试不爽，这次同样灵验：我们顺利地、不吵不闹地走到了目的地。在那儿那块石头帮了大忙，准确地说是巨石，尺寸和外形像一头跪着的大象，因为帕夫利克见到巨石里面的三座雕像时总算闭嘴了。这些雕像惊到我们了，儿时印象中姥姥讲述的消失在林中的神秘纪念碑远不如现实中的让人震撼，这在我的经历中还是头一遭，因为一般来说，传说总是比现实更让人印象深刻，这不只是对我而言，比如诗人总是喜欢儿时听到的关于圣诞树的传说，而并不是那么喜欢圣诞树本身。我期待看到类似美国拉什莫尔山上四个美国总统石雕的那种巨型伟人雕塑，但没想到真人尺寸的雕像更加让我震撼，尤其当我和石窟里的三个石雕对视的时候。这些凝视的目光摧毁了我儿时的想象，同时被摧毁的是我对我爷爷雕塑天分的质疑。在这片林子里我才真正明白，我爷爷为什么要当一个雕塑家。毫无疑问，这是他的代表作，真正的用心之作，巅峰之作，珠穆朗玛峰。这几件作品恰如其分地评价了三位人物的历史功绩，使他们得以名垂千古。看着他们，我甚至忘记了时间的存在，总想问姥姥些什么。静默！我什么都知道……不过姥姥好样的，仿佛不久前才来过这里，那感觉好像东正教徒每周六必去墓地拜谒三位一体像。她围着雕像转，朝他们鞠躬，抚摸他们，说着亲切的话语，泣不成声，不断地往他们身上放糖果和蜜饼，这一切在我看来一点都不好笑。姥姥最关心俄罗斯最后一位统治者，给了他最多的糖果和温情。“你经受了多少痛苦，多少屈辱，多少谴责和诅咒，但是都挺住了，默默承受一切，我的亲人儿，我的小个儿，我的老实人……”她就这么喃喃自语着，亲吻着石刻的秃头。最后姥姥禁止我们拍这些圣物，外向的帕夫利克表达了不满，但我却完全支持姥姥——毕竟艺术珍品的价值是独立于时代的印记的，确切地说，是超脱于俄罗斯国家的历史的。

回家途中出现了奇迹——帕夫利克居然一言不发。可是姥姥却来了兴致，不停地讲述爷爷的事情，讲他们俩的爱情，他们的磨难，他们故去的朋友，还讲了那个夏天，爷爷一个人在林子里，用三个月的时间雕出了这三位骑士，讲自己狠心的母亲，当然也讲莫斯科，那个我和帕夫利克只能追忆的莫斯科，那时的它像“一只膨胀的癞蛤蟆，将自己的皮从布列斯特一直覆盖到太平洋，结果后来被命运之针连扎三下，破裂了”。

姥姥的话，漫长的旅途以及林中所见让我陷入一种愉悦的懵懂状态，以至于我竟然允许帕夫利克请我们去他喜欢的“雪人”餐厅吃饭，这家餐厅既不实惠也不好吃。而我居然在那儿喝了白葡萄酒。

我很晚才回到自己的小屋，只有一个念头：睡觉。不需要枕头，不需要小精灵，也不需要做梦。

四十一

七月十二日

今天我和帕夫利克、索涅奇卡终于去了一趟圣三一纪念碑。起初有点害怕，紧张。当见到雕像的那一刻，一切恐惧都烟消云散了。只剩下对三位伟人和我的马利克的感激，当然还要感谢帮助我回忆起一切的碲钉。

愿所有逝者安息：亲爱的沃洛佳、米沙、沃瓦，马利克和钉子。

四十二

所有的半人马都有烙印，所有的半人马都会被烙上标记。标记打在两个地方，第一个地方是腹股沟，第二个地方是左肩。我三个月的时候被烙了第一个标记，十岁的时候烙了第二个标记。然后就被卖给了加夫里拉·加夫里洛维奇公爵。公爵买我的时候是秋天，那时候他们把我从育种场拉到沃罗涅日的集市售卖。我哭了。我不想离开育种场，那里有很多半人马，那里很开心，一切都很好。在集市上不好，集市上熙攘吵闹，都是大大小小的马。人们凶恶地叫骂，我好害怕。公爵看上了我，用250卢布买下了我。公爵让人给我左肩再打个标记，给我打印的时候我哭得很厉害。然后他用火车把我运到他的庄园，火车声音很响很恐怖，走了整整一夜。我害怕极了，一直在哭。加夫里拉·加夫里洛维奇公爵有一个很大的庄园，他的庄园里有草地、树林、花园和池塘。到了以后先给我洗澡，然后喂我饲料，可我不想吃。于是把我牵到公爵的马厩。我就站在那里睡觉，哭鼻子。然后他们把我牵出来，公爵全家都来看我，小孩子们拍手大喊，夸我漂亮。公爵夫人也摸我挠我，称赞我，喂我苹果，不过我没吃。加夫里拉·加夫里洛维奇说我累了，而且有些怕生。孩子们听后开始亲近我，小声说一些赞美的话。而我则站着不说话。公爵夫人拿来梳子梳理我的毛发，孩子们把苹果放到我的嘴里。于是我开始吃苹果。孩子们拍手称赞我，说我真棒，然后拉我到花园里遛弯儿。公爵的花园非常漂亮，我在里面溜达，孩子们和我一起，喂我苹果吃。然后把我送回马厩，给我送来食物，我开始猛吃起来。之后我睡觉。就这样我开始了在公爵家的生活。每天他们都带我出去溜达。我在草地上玩耍，喜欢奔跑。然后他们喂我水，喂我食。每到节日的时候他们把我打扮得漂漂亮亮的，毛发上喷上金粉，盘起来，然后给我弓箭。于是我就奔跑和射箭。我驮着孩子们在草地上玩，所有的人都来围观。他们的到来让我感到愉快，他们还给我好吃的。加夫里拉·加夫里洛维奇为我感到自豪，说我是一匹宝马。我在这里过得很快活。我在加夫里拉·加夫里洛维奇家待了两年，长大了。我跑得很快，射箭很准，驮着孩子们玩得很开心。有一次过节，来了很多客人，大吃大喝。我驮着孩子们飞驰，射箭奇准，大家都喂我好吃的，过来亲近我。到晚上开始放焰火，很多烟花在空中闪耀，然后落到池塘里。所有人都站在那里看焰火，看漫天的火星飞舞，然后落到池塘。我也站在那里看。这时候一个女人走到我跟前，她叫科洛姆比娜。她摘下自己头上的花冠，戴在我的手上。她头上有一颗钉子。我担心她会因此死去，可是她却大笑说，这是一颗有魔力的钉子，让她感觉很好。她笑得很开心，抱着我对着我的耳朵说，半人马半人马，驮着我跑一会儿。我说我只驮小孩玩儿，不能让大人骑的。她说，如果你让我骑一会儿，我带你去看隐形口袋。我问，什么是隐形口袋？科洛姆比娜说，隐形口袋里有魔力之吻。我问魔力之吻是什么东西？科洛姆比娜说，当你尝过魔力之吻的时候，你会非常幸福。我想要非常幸福，所以同意了。科洛姆比娜骑到我的背上，我疾驰起来，跑了很远。天黑了，我跑累了，停在一棵橡树边。科洛姆比娜说，这就是装着魔力之吻的隐形口袋，世界上没有比亲吻更好的东西了，说着她指给我看隐形口袋。我没有看见隐形口袋，就问她口袋在哪里？科洛姆比娜给我指着说，这不，这就是口袋。科洛姆比娜从口袋里拿出魔力之吻，贴在我嘴唇上。我有点害怕。我的鼻子开始发颤，然后我就跪倒在地，浑身发颤。我非常害怕魔吻。科洛姆比娜抚摸着我，不停地安慰我，我平静下来。然后她又拿出一个魔吻贴在我嘴唇上，这次我感觉不错。科洛姆比娜又拿出一个魔吻贴在我嘴唇上，我感觉非常好，过了一会儿感觉非常非常好，再然后感觉非常非常非常非常非常非常好。我高兴地奔跑起来，驮着科洛姆比娜，她坐在我背上开心地唱着歌。我就跑啊跑，驮着科洛姆比娜穿过森林。我非常非常非常非常非常非常开心，如此地开心开心开心开心开心开心开心开心，以至于最后累极了，躺倒在地就睡着了。我醒来的时候，发现科洛姆比娜不见了。我飞跑着去找她。而大伙儿也在到处找我，马倌儿冲着我喊，用鞭子抽我，抓着我的笼头。我哭了起来，喊着科洛姆比娜的名字。他们惩罚我，把我关进马厩，不给我吃喝。我站着哭啊，喊着科洛姆比娜的名字，还有她的隐形口袋和魔力之吻。小马倌儿对我说，科洛姆比娜已经去了圣彼得堡。于是我大哭起来，喊着科洛姆比娜的名字。他们惩罚我，给我锁上链子。我两天不吃不喝，喊着科洛姆比娜的名字，一个劲儿地哭。后来有天夜里我挣断了链子，撞开马厩的门，跑向圣彼得堡去找科洛姆比娜。

四十三

深秋。深夜。莫斯科郊外的科洛姆纳小城。阿列克谢的一居室小屋。阿列克谢关了灯，将小精灵拉开，像枕套一样套到枕头上。他把这特制的枕头放到宽大的单人床上，紧挨着自己的枕头，然后躺下，用四根手指触摸着套着小精灵的枕头。枕头开始发光，上面出现了一个姑娘的脸，她也睡在自己的枕头上。这个姑娘姓商。姑娘对着阿列克谢微微一笑。

商：你好。

阿列克谢：你好。

商：你那里已经是深夜了？

阿列克谢（激动）：对。而且……十一月份天黑得早。你那里早晨了？早晨了？早晨了吗？（亲吻商的影像）

商：亲爱的，别急。

阿列克谢：亲爱的……（亲吻着）……我整个……我等了很久……急不可耐……

商（双手掩面）：阿廖沙，亲爱的，我们不要……别那么猴急……

阿列克谢（亲吻她手掌的影像）：亲爱的，我亲爱的……

商：先等等哈，我们有的是时间。

阿列克谢：我……（激动）我想要你……

商：我也想。（双手从脸上放下，看着阿列克谢）先跟我说会儿话。

阿列克谢（做忍耐状，揉搓充血的面颊，甩甩头，大口呼吸）：好！你好吗，商？

商：好极了！我们这儿是早晨。

阿列克谢：真幸福。

商：但还很早，扫大街的还没出来呢。

阿列克谢：我们这儿扫大街的已经下班了。

商：这才是开始聊天的正确方式！

阿列克谢和商都笑了。

阿列克谢：商，对不起，我表现不好，经常驴唇不对马嘴，对不起哈……我自己知道。这主要是因为，每次开始的时候我都很紧张……每次都是如此。

商：我知道。已经习惯了。

阿列克谢：主要是……我太想要你了。

商：我也想要你，亲爱的。

阿列克谢：不是的，你一直很平静。非常平静！你有一种平静的美。我真羡慕你这种……嗯，不激动的能力。

商：这是表面现象。我只不过是看起来平静而已。实际上我不平静，非常不平静。你看，我都睡不着觉，尽管天亮还早。

阿列克谢：你不睡真是太好了，我也不睡。而且今天未必能睡着。我不睡，你不睡，他们不睡，它不睡。棒极了！

沉默。阿列克谢用手触摸着商的影像。她伸手给他。她的手和他的手相遇的景象。

阿列克谢：我……难受。非常难受。

商：亲爱的，不要。

阿列克谢：不要是什么意思？要或者不要……我都难受。没有你我非常难受。

商：亲爱的。我要不高兴了。

阿列克谢：别啊，求你了。（生气地）我不是为了气你才说我难受的！

商：亲爱的，我能感觉到你的难受……

阿列克谢（很激动地）：我是难受，可是我难受不是因为，我躺在你身边像一个自私而罪恶的木头，只知道猪一样地向你哀求：商，我我我难难难受受受，帮帮帮我我我吧。我不是为了这个来和你约会的，不要把我想成这样的人！

商：阿廖沙，我根本没那么想……

阿列克谢：那就不要那么想，商！我只是想说：没有你我很难过！没有你我很难过！没有你我很难过！

商：我也很难过，亲爱的。

沉默。

阿列克谢：你看……不知怎么搞的又弄成这样……好像我们在一起只有难过。荒唐！商，听我说，不是这样的，完全不是这样的！我很好，我很棒，因为我们现在在一起，我能看见你，感觉到你。

商：我也能感觉到你。我甚至能感觉到你的气味，尽管从来没有在现实中闻过你的气味。你喝啤酒了？

阿列克谢（大笑）：没错！喝了一点儿……你是怎么……哦，你看见酒瓶了？

商：不，没看见。

阿列克谢：是的，我喝了啤酒。不知道为什么……等着你醒来，就喝了点啤酒。生我气了？

商：一点儿都不。

阿列克谢：你们那儿禁止年轻人喝酒吗？

商：是的。18 岁以前不准喝任何酒精饮料。

阿列克谢：我们可以喝啤酒、干啤和香槟。我们是莫斯科郊外！

商：你们莫斯科郊区太酷了！

阿列克谢：你们符拉迪沃斯托克更酷。你们有赌场、夜总会、游戏厅。我们这儿早都禁止了，第一位国君当政的时候就禁止了。

商：你想玩轮盘赌？

阿列克谢：不是，我只是这么一说。你们比我们更自由。

商：但是你们的犯罪率低，我知道。而且人都很有礼貌。

阿列克谢：喜欢扎堆……你们那儿有海洋，我从来没有见过真正的大洋。

商：很漂亮，我每到夏天就去游泳。

阿列克谢：酷。告诉我，你去夜总会吗？

商：不去。很贵的。我去迪厅跳舞，上学的时候就去过。

阿列克谢：我们上学的时候禁止西方音乐，现在允许了，但也不是所有地方都可以。我们上学的时候迪斯科被称作“下流舞”。

商：真可笑！下流舞，下流舞。一、二、三！跳，跳，跳！

阿列克谢：我不能说我喜欢你们远东共和国的舞蹈。

商：嗯，你们莫斯科国是慢舞。你习惯了，当然。你们的歌曲也是慢歌，悠扬抒情。你们忧伤的歌太多。

阿列克谢：不对，我们舞跳得很棒。俄罗斯的民间舞。我上学的时候参加过舞蹈小组，但时间不长……

商：我看过很多次俄罗斯民间舞，真棒！

阿列克谢：你妈不跳舞吗？

商：不跳。从没见过她跳。她记得很多俄罗斯歌曲，和朋友们喝酒的时候经常唱。爸爸唱汉语歌，妈妈唱俄语歌。总的来说，我们符拉迪沃斯托克有各种各样的歌曲和音乐——日本人唱日文歌，中国人唱中文歌，俄罗斯人唱俄文歌。所有的人都有自己的节日，壮丽的生活！汇成一曲远东交响乐！（笑）

阿列克谢：商，我可以吻你吗？

商：可以。

阿列克谢亲吻着商在枕套上的影像，她回应着。但后来伸出双手笑着阻止他。

阿列克谢（不满地停下来）：听我说……要不，我们在远东共和国见面吧？

商：我们谈过这件事了，亲爱的。我去远东共和国还要等八个月，必须要年满18岁。

阿列克谢：可是巴拉宾国不让我入境。

商：嗯，太过分了……真是蠢……

阿列克谢：让我们一起梦想吧！

商：好。

阿列克谢：那去鞑靼共和国呢？要不去那儿？

商：我们也说起过，你忘了。在鞑靼共和国和远东共和国之间没有直飞航班，可是坐火车又太危险。《鞑靼人的红色强盗》，你还记得这部电影吗？

阿列克谢：很棒的电影，我们这里禁播……是的，火车危险。而且时间长，要经过巴拉宾共和国，远东共和国，巴什基尔国……

商（用手抚摩着阿列克谢的脸）：还得等上八个月。

阿列克谢：是的，我全都记得。八个月。已经说过了……悲催！（把头埋进手掌里）

商（叹气）：悲催……

阿列克谢：让他们所有人都见鬼去吧……那我们该在哪里见面呢？（苦笑）在碲钉国吗？

商：远东共和国和他们没建交。

阿列克谢：莫斯科国和他们有外交关系。那儿有我们的熟人。

商：钉钉子了吗？

阿列克谢：有一个人钉了。那儿的碲钉便宜，不像我们这儿。

商：我反对毒品。

阿列克谢：我也反对。尽管碲钉不完全是毒品。它能帮人打开自我。

商：人应该善于自我打开，就像花朵一样。

阿列克谢：你就是我的花朵。

商（叹气）：碲钉国是一个神秘的国度。我们对它的印象就是这样的。他们那儿一切都是免费的……

阿列克谢：也就普通一国家吧，只不过他们运气好而已。

沉默。

商：阿廖沙，你一点儿也不开心。不要这样！

阿列克谢：商。

商：怎么了？

阿列克谢：我没有不开心。只不过……我想要你的时候和你聊天很困难，你在折磨我。

商：阿廖沙，我没有折磨你，我……只不过我总想拉长我们在一起的时间。我父母还在睡觉，我的屋门是锁着的，这里只有我和你。

阿列克谢（拥抱枕套上商的影像）：我想要你！

商：好的，亲爱的。来吧。

商的影像熄灭了。阿列克谢从床上移开被子，从枕头上取下小精灵，把它像床单一样铺在床上。他飞快地脱光衣服，跪在床前，用三根手指点击床，铺在床上的小精灵映照出裸身躺在床上的商的影像。阿列克谢开始亲吻她的身体，然后爬到她上面，抱住商的影像。他们幸福地呻吟着。

商：亲爱的……

阿列克谢：亲爱的……

此处无声。

商：阿廖沙……

阿列克谢：我—爱—你。

商：我爱你。

阿列克谢（抬起上身）：我……你……太……

商：别起来，等等。在我身上躺一会儿嘛。

阿列克谢（停住）：我只是……想看看你……

商：可我想听见你，听你的心跳。躺着。一起听……（把声音弄大）你听到了吗？

商和阿列克谢心跳的声音。

阿列克谢：听到了。

商：你心跳得更有劲。

阿列克谢：你心跳得更快。

沉默。

阿列克谢：真好。你和我在一起感觉好吧，是吗？

商：是的，亲爱的。

阿列克谢：我感觉太……太他妈好了……（抱着床用力挤压）亲爱的……我最最亲爱的……

他们就这么躺着，看着对方的影像。时间在静静流逝。

商：大海，森林还是群山？

阿列克谢：大海。你就是我的大海……

商（命令道）：变。

阿列克谢床的周围出现了海浪沙滩的全息图像。阿列克谢和商拥抱着，仿佛躺在海浪里，背景音乐是美国歌手多丽丝·戴演唱的《*When I Fall In Love*》。

阿列克谢：商，我们怎么办？

商：亲爱的，我有话跟你说。

阿列克谢：什么？

商：你要正确理解我。

阿列克谢：我一直都懂你。

商：你知道我非常爱你，也会一直爱下去。但是我有……

阿列克谢：你有人了？

商：没有！我有点怕。

阿列克谢：怕？怕什么？

商：害怕我们真的见了面以后会有些失望。

阿列克谢：为什么？

商：不知道，也许是瞎担心。但是这在网恋中很普遍。

阿列克谢：这是胡扯。胡扯！（看着她的影像大笑）相反，我们会更加爱对方。

商：可是我担心。

阿列克谢：别担心，别担心！我现在要坐着欣赏你的美，以此治好你的恐惧症！

阿列克谢从床上下来，拿了把椅子坐下。看着赤身裸体的商。海浪轻轻地拍打着她的身体。

商：你看吧，我咋那么傻，把什么都告诉了你。

阿列克谢：你就是这样……让人疯狂……

商：我是你的。

阿列克谢：要你……（爬到商的身上）

商：亲爱的。

他们亲吻着。突然商的影像开始晃动。

商：啊，阿廖沙，我们这儿又地震了……见鬼……偏偏这个时候！真糟糕！又震了……（听见敲门声）好了，亲爱的，爸妈来敲我的门了！

商的影像消失，只留下海浪拍击沙滩的画面。阿列克谢躺在海浪中，抬身坐起，浑身紧张。海浪有节奏地穿过他的身体。

四十四

“诺沃斯罗波茨卡亚”纳米材料市场，警察分局局长的夫人阿加菲娅·维克多罗芙娜做了一个梦，她梦见自己往脑袋里钉入了一颗丈夫从一个半透明的印度人那里没收来的碲钉，变身为一只沙蜂。这样一种变形让阿加菲娅·维克多罗夫娜颇为满意：她的身体失去了往日的臃肿，变得紧致、修长、灵动有力，背上闪动着强劲而轻盈的翅膀。她兴奋不已，飞出卧室，翱翔在莫斯科河南岸的故土上空。她想立即飞到女友卓雅·费奥多罗芙娜——另一个警察分局局长夫人——身边，向她炫耀自己的神奇变身，但突然心念一动，感觉到自己肩负着某种崇高的使命：她的黄黑色腹部胀满了卵子，但完全没有沉重的负荷感，而是相反，阿加菲娅·维克多罗芙娜心中满溢着喜悦之情。最重要的是，她觉得她是在克里姆林宫里面受孕的，而且不是来自别人，恰是来自国君本人。她全身心地感到并明白，应该去完成某种重要的、崇高的、有益国家的事情，这件事情不仅对国君和整个国家意义非凡，而且令她愉悦，带给她无上满足。想到这点，她的心甜蜜地痛了一下。嗡嗡作响的翅膀自动地驮着她飞向目的地——列斯纳亚街上的妇产医院，四年前她在这儿顺利产下一名男婴。她从产房的通风小窗飞了进去，飞过正在喝茶的医生们上方，经过祈祷室，沿着走廊飞到一间宽敞的婴儿室。满怀着参与国家大事的激情和兴奋，她开始降落到熟睡的婴儿身上，往它们柔嫩的身体里注入漂亮的白粉色忠诚幼虫。这些幼虫很像珍珠，从长长的产卵管里蹦出来。婴儿们安静而甜美地睡着，仿佛对这一措施早有准备。漂亮的虫卵消失在孩子们沉睡的躯体里。所有这一切：婴儿甜美的睡眠，婴儿室的白色静谧，从产卵管流出的柔软珍珠，以及排出每一颗虫卵的轻松舒爽的感觉，都让阿加菲娅·维克多罗芙娜充满弹性的身体无比愉悦。她那双360度无死角的巨大复眼现在满是享受的泪水。她发现婴儿室悄悄走进了医院院长拉维奇，主任医师和一位上了年纪的修女护士。他们面露恭敬地微笑着，护士画了十字。她就明白了，这些人都知道，而且早就做好准备，恭候着她来完成这一重要举措。阿加菲娅·维克多罗芙娜意识到了这一点，意识到这些人是来见证她给孩子们注射有益于国家未来的忠诚虫卵，这让她感到更加兴奋。她抑制住柔情四溢的泪水，不停地输送着虫卵，直到最后一只幼虫从她狭长的产卵管进入一个叫阿尔谢尼的孩子体内。这一过程刚结束，也就是说阿加菲娅·维克多罗芙娜的肚子刚瘪下去，拉维奇院长的脸就突现怒色，他关上门，拿出了藏在身后的蝇拍，而主任医师手中出现了一个拖把，护士则从袖子里拽出一个卷成筒状的小精灵。三个人凶恶地靠近正沉浸在巨大喜悦中的阿加菲娅·维克多罗芙娜。不过她预感到不对劲，努力挣扎着从排卵后的虚脱中飞了起来，向窗户飞去。可是所有窗口都是关死并密封的。她听到苍蝇拍在头顶上呼啸，赶紧往边上躲闪，结果拖布挥动造成的紊乱气流让她迷失了方向，向地上飞去，她发现门下方有一条救命的缝隙，准备从这里钻出去，可是说时迟那时快，修女的小精灵用力将她击落在地板革上。阿加菲娅·维克多罗芙娜在可恶的平滑的地板上抽搐着，挣扎着想飞起来，但是护士一脚踩了上去，使劲地蹍压着。

去死吧！

阿加菲娅·维克多罗芙娜惊醒了，浑身是汗，喘不上气来。已经九点一刻了，丈夫早已上班，阳光从纱窗里透进房间。厨房里传来熟悉的声音：她母亲正在喂儿子吃饭。

“天哪……”阿加菲娅·维克多罗芙娜喃喃自语着坐起了身。

完全清醒过来之后，她穿上拖鞋下床，到圣像壁前做了祷告，伸了个懒腰，打了个哈欠，走向窗口，拉开窗帘。

外面的戈尔洛夫街，像往常一样，停满了来诺沃斯罗波茨卡亚街做生意的人的车辆。

令人讨厌的杨絮到处飞舞。

“他们为什么要把我踩死？”阿加菲娅·维克多罗芙娜对着街道问了一句，然后转身，挠了挠头，走向盥洗室。

四十五

伯尔尼共和国的巨人们！

外国飞行军团彻底篡夺了首都的政权。议会选举的作假舞弊令人发指。没有一个巨人当上议员。我们被无耻地排挤到政权之外。五个月之前，当外国飞行军团和抗击部队联手将萨拉菲派分子赶出伯尔尼的时候，我们是被当作炮灰使用的。是我们在诺尔德林阻击坦克的，是我们冒着机关枪的子弹打开了教堂的大门，是我们在巴本博格广场被火焰喷射器喷射。这都是因为我们天生的英雄主义，善良，富有同情心。现在我们却成了伯尔尼的负担，成了当政者的累赘。外国人在小人们以及亲外市民的支持下进行了许多暗箱操作，让共和国的公民们反对我们。他们竟然说我们巨人搞趁火打劫的行径！他们栽赃巨人，说巨人不仅抢劫了"莫文匹克"红酒商店，从超市偷了28个奶酪块，而且还闯入国家银行的金库。尽管大家都知道，闯进银行的是比尔博·别舍内伊小组的小人，他们在里通外国的叛徒木匠沃尔佩的引导下从下水道豁口进去的，而沃尔佩则是通过碲钉与被萨拉菲派分子绞死的银行高管取得了联系，得知了进入银行的秘密。这帮匪徒抢来的金子被用于收买选民投外国竞选人的票。目前首都和国家的政权都落入外国飞行团及其小人走狗手中，他们获得了议会的大多数席位。我们这些真正的战争英雄，现在却落得个二等公民的下场。他们还想利用我们去干粗活。不可能了！我们要发动巨人们向伯尔尼进发！巨人们！我们明天12：00在鲍林根市联邦会议大厦掩体前集合。务请大家只带木棒前来，不要携带冷兵器或者枪械。我们的游行完全是和平性质的。

打倒外国篡权者及其走狗！

弟兄们，勇敢些！

胜利属于我们！

四十六

“我的朋友娜杰日达·瓦西里耶夫娜，赶紧扔掉你的玩偶，戒掉电视，坐上飞机来我这里。你根本想象不到，我们波舍霍尼耶的春天有多美!”叶莉扎维塔·帕夫洛芙娜用清晰工整的、几乎是中学生的字体刚写下这句话，门铃响了。

“会是谁呢……”她喃喃自语道，准备写下一句。但她突然懊恼地记起，来人应该是已经消失了一周多的送奶工，说是病了，其实是酗酒所致。这样不得不中断一下，把钱跟瓦尔瓦拉结了，第一百遍地告诉她，凝乳不要，鸡蛋不要，煮牛奶只要一瓶。

“今天一早起来就事情不断，有点莫名其妙啊……”叶莉扎维塔·帕夫洛芙娜略一思忖，搁下笔，收起她写信用的小精灵。她所有的信都是手写，这封信是写给远在梅登市的娜杰日达·苏米娜的。

她在吱呀作响的维也纳式椅子上挺直了身子，两手十指相扣，开始晃动手腕，仿佛在做弹钢琴前的准备活动。然而钢琴后面丽达和姥姥早已在练习《快乐的农民》这首曲子了。

客厅的钟指向12点。

“12点了!”叶莉扎维塔·帕夫洛芙娜懊恼地想，“什么都来不及做，休息日就这么白白地过去了……”

她站起来，循着老“星海”难听的琴声走进客厅。

这里一切照旧：丽达和姥姥在钢琴后面，沃洛佳在桌子后面研究地理，老猫躺在沙发椅上。

“丽达，小宝贝，别打哈欠，打拍子，打拍子。”姥姥瘦削的、微微颤抖的手摸着乐谱，仿佛盲人一样。

“一二三四二二三四……”六岁的丽达数着数，摇晃着梳着小辫的浅栗色头发的小脑袋，一只小脚有节奏地踢着椅子腿儿。

叶莉扎维塔·帕夫洛芙娜坐到另一把同样的维也纳式椅子上，坐在沃洛佳的对面，看着他正为小精灵上的萨哈林岛涂色，小精灵撑开固定在桌子上，它所显示的萨哈林岛中央有两个日本字。沃洛佳没有理会母亲的到来，将萨哈林岛的轮廓涂上黄色。儿子脸上带着做细活时特有的专注神情，一缕翘起来的呈梯形螺旋状的头发不羁地挺立在黝黑的额头上方，圆嘟嘟的嘴唇气鼓鼓地噘着。

“还得想点办法夏天带孩子们出去玩一趟，如果去不了黑海，哪怕去湖边也好……”叶莉扎维塔·帕夫洛芙娜爱怜地看着儿子长满粉刺的额头，“沃洛佳竟然都不看我一眼……他已经厌烦我总是给他建议和说教……对少年来说母亲很难有威严……几乎是不可能的……尤其像我这样的……我有什么能耐？我是谁啊……医学院没毕业，唱歌也没唱出来……性格软弱，永远不懂坚持，没有脾气，没有骨气……”

她突然想起那个好喝酒的送奶工。

“难不成他和瓦尔瓦拉在门口吵起来了……这有点过分了……周围人马上会说闲话，这些日常的闲言碎语非常过分，无孔不入，而且弄得人抬不起头。不过还不能不忍，还得与人为善，希望所有人都好，包括瓦尔瓦拉和这个酒鬼送奶工……”

“日常闲话。”她说出了声。

儿子看了母亲一眼，随即又埋头钻研地理。

门开了。门口出现了瓦尔瓦拉臃肿的身形，穿着长裙，戴着红白色的围裙。

“是送奶工。”叶莉扎维塔·帕夫洛芙娜不等瓦尔瓦拉汇报，有些恼怒地点出来者的名字。

但是瓦尔瓦拉有些犹豫地用手指了指外面：“叶莉扎维塔·帕夫洛芙娜，外面有个奇怪的男人来找您，他一来就想往家里闯……说您已经等他很久了……”

“哪儿来的男人？”叶莉扎维塔·帕夫洛芙娜准备起身。

这时瓦尔瓦拉被轻轻推到一边，一个男人的身影从门外闯进了客厅。他穿着灰色粗布长襟上衣，上面沾满路上溅的泥迹。此人脸色黝黑，须毛未剃，瞪着一双病态的、发红的、凹陷的眼睛往前走了两步，从被剃得很短的脑袋上摘下小破帽子，放到胸前。停住。

叶莉扎维塔·帕夫洛芙娜呆在座椅上，没能站起来。姥姥将夹鼻眼镜拿近自己长满皱纹的、总是忧心忡忡的脸，看了一眼，叹道：

“上帝啊……”

丽达停止了练琴和踢腿，皱起眉头看着来人。沃洛佳不友善地看了来人一眼，目光停留在那张饱经风霜的脸上，这一看让他脸色骤变，冒出一句：

“爸爸……”

叶莉扎维塔·帕夫洛芙娜站起来，双手推开桌子，仿佛这个桌子是她痛苦等待四年的艰辛岁月，是无处可逃无处可藏的血泪生活。

她用手捂住嘴。来者发光的眼睛与她的眼睛相遇。男子松开了抓着帽子的脏手，帽子落到地上。

五月的微风吹拂着一株开了60载的老樱桃树，树影也在晃动，飘落在沃洛格达产的桌布的刺绣图案上，碗碟上，茶炊上，坐在花园圆桌旁的大人和小孩的脸上，也投影在谢尔盖·韦涅季克多维奇·卢科姆斯基脸上。他瘦削的、精明的脸上还带着一丝不安和紧张，尽管已经用剃须刀刮过。他那个老旧的“博朗”牌电动剃须刀已经在淋浴间的架子上等了自己主人整整四年。他那双深深陷入眼眶的眼睛仍然散发着骇人的光芒，仿佛还没有见到自己朝思暮想的亲人们，而他们正坐在他身边，坐在花园里已经根深叶茂的老樱桃树下。

谢尔盖·韦涅季克多维奇穿着白色斜领衬衫，一手拉着妻子的手，一手拉着儿子的手，时不时地用力捏着他们的手，仿佛在证实这些人不是四年里夜夜梦见的幻影，而是真人。

亲人们在听他讲述。

“人类对麻醉品的迷恋真是一个无底洞。这种迷恋古代就有，还在石器时代，人们生活在自然当中，与野兽为伍，这一时期他们就咀嚼古柯叶，吸食烟雾，他们喝根茎的汁，吃能引起幻觉的蘑菇。我的亲人们，我清楚地看见那个遥远的时代，我们的祖先生活在原始的自然当中，夜晚他们穿着猎获的兽皮，围坐在篝火旁，吃着能够产生幻觉的植物。似乎他们应该就满足于可见可感的物质世界，完全与自然世界和谐相处，只向它索取生存和繁衍的必需品，只索取动物的肉、植物的根、野兽的皮，以及辅助打猎、制衣、取暖、制作狩猎工具和钓鱼用的木棒和石头，可实际上他们在那个时候已经开始迷恋虚幻的感觉，因为人被赶出了天堂，正因此他们永远不可能和周围世界和谐相处，对于远古的人来说，就是不可能和大自然和谐相处。世界和人类之间的鸿沟在猛犸象和剑齿虎的时代已经注定了，那时候人更像是野兽。那个裹着毛茸茸的山羊皮的人额头低小，牙齿有劲，他拿着蘑菇放到嘴边可不是为了吃，而是希望通过咀嚼它能够进入某种幻境。”

卢科姆斯基打住了话头，环顾了一下草木繁盛的花园，然后抬眼向上看，透过乌云间的缝隙可以看到五月的天空。

“当碲钉出现以后，其他的麻醉品都暗淡无光了。世界上没有任何麻醉品可与之匹敌，海洛因，可卡因，LSD－25（一种致幻觉剂），安非他明和它相比简直不值一提。将一把石斧和一把小提琴放在一起，只有经过几千年你才能看出它们之间的差距。人的理性在发展，他的世界也随之变化，越来越多的新技术诞生，人可以从物质中提取原子能。帮助人类生存的物质也在发生改变。球体、立方体、棱锥体、圆柱体、圆锥体、截短的锥体、圆环面、螺旋线——各类形状的麻醉剂都是新时期新技术的产物。它们一度在人类的眼中是超级产品。许多人断言：这是人类发展的巅峰，我们不可能期待更好的东西了，我们满足了！这种状态持续了差不多20年，一直到碲钉的出现。我的亲人们，请把这个桌子上的碗碟、叉子扔掉，放上一个大天平秤，用黑丝绒布盖在铜托盘上，左边托盘放入我前面说过的那些产品，右边托盘只需放入一颗银光闪闪的碲钉。你们就会发现奇迹——右边的托盘毫无悬念地沉下去，因为碲钉远比所有现代麻醉技术高明。所有这些棱锥体，圆环面和球体都会向上扬，因为它们太轻了，根本无法和伟大的碲钉相提并论，根本就长不出碲钉的模样！”

他几乎是喊出了最后一句，然后沉默了一分钟，平复了心情，接着说：

“而和这些东西像气球一般一起上扬飞起的还有所有装配了人员和设备的实验室，还有科学家、魔术师、炼丹师，正是他们创造了这些棱锥体、立方体、圆柱体的药剂，并希望人类像孩童一般爱玩这些立方体、棱锥体药片，开心地喊叫，感激涕零地说：‘感谢你们，创造新奇迹的魔法师！’然而人类并不是孩童。人是渴望真理的动物，人是不断超越自我的动物。每一天，每小时，每分钟，每一秒……”

谢尔盖·韦涅季克多维奇停住了话头，转过自己剃了短发的头，给大家看头的右侧，耳朵上方可以看见一道小伤痕。

“你们摸摸。”他说。

亲人们一个个伸手摸了伤痕。

“我通向碲钉的道路耽搁了四年，”卢科姆斯基继续道，“但这几年我丝毫没有后悔过，尽管我知道，你们这些年为我遭了罪。我也非常痛苦不能和你们相见，非常痛苦，度过了无数个想念你们的不眠之夜，我的亲人们！哪怕有一个人通过电台节目给我发个飞吻，哪怕给我一点点关注……但我经受的不仅是离别之苦。我很高兴我回来了，能给你们讲述一件神奇的事情，它能够让你们的人生更有意义，更充实，更有高度。正是这种信念支撑着我走过了漫长艰难的道路，战胜了离别、失去之苦，战胜了通往碲钉之路上的一切艰难险阻。这是一条梦想之路……”

卢科姆斯基闭上了由于失眠而发红的眼睛，沉默不语，仿佛在脑海中重新走着这条路。过了一会儿他又开始讲述，并没有睁开眼睛：

“我坐着马拉的火车经过梁赞，逃脱了鞑靼匪徒们的杀戮，在巴什基尔共和国做过搬运工，在乌拉尔共和国偷过东西，在巴拉宾共和国沿街乞讨，在碲钉国的过滤营里待了三个月，其间我四次遭到强奸。我经受住了这一切只是为了以后能有机会在我脑袋里 19 次钉入碲钉。而这成了现实。”

他睁开眼睛。

“你们知道碲钉的厉害。它能激发我们大脑中最美好的愿望和梦想。而且是深思熟虑的梦想，不是简单的生理欲望。所有知名的麻醉品总是牵着我们的鼻子，将所谓的欲望、意志和满足的观念强加给我们。我记得我第一次吸食普通 LSD－25 时只有 11 岁。我看见了一幅让我匪夷所思的图景，但同时也被吓坏了。这个你们并不陌生，亲人们。后来我们学会了吸食的方法，每次都能得到享受。其他一些更好的麻醉剂基本也是同样的作用原理。但是碲钉……美妙的碲钉带来的不是欣悦感，不是满足的抽搐，不是一般的麻醉品带来的快感。碲钉给你们一个完整的世界，一个你们从孩提时代就梦想的世界。我成了我们耶稣基督的学生。”

卢科姆斯基的眼睛给人一种满盈泪水的感觉，但实际上只是发散着新的深邃的光芒。

“我所有的童年和青年梦想，所有关于上帝生活，关于他的事迹和功绩的思索都变成了现实。我成为了一名圣徒。我和他在一起，漫游巴勒斯坦，听了山中宝训，在加利利的迦南喝了啤酒，在革尼撒勒湖中游了泳，看见了复活的拉撒路从洞穴走出，还有洁净的麻风病人和那些从悬崖跳海的猪，在客西马尼园睡过觉，在各各他号啕大哭，眼看着罗马士兵用长矛刺进被绑在十字架上的耶稣的身体……”

他沉默不语，一家人也都沉默着。

“这一切我都看见了。”卢科姆斯基这句话说得妻子和儿子都打了个寒战。卢科姆斯基岳母脸上闪现出不能自持的表情，泪水哗哗地涌出她的老花眼。妻子握着丈夫的手，盯着他看，仿佛和他一起去过迦南和各各他。儿子涨红了脸一副要哭的样子，恨恨地埋怨道：“为什么我没有和你在一起，父亲?”只有六岁的丽达坐着没动，呆呆地，瞪着一对蓝色的眼睛茫然地看着父亲。

“我的亲人们，”卢科姆斯基继续说道，“现在我们每个人都有了生活的目标。我们知道该做什么。我们知道如何继续生活，和为什么而生活。”

他猛地站起身，推开椅子，椅子无声地倒在了五月的嫩草地上。他抱起自己的女儿放到桌子上。小姑娘一点也没有表示出惊讶，仍然瞪着眼睛看着前方。

“我的女儿，你来说我们心中想说的话。”卢科姆斯基说完跪倒在地。

卢科姆斯基的女儿抬起自己的脸，透过开花的樱桃树枝看着太阳，说道：

“我们在天上的父。愿人都尊你的名为圣，愿你的国降临，愿你的旨意行在地上，如同行在天上。我们日用的饮食，今日赐给我们。免我们的债，如同我们免了人的债。不叫我们遇见试探，救我们脱离凶恶。”

"阿门。"卢科姆斯基说道。

然后，在这漫长而艰难的一天中第一次露出了轻松的笑容。

四十七

草原越走越宽，顺从地拜倒在我的面前。

无边的草原在我白色骏马的蹄下伸展着。谁能够丈量草地？用什么来丈量它的广袤？只有用我的强弩射出的箭和我的烈马的疾驰。还有我飞翔的欲望。

嗨呀！

我的马儿，请驮着我奔驰在我的欲望之路上。延伸吧，草原，在我脚下铺开你无边的地毯。呼啸吧，风儿，让我身上的碲钉鸣响。

嗨呀！

我自由自在地生活。无论是城市，还是人群，都不能让我放弃自由。我出生在一个暗黑之城，我的父亲和母亲在一个石棺之中孕育了我。我母亲在石棺中生下了我。城市人都生活在石棺之中，在石棺中生，在石棺中活，在石棺中死。人死了就从石头棺材转到木头棺材里，为了永久地融入土地之中。那么是否值得活着？难道就是为了从一个棺材转到另一个棺材？是否值得活着？难道就是为了慢慢地满足石棺生活的各种欲望？是否值得活着？

难道只是为了让城市石棺里的各种欲望渐渐熄灭？

嗨呀！

蹄钉让我发现了一个简单的真理。我从暗黑之城逃出，从石棺中逃出。我喜欢母马和弓弩胜过亲生父母，母马就是我的母亲，弓弩是我的父亲。对我来说，没有人比母马和弓弩更亲，我只爱它们，只相信它们，只忠于它们。

嗨呀！

风，星星和草原——它们是我的朋友。我珍视它们的友情，珍惜友谊。朋友们的建议弥足珍贵，千金不换。风儿唱歌伴我行，吹响蹄钉，私语耳畔。星星为我指路，替我预警避险，为我保驾护航。草原在我的马儿蹄下延展，铺起巨大的床，小草起起伏伏，唱着催眠小夜曲。

嗨呀！

我的世界是广袤的草原。我的愿望就是盯梢并隐身，隐藏并进攻，追赶并跟踪，热爱并杀戮。我耳聪目明，眼疾手快。我看见并听到，追上并截获，降服并战胜。

嗨呀！

我的箭快如风，它从不射偏，毫不留情。我的欲望比风更快，它将我推向目标，帮我躲避子弹。

我闪躲着人类的子弹，因为我快，而石棺中的人们慢。他们的思想慢，他们的欲望慢，他们的铁马慢，他们的子弹慢。多少子弹从我敏捷迅疾的身体边呼啸而过？多少铁马妄图赶上我的白色骏马？多少围猎我的猎人变成了我的猎物？

嗨呀！

我的弓弦在响，箭飞向迟钝的身体。被射中的人们惊恐地倒在草地上。死亡迅速席卷这些迟钝的身体。他们留在了草原上。死神飞快地抢走了城市石棺里迟钝的人们。他们留在草原上，获得了自由。这里没有棺材，只有风和星星，没有神父，只有草原雄鹰，没有法警，只有乌鸦。青草为我杀死的人举行葬礼。

嗨呀！

我杀死围猎我的人。劫持我想要的人。我想要男人，想要女人。我用我滚烫的器官爱男人，用我滚烫的舌头爱女人。他们的心脏在我爱的激情中渐渐冷去。当我爱到筋疲力尽的时候，我就丢弃他们。草原上会留下他们被我爱得疲惫的躯体。他们将记得我欲望的火热。在迟钝的人们当中未必有人能像我这般爱人。我要让这些男女注定思念和哭泣。他们将想念我滚烫的身体，他们将在城市的石棺中夜夜哭泣。可是在石头城市中没有人可以被爱情拯救。而我的道路在草原上延伸，通向新的目标新的欲望。

嗨呀！

风儿歌唱任我行，草原鸣和马蹄疾。星星指路避凶险，不知今夕是何夕。唯余旷野和热望，幸福伴我永不离。

嗨呀！

四十八

最终，帕特里克和恩格尔伯特还是决定去异国情调的国家旅游度蜜月，第一站是 CCCP 国——斯大林苏维埃社会主义共和国①。

从 CCCP 国开始蜜月之旅是帕特里克的主意。除了他没别人，只有他那个鲁莽、肤浅而且盲信的脑子才能想到这一出。不过，一贯漫不经心的恩格尔伯特没有表示反对，因为他无所谓。事实上他在乎的只有一点，那就是和帕特里克在一起，体会他那干草般硬直的头发，他那瘦削的、永远青春的、肋骨毕现的躯体，以及永远颤抖的嗓音。至于在哪个国家，哪个大陆板块，哪个星球可以看见、亲吻并抚摸帕特里克，那倒完全无所谓。

“CCCP!”帕特里克用俄语说出第一站的国家并大笑起来，弹了一下耳朵上的翼指龙耳环。

老实说，帕特里克的提议并没有什么特殊的含义，但是有自己的私心：他爷爷在 CCCP 国解体的那天出生在圣彼得堡。爷爷

---

① CCCP——斯大林苏维埃社会主义共和国的俄文缩写形式，但也是人们更为熟悉的苏联（苏维埃社会主义共和国联盟）的俄文缩写形式。——译注

后来从普京的俄罗斯移民到法国，娶了一个法国女大学生，后来成了帕特里克的奶奶。帕特里克对俄语的记忆只剩下三十多个单词和一些爷爷给他读过的奇怪的俄罗斯童话，其中一个讲一个傻瓜骑在炉子上到处跑，而且会说鱼的语言。

性格恬静而细心的恩格尔伯特只关心他们在这个特殊国家的安全问题。但游客的安全还是可以保障的。

六月一日他们从维也纳包机飞到 CCCP 国唯一的机场，机场与这个小国家的所有地方一样，是以斯大林的名字命名的。

“On yest，Babar!”① 帕特里克对恩格尔伯特说道，此刻飞机在一群斯大林主义者游客的掌声中平安落地。

“Willkommen，mein Kitz。”② 恩格尔伯特答道。

他们亲吻了对方。

不过，他们之间的交谈一般还是用重新时髦起来的英语。他们不得不面临着语言的选择，因为可供选择的语言还不少。帕特里克 12 岁的时候被父母从瓦哈比革命席卷的法国带到安全的瑞典，在那里长大并考入技术大学，希望毕业后能从事机械行业。他在家主要说西班牙语。他父亲出生在西班牙的科尔多瓦，年轻的时候为了躲避摧毁西班牙经济的著名黑色星期五跑到法国，在

① 法语：祝贺到达，巴巴尔！——译注
② 德语：欢迎你，小鹿。——译注

巴黎郊区一家餐厅做服务员，几年后和帕特里克的母亲结婚。母亲是俄法混血，当时在“滑铁卢酒店”做服务员。

恩格尔伯特出生在慕尼黑一个历史悠久的知识分子家庭。他曾祖父是巴伐利亚著名的日耳曼语文学家，曾祖父的一个女儿是唱歌剧的，另一个女儿教中世纪历史，一个儿子是神学家，在印度与情人一起跳崖自杀，另一个儿子一辈子都在研究鸟类学和观念艺术。恩格尔伯特的父亲学的化学专业，带着全家从瓦哈比分子暴动的慕尼黑跑到深山，投靠自己行为怪异的堂兄。堂兄在父亲自杀后决定娶一个阿尔巴尼亚的农村姑娘为妻，然后定居在一个小村庄，永远与大自然相伴。堂兄放弃了经济学家的职业投身农场劳动，却奇迹般地获得了成功。恩格尔伯特的父亲是被迫携家带口投靠堂兄，完全没打算在他那儿久留，没想到暴乱平息后巴伐利亚脱离了德国，成为一个独立国家，不知为什么这件事让父亲得了抑郁症。他的堂兄却欢欣鼓舞，因为他信奉无政府主义和泛神论。恩格尔伯特的父亲、母亲和两个哥哥最终没能返回城市，留在了那个村子。恩格尔伯特却决定去慕尼黑学习哲学，尽管少年时代喜欢整容医学和基因工程。他也说不清自己为什么要选择哲学。

“我想思考。”他在家庭会议上是这么说的。

这句话却对得了抑郁症整天与酒为伍的父亲起了作用，他立即表示同意。父亲觉得，选择这样一个当今有些奇怪的职业可能是混乱时期之后一切顺遂的标志。他二话没说就支付了儿子的学费和生活费，使他免于打工之苦。恩格尔伯特已经连续四年都在钻研哲学，这种研究带给他很大的满足。

他和帕特里克在法兰克福科技成就博览会上相识。恩格尔伯特去看博览会不是因为喜欢技术，他一点儿也不喜欢技术，吸引他的是哲学家苏震的时髦新书《上帝机器》，这本书重创欧洲新解构主义者的学说，将一大批大牌伪学者归入赫克托耳·墨尔基梅斯科的《不存在与时间之后》。恩格尔伯特去博览会上寻找苏震新观念的现实证据。

他在著名的第五代魔法机器边上遇见了帕特里克。这个机器可以将语言变成美食，参观博览会的人可以现场参与活动并品尝美食。好奇的帕特里克往机器里投了钱，对着语言采集器说了一句俄语的“嗝屁”，机器发出咕噜咕噜的声音，挤出一个椭圆形的绿粉色东西，带有橙色的凸起部分，中间是一个深红色的半圆。这道美食散发着说不清的味道。

“您确定要吃这个东西吗?”恩格尔伯特在一旁好奇地问。

“必须吃!”帕特里克用力甩了一下他蓬松的脑袋，以至于翼指龙耳环张开嘴巴叫了一声。

恩格尔伯特立即就喜欢上了帕特里克和他的翼指龙耳环。他也往机器里投了钱，说了一个德语词：此在。从机器半透明的喇叭口冒出一个象牙色的漂亮方块。

他俩于是一起喝着苦涩的法兰克福啤酒，吃着各自的作品，就这样认识了。对恩格尔伯特来说，帕特里克的形象永远和小方块的味道联系在一起了：略带鱼腥味的蛋奶酥，入口即化。

这块“嗝屁”的味道帕特里克最终也没搞清楚，但仍然勇敢地吃完了。他喜欢恩格尔伯特的厚实、稳重和认真，他立即就给他起了“大象”的绰号，而且直觉告诉他，这头“大象”有个“大鼻子”，后来证明是对的。

他们在一家非常糟糕的旅店里过了一夜，第二天便不得不分开，各回各家。他们后来虚拟做爱六次，决定夏天见面，去一个“很酷的地方”。

现在一切都实现了。

一个年轻的同性恋导游（他们预订的）从矗立着五米高的斯大林水晶雕像的机场把他们接走，拉到 CCCP 国首都。他的英语还不错。

这个国家的历史本身就很有异域色彩：后苏维埃俄罗斯解体后分裂成 15 个新的国家，三个莫斯科寡头兼斯大林主义者向巴拉宾和乌拉尔民主共和国购买了一块 126 平方公里的空地。一大批有钱的斯大林粉丝都涌到这片饱含斯大林梦的土地上，没钱的斯大林主义者则无缘入境。很快新国家就宣布成立，并用电网和机枪点构建起强大的围墙，将自己与周围的后帝国主义世界隔绝开来。在一个单一的国家以斯塔汉诺夫—好莱坞的速度建设斯大林的天堂国，过了六年之后国家对旅游者开放了门户。游客们蜂拥而至，人数如此之众，包机航班都来不及运送。大家都想来看看“世界上最公平的国家”，在这个国家里人们信奉新的宗教——斯大林主义。

应当承认，寡头们以斯大林式的铁腕颇富创意地实现着自己的梦想。除了大规模的建设外，他们买回了几乎所有的斯大林统治时期的遗物，包括斯大林本人的遗体。在CCCP国首都斯大林格勒建起了巨大的纪念堂，“一切先进人类的领袖”的遗体安详地躺在厚厚的防弹玻璃下。创立了新宗教，许多不错的知识分子和神学家都在做新宗教的论证和解释工作。

这些年各色游客都来CCCP国旅游，有左翼极端分子，托洛茨基分子，各种无政府主义者，带着切格瓦拉刺青的暴徒，游击战时期的老兵，时髦作家，厌世和不厌世的富豪，受虐狂，拜物教徒，疯子，最后才是普通游客，他们如饥似渴地接受着各种信息和图像。

斯大林主义者会聚到这里纯粹是为了开代表大会。大会在专门建造的委员会宫召开，这个会堂只有当时那座300米宏伟建筑的五分之一，那幢楼在领袖生前始终未能付诸建造。

“全世界的斯大林主义者们，团结起来！”每一届代表大会都是在这样的口号下召开的。

他们的会每五年开一次，交流经验，宣读报告，咒骂资本主义、君主主义、修正主义和机会主义，报告下一个斯大林五年计划的内容，集体高呼万岁向他们永垂不朽的小胡子大神致敬……

从机场到首都的道路经过一些小山丘，覆盖着小树林和独栋的小楼。

“这是别墅还是居民楼？”恩格尔伯特问导游，习惯性地抓弄着帕特里克纤细的手指。

“这儿住着我们的艺术家们，”小伙子解释道，“斯大林格勒市内的居民主要从事服务业。”

“首都人口多少？”帕特里克问。

“30 万。”恩格尔伯特对着帕特里克的耳朵悄悄说。

“302 604 人。”导游纠正道，露出迷人的微笑。

“所有人都从事服务业吗？太棒了！”帕特里克弹了一下翼指龙耳环，手指碰到了恩格尔伯特的鼻尖。

“寺庙、委员会宫、博物馆、影剧院、餐馆、商店、澡堂、游泳池、体育馆、妓院——所有这些地方都需要服务。”导游解释道。

“没有任何工业生产。”恩格尔伯特意味深长地点点头。

“CCCP 国只生产带有斯大林标记的东西，书和电影。我们这里空气绝对清新。”

空气的确让人神清气爽。这对恋人赶上了好天气——艳阳高照，碧空万里。

行程安排得非常紧凑。午饭过后游客们将去 CCCP 国的最大教堂——参观斯大林遗体。雄伟的金字塔式建筑内部金碧辉煌，糅合了东正教、结构主义和古典主义三种风格。大理石廊柱直冲云霄，枝形吊灯熠熠生辉，巨大的镰刀和斧头闪着金光。教堂中间是带圣像壁的祭坛，壁上画着神的日常生活场景。祭坛前面放着至高无上的玻璃棺材。教堂金字塔式建筑的侧边装饰着古典主义风格的领袖战友们的巨幅画像。帕特里克喜欢叶若夫穿着红色托加[①]，手拿发红火钳的画像，恩格尔伯特印象深刻的是英俊的白胡子加里宁在白桦林与农民和牲畜在一起的画像，以及维辛斯琪身穿法官大礼服手拿天平的画面。第一幅画让他想起巴伐利亚，奶牛和父母，第二幅画——大学和没及格的新人类学课程论文。

教堂里和电影院一样，有一排排座位较深的软椅，甚至可以半躺在上面。这非常方便。躺在椅子上可以很舒服地观赏米开朗琪罗式的天顶壁画：被祥云围绕的、长着大胡子的、模样像马克思的上帝把手伸给飞升的、裸体的、年轻漂亮的、被六翼天使围绕的斯大林。

教堂里一些矮小的人们在分发提神饮料。导游让大家自由活动一会儿。教堂的挂架上放着向新圣人祷告的文本，用俄语、汉语和英语三种语言写成。

祷文的开头这样写道："神圣的斯大林，神圣的钢铁战士，神圣的至善之人，保佑我们……"

---

① 托加是古罗马的男外衣，以一块布从左肩搭过缠在身上。——译注

恩格尔伯特半躺在椅子里，读着祷文，把手伸向帕特里克的裤裆。

“你要在这里亲热，大象?”帕特里克问道，伸手接过矮小人从座椅中间递过来的一杯苹果饮料。

“无伤大雅。”恩格尔伯特喝了一口无酒精啤酒说。

亲热的时候他一贯少言寡语。

从教堂出来他们被带到博物馆，里面充斥着全息影像、模型、展品和文献资料。在一个单独的展厅里陈列着斯大林在世时收到的礼物。帕特里克被一幅刻在大米粒上的斯大林画像逗乐了（连声说：酷！酷!)。恩格尔伯特喜欢波兰城市罗兹的工人送的电话：底座是地球，听筒是锤子，听筒支架是镰刀。

看完博物馆后恩格尔伯特累了，而帕特里克则兴致勃勃，想去游泳。这时候导游来了，他们一起去了城市浴场，那儿有很多女游泳运动员的雕像。浴场上放着歌唱斯大林的歌曲，一些穿着靓丽的年轻人在水上泛舟。

尽管正值西伯利亚的盛夏，但水还是很凉。帕特里克没游一会儿就从水里出来了，而顽强的恩格尔伯特还是硬挺着又游了一会儿。两个人坐在躺椅上，慢慢地品尝着当地的上好啤酒。

“先生们，别忘了晚上还有和斯大林本人的会面。”导游提醒道。

“怎么可能忘记这事?”恩格尔伯特慵懒地说道。

“太酷了!”帕特里克拍了一下恩格尔伯特的手掌，“大象，你准备好了见真人吗?”

“当然……”恩格尔伯特眯着眼睛盯着水面上白色的小船。每只小船里都坐着一个小伙子和一个手捧一束鲜花的姑娘。

他在数小船有多少只。总共18只。

游泳和冷水勾起了两位游客的食欲，没过多久他们已经坐在一家叫“哥里”的格鲁吉亚餐厅里，喝着格鲁吉亚著名的金兹马拉乌利红酒，品尝着富含蛋白质、绿色蔬菜、辣椒和脂肪的格鲁吉亚美食，欣赏由身穿民族服装的歌舞团演唱的斯大林喜爱的歌曲。

吃完饭后就想上床睡觉。

两个情人在短暂的亲热之后便进入了梦乡。一个半小时后他们被导游的电话叫醒，通知他们见面的时间要到了。

他们冲了淋浴，喝了一杯格鲁吉亚浓咖啡，然后穿衣下到酒店大堂。导游和“爱姆卡”小轿车已经等在门外。司机穿着上世纪三十年代的服装，面带微笑。

“先生们，等待你们的是一次神奇的旅行。”导游把他们送到车上，开始了精彩的讲解。我国为游客们提供了免费的碲钉之旅，穿越到斯大林主义的伟大英雄时代，并与斯大林同志本人会面。我想，你们这些受过教育的欧洲人应该知道欧洲著名知识分子斯维东尼·利库伊达斯写的《我与斯大林的七次会面》这本书。在这本书中，他讲述了他在我国停留的三个月期间七次穿越到苏联的旅行。这本书成了全球畅销书，已经被拍成电影，其中利库伊达斯与领袖的对话经常被欧洲左翼知识分子们引用。

“如果不存在人，那么就不会有问题，利库伊达斯同志，”恩格尔伯特想起了一句，“有了机器人，就产生了问题。”

导游开心地笑了起来。

“酷！”从来没有听说过利库伊达斯的帕特里克赞叹道。

“我相信，你们一定也看过其他人的回忆录，比如女演员赫洛耶·罗宾斯，她是领袖的情人，知道他那颗隐秘、痛苦、孤独且情感丰富的内心蕴含着多少伟大的力量；传媒大亨布赫维森在穿越旅行后开播了一个特别火爆的电视频道‘斯大林格勒’，汽车大王霍普金斯在与领袖交流之后竟然挽救了自己一个濒临破产的公司……”

“这个我知道！”帕特里克打断导游，抓住恩格尔伯特的耳朵，“大象，你想象一下，这个傻货在脑袋钉入碲钉后决定对自己两个亏损的汽车制造厂进行现代化改造。改造之后利润立即增长了40%。但最令人匪夷所思的是，谁也搞不清楚，他具体做了哪些改造？工厂出产的还是那些汽车，但不知为什么人们购买的热情变得高涨了！”

“神秘论？”恩格尔伯特问道，看着车窗外。车子在斯大林大街缓缓行驶。

“鬼知道，也许是因为钉了碲钉之后脑子变得好使了，一般来说是这样的。我给你说过，我钉完后开发出两项技能，一个是空中漂游，一个是游泳。我很轻松就拿到了飞行证，而且游泳水平也提高了，真的！我以前特别怕水。”

“对，我记得……”恩格尔伯特抚摸着帕特里克的手指。

一年前他自己也尝试了碲钉，用父亲寄来的钱攒够了费用。感觉非常强烈：他在伟大的雅典学院度过了难忘的时光并学到了许多新知识。他和伟大的柏拉图没有共同语言，只和他无声地亲吻了很长时间，激动得不能自已，之后让体格魁梧的哲学家对他做任何想做的事情。毕达哥拉斯在他看来无聊而烦人，不知为何普罗提诺让恩格尔伯特莫名恐惧，而和宽厚仁慈的巴门尼德却进行了富有成效的对话，其结果是来自二十一世纪的游客向这位古希腊人证明了——不存在和存在一样是现实的，在这方面不能抹杀黑格尔、海德格尔和萨特的功劳，所以不存在同样是纯粹的存在，这就是说，存在不是永恒的，因为它产生于不存在。

但这次旅行并没有增加他的能力，只是让他记住了柏拉图强劲而执着的舌头的味道。

导游在大谈欧洲的政治家们，他们在瓦哈比铁锤的打击下纷纷涌向苏联寻求“意识形态的支持”。法国总统和柏林选帝侯似乎也到过这里，与斯大林探讨国家大事。

恩格尔伯特并不十分相信导游的话。而且总的来说，他也并不十分喜欢这个臆想出来的、完全人造的旅游之国，只是因为帕特里克想来。他对斯大林也不感兴趣，但利库伊达斯的时髦作品倒是读过，因为所有哲学系的学生都读过他的那本与伟大的墨尔基梅斯科的《不存在与时间之后》争论的《还是存在与时间之后》。但是既然来了，穿越回一九三七年还是值得经历的。利库伊达斯的书专门写了两章来讲述这一年，因为他去过两次——第一次作为内务部人民委员会的迫害者审讯戏剧导演梅耶荷德，第二次是作为梅耶荷德本人，被刑侦人员禁止睡觉，用橡皮棍拷打。这两次经历被利库伊达斯写成了具有存在主义哲学意味的特写《强迫和非强迫的暴力机器》，在这里面他分享了自己穿越之旅的感受，第一次穿越时，身心体验了更新之后的存在快感，第二次变身为斯大林政治局的委员，跪倒在领袖面前并亲吻他的手。却换来领袖的怒骂："别装傻，加里内奇。"

"头很干净……"恩格尔伯特若有所思地说。

"我很久没洗过头了！"帕特里克笑着承认。

在宽敞的"会见"教堂，几个身穿白衣的漂亮姑娘在等着他们。先给他们宽衣解带，剃光头发，在大理石淋浴间给他们冲洗身体，然后涂抹阿尔泰油，为他们穿上缝有斯大林标记的白色衣服。两位游客喝了戈尔诺—阿尔泰斯克的青草茶，在意外情况免责协议上签完字，然后被带到一个表情淡定的白胡子木匠面前。木匠让他们坐进特制的椅子里，进行一番必要的处理之后，往他们光滑而喷香的脑袋里钉入了两颗碲钉。

八分钟后帕特里克死了。恩格尔伯特的大脑与死神搏斗了差不多四个小时。

奇怪的是，在 CCCP 国的众多游客中只有两个人死于碲钉：第一个人是一个 30 岁的英国女人，与自己的父母一起来斯大林苏维埃社会主义共和国；第二个是一个 19 岁的安哥拉说唱歌手，他梦想着见到三十年代苏联爵士钢琴家茨法斯曼并和他一起录首歌。这两个死亡的人，与帕特里克和恩格尔伯特一样，不是斯大林主义者。可是其他的斯大林粉丝们全都安然无恙：所有人旅行归来都很满意而且变年轻了，甚至有一位 93 岁的车臣老太太还写了一本书，起了一个劲爆的名字叫《我往斯大林脸上吐口水》。

可是帕特里克和恩格尔伯特不知为什么却不走运。

为什么呢？谁也不知道……

他们的遗体被冷冻后转交给亲属，费用由 CCCP 国负担。

就是这么个故事。

四十九

我看见我们这一代人在碲钉的作用下展现出的种种智慧，这些智慧帮助他们：

跨过平庸生活死气沉沉的泥潭，

放下心中庸俗的自负和愚蠢的自满，

瞬间摧毁命由天定的幻想，

抖搂眼睛上阻碍认清世界的灰尘，

用新的双手砸碎抑郁的黏性外壳，

用追求完美的炽热岩浆喷射千年忧郁的苦瓜脸，

呼吸生活的新气息，擦亮被愚昧遮蔽的眼睛，

随意放送上千本绝望的书籍，让读者发疯或自杀，

把闪光的碲钉钉入尘世焦虑的坟墓，

消除人类对自身的绝望，

从前人软弱的灰烬中站起并光芒万丈地登上新现实的顶峰，

扯断被血液、汗水和眼泪锈蚀的时代铁链，

而这个时代是

希望与期盼的白眼刽子手的时代，

一个用自己的地狱之车碾压数十亿被侮辱与被欺凌者希望的时代，

一个集体撒谎欺骗的时代，

一个给人套上笼头并拉紧缰绳的时代，

一个鞭策两足动物追逐虚名的时代，一直追逐到

生命的最后一息，

宽免所有的罪债，

火葬场的煤气燃烧炉，

烧着的鼻子和熔化的扣子，

骨灰盒里温热的灰烬。

这是一种什么样的金属，进入你们迷糊的大脑，激发如此多

的想象？

金属碲！是真正的梦想！是兑现的想法！是孩童的想象！是圣诞节对着化冻玻璃窗的私语！是枕头上的泪水和口水！是善良的魔法师！是复活的公主！是漂亮的王子！是童话！是祈祷！是不可能之事！

金属碲！是对逝水年华的追忆！是进入你们卧榻的故去的爱人！是过去欺骗我们的幻象！是杳无音信者的气息！

金属碲！是变为现实的强力！是丑女们痛苦的期许！是梦想的蓝图！是乞丐和白痴的宝物！是孤独者每夜的祈祷！是希望和渴求！是战胜现实的别样洞天！

金属碲！人类希望的新天地！

金属碲，如天使闪光的霓裳！

金属碲，似先知预言的闪电一般耀眼！

金属碲，像神奇的解剖刀一样切入上百万人的脑中！

金属碲，拓宽了人类的极限！

金属碲，让人们对过去、现在和未来满怀信心！自信！幸福！快乐！达到极限！达到疯狂！达到血脉偾张！达到伟大的内心安宁！

金属碲，它的名字叫“超越时空”！

金属碲，让我们臻于完善！

金属碲！你在人类过往岁月的暗夜中闪光！你驱散了历史的阴霾！你是指路的北极星！你打开了坟墓！你复活了死于重伤和

炸弹的战士，复活了死于绝望的自杀者，复活了死于毒品的瘾君子！你收集了他们腐烂的尸骨，重新捏成人形！你把他们引向亲人和爱人！复活牺牲者！那些被自己的血和呕吐物呛死的人！那些失去眼睛、睾丸和脑袋的人！那些被坦克碾死的人！那些消失在电脑测试中的人！那些被战火迅速烧死的以及被疯狂慢慢烧死的人！那些释放自己的血液到数千个浴缸的人！那些被碾死在不相信奇迹的柏油路上的人！

金属碲！你用闪光的双手捧起他们的尸骨！从柏油路上！从满是呕吐物的马路上！从浴缸壁上！你为他们捏出新的身体，比之前更健康的身体！让瘾君子坟墓里的腐尸重新转世！让化为灰烬的战士灵魂再生！让被恶狗吃掉的乞丐复活！为复活的肉体注入力量！

金属碲的钟声在召集你们！飞散的魂灵重新回归！新牙齿！新眼睛！带着开心的、胜利的笑容！

金属碲让他们起死回生！他们拥抱着我们！我们在一起，死亡不存在！我们开心，强大，幸福！我们拥抱理想！我们盼到了这一天！我们从平坦的大地上跳离！我们向上、向上、向上跳，跳啊、跳啊、跳！从肮脏的柏油路上！从马路上！从生虫的墓室里！从燃烧的房屋中！从停尸房里！从监狱和集中营里！从烈士公墓里！从被炸毁的军营里！从不顺的人生履历中！从令人作呕的办公室里！从凹凸不平的坦克里！从“帝国”酒店里！从城市废墟里！从令人厌恶的别墅里！从健身房和游泳池里！从自我认同危机中！从瓦砾下面！从爱情下面！从饭店和电影院！从家里温暖的被窝中！向上，向上，所有由碲钉召集起来的人们！向上！向上！飞向现实的希望！跳上去拥抱未能实现的愿望！跳向亲人朋友！跳向爱人！跳向被禁止的愿望！跳向不可能喜欢的人们！跳向罪恶的渴望！跳向伟大的人们！跳向莫扎特和柏拉图！跳向尼采和陀思妥耶夫斯基！跳向佛和基督！跳向独裁者和希特勒！跳向新的大同生活！跳向战胜时间！跳向活生生的神祇！跳向战胜死亡！向上跳！跳上屋顶！飞过街道！飞过河流！飞过彩虹！向上，飞上云端，啊，碲钉弹射器！向上，飞向热情的六翼天使，飞向睿智的天使，飞向严厉的天使，飞向王位和统治，飞向力量和权力，向上，向上，向上！

五十

土豆用完了。这下糟了。天亮醒来，向太阳请安，吃了奶酪和面包，发动车。在森林里开了34俄里，发动机耗尽两袋土豆。我把最后一点土豆扔进发动机，希望它能撑到地方。走了一会儿，发动机吭哧两声，抛锚了。这有点没想到，再往前只能步行了，不过好像也用不到车了。停的正是地方，仿佛天意：前面是片林中空地，四周橡树和桦树环抱，不远处是云杉，以及林中空地。我从车上下来，环顾四周。地方不错。走了一圈儿，想了一下就决定了。向太阳鞠了一躬：谢谢你，太阳公公，给我准备了这么一个好地方。我在这里安顿下来。坐下点着火，烤好马肉，吃了一小点儿，跑去榛树丛中解大便。完事后我仔细地打量了下四周：这地儿真是太阳公公把我派过来的。旁边就是一条小溪！真是太爽了。起初听到溪水声我还以为是獾在叫唤，走近一看，是一汪水，中间有泉眼在往外喷水。我喝了个饱，林中的溪水就是好喝。这意味着已经有井了，既然有井，那么可以在这里建个房子，这就解决所有问题了。我打开箱子，取出麻袋，斧头，锯子，凿子，钻头，把它们一一放到粗麻布上，跪下向太阳公公鞠躬，说道：太阳公公，请赐我力量建一个木房的墙框，而且保佑我不受伤。说完我就摩拳擦掌，好久没干木匠活了，手有点痒。给公爵夫人开了六年车，时间不短。没办法，无处可去。工作不累，尽管有点琐碎，待遇也不错。可是给别人干活总不是那么回事儿，于是辞职不干。原先为女人干活，现在该为自己忙活了。既然生就木匠的命，那就不做车夫。首先要把家伙什儿弄好：给铁锹装上柄，钻子装上钻头，准备好凿子，楔子，备用斧头。我已故的父亲曾经对我说：工具一定齐备完好。磨好斧头，锯子，凿子，钻头，脱掉衬衫，拿起斧头和锯子，走向云杉树。等着看木屑横飞吧！真是手痒痒想干活了！选了一棵云杉，砍倒，除去枝丫，削平表面。尽管是住在偏僻的林子里，也要给自己盖一间漂亮的木房！日落的时候我已经搭起四排原木。我看了一眼，自己都感到吃惊：嗯，加夫里拉·罗曼内奇，你真够强的！和太阳公公告别，锅里放上水，熬了一锅奶油粥，饱餐一顿。然后立马跑到车里去睡觉。早晨在鸟儿的叫声中醒来，吃了面包和马肉，等到日出，给太阳公公鞠一躬，然后拿上斧头继续干。日落的时候又搭了五排原木，第三天又搭了四排。都没时间磨斧头。然后开始做底座：砍倒一棵橡树，做了四个连在一起的底座。在空地上挖了一个坑，垫了一些石头在里面，然后把底座固定住。然后开始慢慢地把木屋的框架放到底座上。把做好的框架和底座连起来，真心高兴啊！桑树的苔藓就非常好，不需要别的了。青苔很柔软，散发着香味，仿佛猫头鹰的茸毛。铺上青苔，开始连木墙。自己大声唱歌，把鸟儿吓跑。美妙极了！小白桦亭亭玉立，向我挥舞着枝条：加夫里拉·罗曼内奇，祝你在新居健康！我把木墙框架放进底座凹槽，然后开了几扇小窗，装上玻璃。又打了一扇门，做了人字梁，砍了些柳条，挖了些带草的土，做成一个厚实的屋顶，然后铺上鹅卵石。地板是用半原木拼接而成，专门留出缝隙，以防冬天屋里烧火的时候受热膨胀。弄好以后我到远处看，真漂亮的小木屋！然后进屋稍事休息。之后拿着猎枪在附近转悠，没有遇到大的野兽，但是看到几处野猪拱过的地方，还有驼鹿的足迹。这说明它们在此地出没。一只母黑琴鸡没打中，但是一发子弹干下来三只黑山雀。太神奇了！这下熬稀粥有东西了。整个夏天就这么安居下来。我把小水坑拓宽，用鹅卵石垒了一口井。把林中空地里的草烧掉，开出一片荒地种菜，用栅栏围起来防野猪，开春的时候种早熟土豆，种子是我预留的。等土豆长熟，我挖出来，放入汽车发动机——我的铁马又能开了！现在再也不用害怕铁马没饲料了，开着它在林子里转，去远处打猎，打着野猪和驼鹿，就用车拉回家。我用捕兽器捕猎毛皮动物，然后用它们的皮给自己缝制衣服。我有三普特盐，趁着还够用，我要腌一些驼鹿肉，再建一个熏制作坊，熏制野猪的五花肉。先垒一个黑色的炉灶，明年开车去一趟河边，弄点淤泥，用加工成砖形的石头垒一个大火炉，抹上泥。上面再放一个陶轮，准备烧制各种陶罐，用来装獾油，腌猪油，各种坚果，干浆果，沙棘果，腌蘑菇。再挖一个大地窖，带冰窖的那种。种点燕麦，茶，种子都搞到了。以后要烤面包，做啤酒，在炉子上取暖。也许，再养只毛茸茸的小动物培养感情，排遣寂寞。我们不需要多余的东西，不需要女人，电影，不需要喝酒、打牌，不需要碲钉，不需要战争，不需要钱，也不需要你们领导。我就这么过一辈子。房子有，房顶不漏，有吃有喝。不用上班，安静地享受生活，想睡就睡。每天向太阳鞠个躬，逗毛茸小动物玩，和林中的小鸟应和对答。人生至此，夫复何求？

图书在版编目 (CIP) 数据

碲钉国 / (俄罗斯) 弗拉基米尔・索罗金著 ; 王宗琥译 . — 北京 : 北京十月文艺出版社，2018.3
(俄罗斯当代长篇小说丛书)
书名原文 : Telluria
ISBN 978-7-5302-1754-2

Ⅰ . ①碲… Ⅱ . ①弗…②王… Ⅲ . ①长篇小说—俄罗斯—现代 Ⅳ . ① I512.45

中国版本图书馆 CIP 数据核字 (2017) 第 282959 号

著作版权登记号　图字 : 01-2016-1327

碲钉国
DIDINGGUO
[俄罗斯] 弗拉基米尔・索罗金　著　王宗琥　译

出　　版　北京出版集团公司
　　　　　北京十月文艺出版社
地　　址　北京北三环中路 6 号
邮　　编　100120
网　　址　www.bph.com.cn
发　　行　新经典发行有限公司
　　　　　电话 (010) 68423599
经　　销　新华书店
印　　刷　北京盛通印刷股份有限公司
版　　次　2018 年 3 月第 1 版
　　　　　2018 年 3 月第 1 次印刷
开　　本　880 毫米 ×1230 毫米　1/32
印　　张　12.25
字　　数　223 千字
书　　号　ISBN 978-7-5302-1754-2
定　　价　45.00 元
质量监督电话　010-58572393
如有印装质量问题，由本社负责调换。